2012

环境影响评价工程师

职业资格考试备考要点与模拟试卷

环境影响评价技术方法

应试指导专家组　编写

化学工业出版社

·北京·

图书在版编目（CIP）数据

环境影响评价技术方法/应试指导专家组编写 . —北京：
化学工业出版社，2012.1
（2012 环境影响评价工程师职业资格考试备考要点
与模拟试卷）
ISBN 978-7-122-13064-8

Ⅰ. 环… Ⅱ. 应… Ⅲ. 环境影响-评价-工程技术
人员-资格考试-自学参考资料 Ⅳ. X820.3

中国版本图书馆 CIP 数据核字（2011）第 265412 号

责任编辑：左晨燕 装帧设计：张 辉
责任校对：战河红

出版发行：化学工业出版社（北京市东城区青年湖南街 13 号 邮政编码 100011）
印 装：大厂聚鑫印刷有限责任公司
787mm×1092mm 1/16 印张 11½ 字数 306 千字 2012 年 1 月北京第 1 版第 1 次印刷

购书咨询：010-64518888(传真：010-64519686) 售后服务：010-64518899
网 址：http://www.cip.com.cn
凡购买本书，如有缺损质量问题，本社销售中心负责调换。

定 价：40.00 元

前 言

　　《环境影响评价工程师职业资格考试备考要点与模拟试卷》（2012版）是对2011版的修订，根据新出台和修订的法规、政策、标准对2011版进行了适当的修改。丛书包括4个分册，分别对应4门考试科目。每一分册由两部分主要内容构成。"备考要点"部分是对教材内容的浓缩，我们在对前几年考试内容进行系统分析的基础之上，结合众多考生的反馈意见，对应考内容进行了归纳整理和精减，把教材变薄，以便于考生提高复习效率，尽快掌握应考内容；"模拟试卷"部分是高仿真试题，在试题设计的过程中，我们严格按照最新的考试信息，在研究历年考题的基础上，总结命题规律，把握知识重点，对2012年环评考试的考点变化、考查角度和难易程度进行了全面预测。力求引导考生结合课本和考试大纲的要求，对自身掌握的情况查缺补漏，并对所学的知识活学活用，逐步提高"考感"，轻松应对考试。

　　参加本套丛书编写的人员有（以姓氏拼音为序）：崔占勇、董文宣、郭雷、胡惠英、胡益铭、贾海燕、李橙、李恩静、李静、李榕、刘静、刘立媛、刘玲、刘乾、闵捷、彭丽娟、石杰、石磊、舒放、苏魏、孙东华、王宝臣、王丽婧、王立章、王绍宝、王雪生、王子东、于建华、张丙辰、张峰、张颖桢、周军、周美玉、周中平、诸毅。

　　由于时间紧迫，加之能力所限，书中不妥之处在所难免，恳请读者批评指正。本书已经纳入了截至2011年12月最新出台和修订的相关法规、标准和政策的内容。为了更有效地帮助考生应对可能出现的变化，我们将尽可能把有关考试复习内容的补充和更新在化学工业出版社网站（http://www.cip.com.cn）的"资格考试专区"（首页最下方右侧）及时予以公布，敬请广大考生留意。

　　最后，祝广大考生顺利通过考试！

编　者

2011年12月于北京

目　录

第一部分　备考要点

第二部分 模拟试卷

第一部分　备考要点

第一章 概 论

一、环境影响评价的有关法律法规规定

1. 环境影响评价的法律定义

指对规划和建设项目实施后可能造成的环境影响进行分析、预测和评估，指出预防或者减轻不良环境影响的对策和措施，进行跟踪监测的方法和制度。

2. 规划环境影响评价

① 国务院有关部门、设区的市级以上地方人民政府及有关部门，对其组织编制的土地利用的有关规划，区域、流域、海域的建设、开发利用规划，应当在规划编制过程中组织进行环境影响评价，编写该规划有关环境影响的篇章或者说明。

② 对其组织编制的工业、农业、畜牧业、林业、能源、水利、交通、城市建设、旅游、自然资源开发的有关专项规划，应当在该专项规划草案上报审批前，组织进行环境影响评价，并向审批该专项规划的机关提出环境影响报告书。

③ 编制环境影响报告书的规划和环境影响篇章或者说明的规划的具体范围，可参见国家环保总局发布的《关于印发〈编制环境影响报告书的规划的具体范围（试行）〉》和《编制环境影响评价篇章或说明的规划的具体范围（试行）》。

3. 建设项目环境影响评价

国家根据建设项目对环境的影响程度，对建设项目的环境影响评价实行分类管理。

① 重大环境影响 编制环境影响报告书，对产生的环境影响进行全面评价。

② 轻度环境影响 编制环境影响报告表，对产生的环境影响进行分析或者专项评价。

③ 环境影响很小 不需要进行环境影响评价，但要填报环境影响登记表。

4. "三同时"制度和环境保护设施竣工验收

"三同时"制度和环境保护设施竣工验收是对环境影响评价中提出的预防和减轻不良环境影响对策和措施的具体落实和检查，是环境影响评价的延续。

① "三同时"制度 建设项目需要配套建设的环境保护设施，必须与主体工程同时设计、同时施工、同时投产使用。

② 环境保护设施竣工验收 建设项目竣工后，建设单位应当向审批该建设项目环境影响报告书、环境影响报告表或者环境影响登记表的环境保护行政主管部门，申请该建设项目需要配套建设的环境保护设施竣工验收。环境保护设施经验收合格，该建设项目方可投入生产或使用。

二、环境影响评价的分类、作用和技术原则

1. 环境影响评价的分类

环境影响后评价：指在规划或开发建设活动后，对环境的实际影响程度进行系统调查和评估，检查对减少环境影响的措施落实程度和效果，验证环境影响评价结论的可靠性，判断评价提出的环保措施的有效性，对一些评价时尚未认识到的影响进行分析研究，并采取补救措施。

$$\left\{\begin{array}{l}\text{按照评价对象}\left\{\begin{array}{l}\text{规划环境影响评价}\\\text{建设项目环境影响评价}\end{array}\right.\\\text{按照环境要素}\left\{\begin{array}{l}\text{大气环境影响评价}\\\text{地表水环境影响评价}\\\text{声环境影响评价}\\\text{生态环境影响评价}\\\text{固体废物环境影响评价}\end{array}\right.\\\text{按照时间顺序}\left\{\begin{array}{l}\text{环境质量现状评价}\\\text{环境影响预测评价}\\\text{环境影响后评价}\end{array}\right.\end{array}\right.$$

2. 环境影响评价的作用

① 在决策和开发建设活动开始前，体现出环境影响评价的预防功能。

② 决策后或开发建设活动开始，通过实施环境监测计划和持续性研究，不断验证其评价结论，并反馈给决策者和开发者，进一步修改和完善其决策和开发建设活动。

为体现实施环评的这种作用，在环境影响评价的组织实施中必须坚持可持续发展战略和循环经济理念。

3. 环境影响评价的技术原则

① 与拟议规划或拟建项目的特点相结合。

② 符合国家的产业政策、环保政策和法规。

③ 符合流域、区域功能区划、生态保护规划和城市发展总体规划，布局合理。

④ 符合清洁生产的原则。

⑤ 符合国家有关生物化学、生物多样性等生态保护的法规和政策。

⑥ 符合国家资源综合利用的政策。

⑦ 符合国家土地利用的政策。

⑧ 符合国家和地方规定的总量控制要求。

⑨ 符合污染物达标排放和区域环境质量的要求。

⑩ 正确识别可能的环境影响。

⑪ 选择适当的预测评价技术方法。

⑫ 环境敏感目标得到有效保护，不利环境影响最小化。

⑬ 替代方案和环境保护措施、技术经济可行。

三、建设项目环境影响评价的基本内容

1. 环境影响评价文件编制的总体要求

（1）总体要求

① 应概括地反映环境影响评价的全部工作，环境现状调查应全面、深入，主要环境问题应阐述清楚，重点应突出，论点应明确，环境保护措施应可行、有效，评价结论应明确。

② 文字应简洁、准确，文本应规范，计量单位应标准化，数据应可靠，资料应翔实，并尽量采用能反映需求信息的图表和照片。

③ 资料表述应清楚，利于阅读和审查，相关数据、应用模式须编入附录，并说明引用来源；所参考的主要文献应注意时效性，并列出目录。

④ 跨行业建设项目的环境影响评价，或评价内容较多时，其环境影响报告书中各专项评价根据需要可繁可简，必要时，其重点专项评价应另编专项评价分报告，特殊技术问题另编专题技术报告。

（2）编制内容

建设项目环境影响评价报告书的编制内容主要包括：①前言；②总则（包括编制依据、评价因子与评价标准、评价工作等级和评价重点、评价范围及环境敏感区、相关规划及环境功能区划）；③建设项目概况与工程分析；④环境现状调查与评价；⑤环境影响预测与评价；⑥社会环境影响评价；⑦环境风险评价；⑧环境保护措施及其经济、技术论证；⑨清洁生产分析和循环经济；⑩污染物排放总量控制；⑪环境影响经济损益分析；⑫环境管理与监测计划；⑬公众意见调查；⑭方案比选；⑮环境影响评价结论；⑯附录和附件。

2. 环境现状调查与评价

（1）基本要求

① 根据建设项目污染源及所在地区的环境特点，结合各专项评价的工作等级和调查范围，筛选出应调查的有关参数。

② 充分搜集和利用现有的有效资料，当现有资料不能满足要求时，需进行现场调查和测试，并分析现状监测数据的可靠性和代表性。

③ 对与建设项目有密切关系的环境状况应全面、详细调查，给出定量的数据并做出分析或评价；对一般自然环境与社会环境的调查，应根据评价地区的实际情况，适当增减。

（2）环境现状调查的方法

主要有收集资料法、现场调查法、遥感和地理信息系统分析方法等。

（3）环境现状调查与评价内容

环境现状调查与评价内容主要包括：①自然环境现状调查与评价；②社会环境调查与评价；③环境质量和区域污染源调查与评价；④其他环境现状调查。

3. 环境影响预测与评价

（1）基本要求

① 对建设项目的环境影响进行预测，是指对能代表评价区环境质量的各种环境因子变化的预测，分析、预测和评价的范围、时段、内容及方法均应根据其评价工作等级、工程与环境特性、当地的环境保护要求而定。

② 预测和评价的环境因子应包括反映评价区一般质量状况的常规因子和反映建设项目特征的特性因子两类。

③ 须考虑环境质量背景与已建的和在建的建设项目同类污染物环境影响的叠加。

④ 对于环境质量不符合环境功能要求的，应结合当地环境整治计划进行环境质量变化预测。

（2）预测评价的方法

预测环境影响时应尽量选用通用、成熟、简便并能满足准确度要求的方法。目前使用较多的预测方法有数学模式法、物理模型法、类比调查法和专业判断法等。

（3）环境影响预测和评价内容

① 建设项目的环境影响，按照建设项目实施过程的不同阶段，可以划分为建设阶段的环境影响、生产运行阶段的环境影响和服务期满后的环境影响。还应分析不同选址、选线方案的环境影响。

② 当建设阶段的噪声、振动、地表水、地下水、大气、土壤等的影响程度较重、影响时间较长时，应进行建设阶段的环境影响预测。

③ 应预测建设项目生产运行阶段，正常排放和非正常排放、事故排放等情况的环境影响。

④ 应进行建设项目服务期满的环境影响评价，并提出环境保护措施。

⑤ 进行环境影响评价时，应考虑环境对建设项目影响的承载能力。

⑥ 涉及有毒有害、易燃、易爆物质生产、使用、贮存，存在重大危险源，存在潜在事故并可能对环境造成危害，包括健康、社会及生态风险（如外来生物入侵的生态风险）的建

设项目，需进行环境风险评价。

⑦ 分析所采用的环境影响预测方法的适用性。

4. 环境影响评价方法

环境影响评价采用定量评价与定性评价相结合的方法，应以量化评价为主。

四、建设项目环境影响评价的工作程序及等级划分

1. 建设项目环境影响评价工作程序

建设项目环境影响评价工作程序见图 1-1。

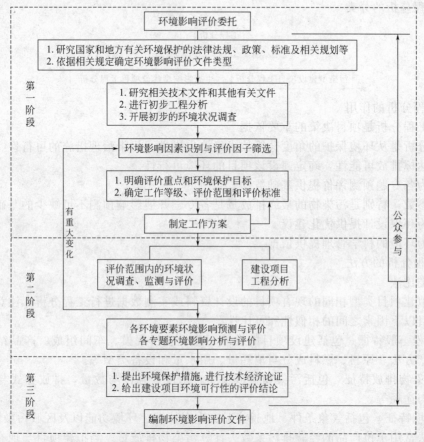

图 1-1　建设项目环境影响评价工作程序

2. 环境影响评价工作等级

（1）工作等级的划分依据及要求

建设项目各环境要素专业评价工作等级按建设项目特点、所在地区的环境特征、相关法律法规、标准及规划、环境功能区划等因素进行划分，一般可划分为三级。一级评价对环境影响进行全面、详细、深入评价，二级评价对环境影响进行较为详细、深入评价，三级评价可只进行环境影响分析。

建设项目其他专题评价可根据评价工作需要划分评价等级。

（2）环境影响评价范围的确定

按各专项环境影响评价技术导则的要求，确定各环境要素和专题的评价范围；未制定专项环境影响评价技术导则的，根据建设项目可能影响范围确定环境影响评价范围，当评价范围外有环境敏感区的，应适当外延。

第二章　工程分析

一、工程分析概述

1. 工程分析的分类

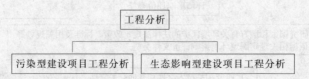

2. 工程分析的作用

（1）工程分析是项目决策的重要依据

工程分析是从环境保护的角度分析技术经济先进性、污染治理措施的可行性、总图布置合理性、达标排放可能性，确定建设该项目的环境可行性。

（2）为各专题预测评价提供基础数据

特征参数，特别是污染物的最终排放量是各专题开展影响预测不可缺少的基础数据。

（3）为环保设计提供优化建议

（4）为环境的科学管理提供依据

3. 工程分析的方法

（1）类比法

用与拟建项目类型相同的现有项目的设计资料或实测数据进行工程分析，注意拟建项目与类比项目以下因素之间的相似性和可比性。

① 工程一般特征　包括建设项目的性质、建设项目规模、车间组成、产品结构、工艺路线、生产方法、原料、燃料成分与消耗量、用水量和设备类型等。

② 污染物排放特征　包括污染物排放类型、浓度、强度与数量，排放方式与去向以及污染方式与途径等。

③ 环境特征　包括气象条件、地貌状况、生态特点、环境功能以及区域污染情况等。

类比法常用单位产品的经验排污系数去计算污染物排放量。当拟建项目与现有项目的生产规模等工程特征和生产管理以及外部因素等条件不同时，需要进行修正。

经验排污系数法公式：

$$A = AD \times M$$
$$AD = BD - (aD + bD + cD + dD)$$

式中　A——某污染物的排放总量；

$\quad AD$——单位产品某污染物的排放定额；

$\quad\ M$——产品总产量；

$\quad BD$——单位产品投入或生成的某污染物量；

$\quad aD$——单位产品中某污染物的量；

$\quad bD$——单位产品所生成的副产物、回收品中的某污染物的量；

$\quad cD$——单位产品分解转化掉的污染物量；

$\quad dD$——单位产品被净化处理掉的污染物量。

（2）物料衡算法

物料衡算法主要用于污染型建设项目的工程分析，是计算污染物排放量的常规和最基本的方法，其原理就是投入系统的物料总量等于产出产品总量与物料流失总量之和。在工程分析中，根据分析对象的不同，主要有总物料衡算、有毒有害物料衡算和有毒有害元素物料衡算。其中总物料衡算公式如下。

$$\sum G_{排放} = \sum G_{投入} - \sum G_{回收} - \sum G_{处理} - \sum G_{转化} - \sum G_{产品}$$

式中　　$\sum G_{投入}$——投入物料中的某污染物总量；

　　　　$\sum G_{产品}$——进入产品结构中的某污染物总量；

　　　　$\sum G_{回收}$——进入回收产品中的某污染物总量；

　　　　$\sum G_{处理}$——经净化处理掉的某污染物总量；

　　　　$\sum G_{转化}$——生产过程中被分解、转化的某污染物总量；

　　　　$\sum G_{排放}$——某污染物的排放量。

（3）资料复用法

利用同类工程已有的环境影响评价资料或可行性研究报告等资料进行工程分析的方法。适用于评价工作级别比较低的建设项目工程分析。

二、污染型建设项目工程分析

污染型建设项目工程分析的工作内容，通常包括下列六部分：工程概况、工艺流程及产污环节分析、污染物分析、清洁生产水平分析、环保措施方案分析、总图布置方案分析。此外，还可以根据不同项目的具体情况，提出补充措施与建议。在工程分析内容完成后，还需要写出小结。

1. 工程概况

① 工程一般特征简介　包括工程名称、建设性质、建设地点、建设规模、项目组成（包括主体工程、辅助工程、公用工程、环保工程等）、产品方案、占地面积、职工人数、工程总投资以及发展规划等，附总平面布置图。

② 物料及能源消耗定额　包括主要原料、辅助原料、材料、助剂、能源（煤、焦、油、气、电和蒸汽）以及用水等的来源、成分与消耗量。

③ 项目组成　通过项目组成分析找出项目建设存在的主要环境问题，列出项目组成表。

2. 工艺流程及产污环节分析

绘制污染工艺流程应包括涉及产生污染物的装置和工艺过程，不产生污染物的过程和装置可以简化，有化学反应发生的工序要列出主要化学反应式和副反应式，并在总平面布置图上标出污染源的准确位置。

3. 污染物分析

（1）污染源分布调查及污染物排放量统计

污染源分布和污染物排放量调查是各专题评价的基础资料，一般按照建设过程和运营过程两个时期详细核算和统计，一些项目还应对服务期满后（退役期）的源强进行核算，并按要求分专题绘制污染流程图。

① 对于新建项目要求算清"两本账"：生产过程中污染物设计排放量和实施污染防治措施后的污染物消减量，二者之差为污染物最终排放量。

② 对于技改扩建项目的污染物排放量统计要求算清"三本账"：技改扩建前、工程中和完成后污染物排放量，其关系式为：

技改前排放量－"以新带老"削减量＋技改扩建项目排放量＝技改扩建完成后排放量

（2）物料平衡与水平衡

① 物料平衡主要是针对有毒有害物质。

② 水平衡的公式为：

$$Q+A=H+P+L$$

式中，Q 为取水量，包括生产用水量和生活用水量，生产用水量又包括间接冷却水量、工艺用水量和锅炉给水量；A 为物料带入水量；H 为耗水量，指整个项目消耗掉的新鲜水量总和；P 为排水量；L 为漏水量。

耗水量的公式为：

$$H=Q_1+Q_2+Q_3+Q_4+Q_5+Q_6$$

式中，Q_1 为产品含水，即由产品带走的水；Q_2 为间接冷却水系统补充水量；Q_3 为洗涤用水（包括装置、场地冲洗水）、直接冷却水和其他工艺用水量之和；Q_4 为锅炉运转消耗的水量；Q_5 为水处理用水量；Q_6 为生活用水量。

（3）无组织排放源强统计及分析

工程中的无组织排放是指没有排气筒或排气筒高度低于 15m 的排放源。无组织排放源的确定方法有物料衡算法、类比法和反推法三种。

（4）非正常排放源强统计及分析

非正常排污包括：①正常开、停车或部分设备检修时排放的污染物；②工艺设备或环保设施达不到设计规定指标运行时的排污。

（5）污染物排放总量建议指标

污染物排放总量控制建议指标包括国家规定的指标和项目的特征污染物，其单位为t/a。提出的工程污染物排放总量控制建议指标应满足的要求有：①达标排放；②符合其他相关环境要求；③技术上可行。

4. 清洁生产水平分析

应根据国家公布的部分行业清洁生产标准，衡量建设项目的清洁生产水平。对于没有基础数据可以借鉴的项目，重点比较建设项目与国内外同类型项目的单位产品和万元产值的物耗、能耗、水耗和排放水平，并论述其差距。

5. 环保措施方案分析

① 分析本项目既定措施方案所选工艺及设备的先进水平和可靠程度。

② 分析处理工艺有关技术经济参数的合理性。

③ 分析环保设施投资构成及其在总投资中占有的比例。

④ 依托设施的可行性分析。

6. 总图布置方案分析

① 分析厂区与周围的保护目标之间所定防护距离的安全性。

② 根据气象、水文等自然条件分析工厂和车间布置的合理性。

③ 分析环境敏感点（保护目标）处置措施的可行性。

三、生态影响型项目工程分析

1. 生态影响型项目工程分析的基本内容

生态影响型项目工程分析应包括工程概况、施工规划、生态环境影响源分析、主要污染物与源强分析和替代方案五部分。

（1）工程概况

包括工程的名称、建设地点、性质、规模和工程特性，给出工程组成和特性表。

（2）施工规划

结合工程的建设进度，对与生态环境保护有重要关系的规划建设内容和施工进度进行详细介绍。

（3）生态环境影响源分析

对项目建设可能造成生态环境影响的活动（影响源或影响因素）的强度、范围、方式进行分析，可以定量的要给出定量数据。

（4）主要污染物与源强分析

① 生产废水和生活污水的排放量和主要污染物排放量。

② 废气的排放源点位、源性质、主要污染物产生量。

③ 工程弃渣和生活垃圾的产生量。

④ 主要噪声源的种类和声源强度。

（5）替代方案

对各阶段不同方案进行比选，说明推荐方案理由，分析其合理性。

2. 生态环境影响评价工程分析

生态环境影响评价的工程分析一般要把握以下几点要求。

（1）工程组成完全

一般建设项目工程组成有主体工程、辅助工程、配套工程、公用工程和环保工程。工程建设活动，无论永久的或是临时的，施工期的或是运营期的，直接的或是相关的，都要考虑在内。

主要的辅助工程有：①对外交通；②施工道路；③料场；④工业场地；⑤施工营地；⑥弃土弃渣场。

（2）重点工程明确

重点工程主要分以下两类：

① 指工程规模比较大，其影响范围比较大，时间比较长的；

② 位于环境敏感区附近，虽然规模不是最大，但是环境影响比较大。

重点工程确定的方法如下：

① 研读设计文件并结合环境现场踏勘确定；

② 通过类比调查并核查设计文件确定；

③ 通过投资分析进行了解；

④ 从环境敏感性调查入手再反推工程，类似于影响识别的方法。

（3）全过程分析

将全过程分为：选址选线期（工程预可研期）、设计方案（初步设计与工程设计）、建设期（施工期）、运营期和运营后期（结束期、闭矿、设备退役和渣场封闭）。

（4）污染源分析

主要工作内容是：明确主要产生污染的源，污染物类型、源强、排放方式和纳污环境等。污染源可能发生于施工建设阶段，也可能发生于运营期。

污染源分析一般包括以下内容。

① 锅炉烟气排放量计算及拟采取的除尘降噪措施和效果说明。须明确燃料类型、消耗量。燃煤锅炉一般取 SO_2 和烟气作为污染控制因子。

② 车辆扬尘量估算。一般采用类比方法计算。

③ 生活污水排放量按人均用水量乘以用水人数的 80% 计。生活污水的污染因子一般取 COD，或氨氮、BOD。

④ 工业场地废水排放量。根据不同设备逐一核算并加和；其污染因子视情况而定，砂石料清洗可取 SS，机修等取 COD 和石油类等。

⑤ 固体废物。根据设计文件给出量确定。

⑥ 生活垃圾。人均垃圾产生量与人数的乘积。

⑦ 土石方平衡。根据设计文件给出量计算或核实。

⑧ 矿井废水量。根据设计文件给出量，必要时进行重新核算。

（5）其他分析

包括施工建设方式、运营期方式等。

四、事故风险源项分析

建设项目环境风险评价中源项分析的目的是通过对建设项目的潜在危险识别及事故概率计算，筛选出最大可信事故，估算危险化学品泄漏量。在此基础上进行后果分析，确定该项目风险度，与相关标准比较，评价能否达到环境可接受的风险水平。

1. 源项分析步骤

源项分析的范围和对象是建设项目所包含的所有工程系统。一般步骤如下：

① 划分各功能单元；

② 筛选危险物质，确定环境风险评价因子；

③ 事故源项分析和最大可信事故筛选；

④ 估算各功能单元最大可信事故泄漏量和泄漏率。

2. 泄漏量分析

（1）泄漏设备分析

建设项目环境风险评价中产生泄漏的主要设备有：①管道；②挠性连接器；③过滤器；④阀；⑤压力容器、反应槽；⑥泵；⑦压缩机；⑧储罐；⑨储存器；⑩放空燃烧装置/放空管。

（2）泄漏物质性质分析

对于环境风险分析，应确定每种泄漏事故中泄漏的物质性质，与环境污染有关的性质有相、压力、温度、易燃性、毒性。

（3）泄漏量计算

① 液体泄漏速度

$$Q_L = C_d A \rho \sqrt{\frac{2(p-p_0)}{\rho} + 2gh}$$

式中　Q_L——液体泄漏速度，kg/s；

　　　C_d——液体泄漏系数，0.6～0.64；

　　　A——裂口面积，m²；

　　　ρ——泄漏液体密度，kg/m³；

　　　p——容器内介质压力，Pa；

　　　p_0——环境压力，Pa；

　　　g——重力加速度，一般为 9.8m/s²；

　　　h——裂口之上液位高度，m。

限制条件：液体在喷口不应有急剧蒸发。

② 气体泄漏速度

假定气体的特性是理想气体，气体泄漏速度 Q_G 按下式计算：

$$Q_G = Y C_d A p \sqrt{\frac{M\kappa}{RT_G}\left(\frac{2}{\kappa+1}\right)^{\frac{\kappa+1}{\kappa-1}}}$$

式中　Q_G——气体泄漏速度，kg/s；

　　　p——容器压力，Pa；

C_d——气体泄漏系数，当裂口形状为圆形取 1.00，三角形取 0.95，长方形取 0.90；

M——分子量；

κ——气体的绝热指数（热容比）；

R——气体常数，J/(mol·K)；

T_G——气体温度，K；

Y——流出系数（也称气体膨胀因子），对于临界流（气体流速在音速范围内）取 1.0。

③ 两相流泄漏

假定液相和气相是均匀的，且相互平衡，两相流泄漏按下式计算：

$$Q_{LG}=C_d A\sqrt{2\rho_m(p-p_C)}$$

式中 Q_{LG}——两相流泄漏速度，kg/s；

C_d——两相流泄漏系数，可取 0.8；

p——操作压力或容器压力，Pa；

p_C——临界压力，Pa，一般取 $p_C=0.55p$；

ρ_m——两相混合物的平均密度，kg/m^3。

④ 泄漏液体蒸发

泄漏液体蒸发总量为闪蒸蒸发（过热液体蒸发）、热量蒸发（闪蒸不完全时，一部分液体在地面形成液池，并吸收地面热量而气化）和质量蒸发（热量蒸发结束后，转由液池表面气流运动使液体蒸发）之和。

a. 闪蒸蒸发速度

$$Q_1=\frac{FW_T}{t_1}$$

式中 Q_1——闪蒸量，kg/s；

F——蒸发的液体占液体总量的比例；

W_T——液体泄漏总量，kg；

t_1——闪蒸蒸发时间，s。

b. 热量蒸发速度

$$Q_2=\frac{\lambda S(T_0-T_b)}{H\sqrt{\pi\alpha t}}$$

式中 Q_2——热量蒸发速度，kg/s；

S——液池面积，m^2；

T_0——环境温度，K；

T_b——沸点温度，K；

H——液体的汽化热，J/kg；

λ——表面导热系数，W/(m·K)；

α——表面热扩散系数，m^2/s；

t——蒸发时间，s。

c. 质量蒸发速度

$$Q_3=\frac{apM}{RT_0}\times u^{\frac{2-n}{2+n}}\times r^{\frac{4+n}{2+n}}$$

式中 Q_3——质量蒸发速度，kg/s；

a,n——大气稳定度系数；

p——液体表面蒸气压，Pa；

R——气体常数，J/(mol·K)；

T_0——环境温度，K；

u——风速，m/s；

r——液池半径，m。

液池最大直径取决于泄漏点附近的地域构型、泄漏的连续性或瞬时性。有围堰时，以围堰最大等效半径为液池半径；无围堰时，设定液体瞬间扩散到最小厚度时，推算液池等效半径。

d. 液体蒸发总量

$$W_p = Q_1 t_1 + Q_2 t_2 + Q_3 t_3$$

式中　W_p——液体蒸发总量，kg；

t_1——闪蒸蒸发时间，s；

t_2——热量蒸发时间，s；

t_3——从液体泄漏到液体全部处理完毕的时间，s。

3. 最大可信事故概率确定

常用事件树分析法确定事故概率。它是在给定一个初因事件的情况下，分析该初因事件可能导致的各种事件序列的后果，从而定性与定量评价系统特性。

第三章　环境现状调查与评价

一、概述

1. 环境现状调查的内容

（1）自然环境调查与评价

包括地理地质概况、地形地貌、气候与气象、水文、土壤、水土流失、生态、水环境、大气环境、声环境等调查内容。

（2）社会环境现状调查与评价

包括人口（少数民族）、工业、农业、能源、土地利用、交通运输等现状及相关发展规划、环境保护规划的调查。当建设项目拟排放的污染物毒性较大时，应进行人群健康调查，并根据环境中现有污染物及建设项目将排放污染物的特性选定调查指标。

（3）环境质量和区域污染源调查与评价

① 根据建设项目特点、可能产生的环境影响和当地环境特征选择环境要素进行调查与评价。

② 调查评价范围内的环境功能区划和主要的环境敏感区，收集评价范围内各例行监测点、断面或站位的近期环境监测资料或背景值调查资料，以环境功能区为主兼顾均布性和代表性布设现状监测点位。

③ 确定污染源调查的主要对象。选择建设项目等标排放量较大的污染因子、影响评价区环境质量的主要污染因子和特殊因子以及建设项目的特殊污染因子作为主要污染因子，注意点源与非点源的分类调查。

④ 采用单因子污染指数法或相关标准规定的评价方法对选定的评价因子及各环境要素的质量现状进行评价，并说明环境质量的变化趋势。

⑤ 根据调查和评价结果，分析存在的环境问题，并提出解决问题的方法或途径。

（4）其他环境现状调查

根据当地环境状况及建设项目特点，决定是否进行放射性、光与电磁辐射、振动、地面下沉等环境状况的调查。

2. 环境现状调查的方法

见表 3-1。

表 3-1　环境现状调查方法比较

方法	优　　点	缺　　点
收集资料法	应用范围广、收获大，比较节省人力、物力和时间	只能获得第二手资料，资料往往不完全，不能完全符合要求
现场调查法	可以针对使用者的需要，直接获得第一手的数据和资料	工作量大，占用较多的人力、物力和时间，可能受季节、仪器设备条件的限制
遥感法	可从整体上了解一个区域的环境特点，弄清人类无法到达地区的地表环境情况	绝大多数情况不使用直接飞行拍摄的办法，只判断和分析已有的航空或卫星相片

二、大气环境现状调查与评价

大气环境现状调查包括三部分内容：大气污染源调查与分析；环境空气质量现状调查与

评价；气象观测资料调查。

1. 大气污染源调查与分析

（1）污染因子筛选

① 选择该项目最大地面浓度占标率较大的污染物作为主要污染因子。

② 选择特征污染物，同时还应考虑在评价区内已造成严重污染的污染物。

（2）大气污染源调查与分析对象

对于一、二级评价项目，应调查分析项目的所有污染源（对于改、扩建项目应包括新、老污染源）、评价范围内与项目排放污染物有关的其他在建项目、已批复环境影响评价文件的未建项目等污染源。如有区域替代方案，还应调查评价范围内所有的拟替代的污染源。对于三级评价项目可只调查分析项目污染源。

（3）污染源调查与分析方法

对于新建项目可通过类比调查、物料衡算或设计资料确定；对于评价范围内的在建和未建项目的污染源调查，可使用已批准的环境影响报告书中的资料；对于现有项目和改、扩建项目的现状污染源调查，可利用已有有效数据或进行实测；对于分期实施的工程项目，可利用前期工程最近 5 年内的验收监测资料、年度例行监测资料或进行实测。

① 现场实测法。对于排气筒排放的大气污染物（SO_2、NO_x、颗粒物等），可根据实测的废气流量和污染物浓度，按下式计算：

$$Q_i = Q_N c_i \times 10^{-6}$$

式中　Q_i——废气中 i 类污染物的源强，kg/h；

　　　Q_N——废气中体积（标准状态）流量，m^3/h；

　　　c_i——废气中污染物 i 的实测质量浓度值，mg/m^3。

Q_N 和 c_i 的测量方法见《空气和废气检测分析方法》。

② 物料衡算法。这是对生产过程中所使用的物料情况进行定量分析的一种科学方法。既适用于整个生产过程中的总物料衡算，也适用于生产过程中任何工艺过程某一步骤或某一生产设备的局部衡算。同时，通过物料衡算，可明确进入环境中气相、液相、固相的污染物的种类和数量。其公式如下：

$$\sum G_{投入} = \sum G_{产品} + \sum G_{流失}$$

式中　$\sum G_{投入}$——投入物料量总和；

　　　$\sum G_{产品}$——所得产品量总和；

　　　$\sum G_{流失}$——物料和产品流失量总和。

③ 排污系数法。根据《产排污系数手册》提供的实测和类比数据，按规模、污染物、产污系数、末端处理技术以及排污系数来计算污染物的排放量。

（4）污染源调查内容

一级评价项目污染源调查内容见表 3-2。

二级评价项目污染源调查内容参照一级评价项目执行，可适当从简。三级评价项目可只调查污染源排污概况，并对估算模式中的污染源参数进行核实。

2. 环境空气质量现状调查与评价

（1）环境空气质量现状调查原则

现状调查资料来源分以下三种途径，可视不同评价等级对数据的要求结合进行：

① 评价范围内及邻近评价范围的各例行空气质量监测点的近三年与项目有关的监测资料；

② 收集近三年与项目有关的历史监测资料；

表 3-2　一级评价项目污染源调查内容

项　目	内　　容
污染源排污概况调查	①在满负荷排放下,按分厂或车间逐一统计各有组织排放源和无组织排放源的主要污染物排放量 ②对改、扩建项目应给出:现有工程排放量、扩建工程排放量,以及现有工程经改造后的污染物预测削减量,并按上述三个量计算最终排放量 ③对于毒性较大的污染物还应估计其非正常排放量 ④对于周期性排放的污染源,还应给出周期性排放系数。周期性排放系数取值为 0~1,一般可按季节、月份、星期、日、小时等给出周期性排放系数
点源调查内容	①排气筒底部中心坐标,以及排气筒底部的海拔高度(m) ②排气筒几何高度(m)及排气筒出口内径(m) ③烟气出口速度(m/s) ④排气筒出口处烟气温度(K) ⑤各主要污染物正常排放量(g/s),排放工况,年排放小时数(h) ⑥毒性较大物质的非正常排放量(g/s),排放工况,年排放小时数(h)
面源调查内容	①面源起始点坐标,以及面源所在位置的海拔高度(m) ②面源初始排放高度(m) ③各主要污染物正常排放量[g/(s·m²)],排放工况,年排放小时数(h) ④矩形面源:初始点坐标,面源的长度(m),面源的宽度(m),与正北方向逆时针的夹角 ⑤多边形面源:多边形面源的顶点数或边数(3~20)以及各顶点坐标 ⑥近圆形面源:中心点坐标,近圆形半径(m),近圆形顶点数或边数
体源调查内容	①体源中心点坐标,以及体源所在位置的海拔高度(m) ②体源高度(m) ③体源排放速率(g/s),排放工况,年排放小时数(h) ④体源的边长(m) ⑤初始横向扩散参数(m),初始垂直扩散参数(m)
线源调查内容	①线源几何尺寸(分段坐标),线源距地面高度(m),道路宽度(m),街道街谷高度(m) ②各种车型的污染物排放速率[g/(km·s)] ③平均车速(km/h),各时段车流量(辆/h)、车型比例
其他需调查的内容	①建筑物下洗参数:在考虑由于周围建筑物引起的空气扰动而导致地面局部高浓度的现象时,需调查建筑物下洗参数。建筑物下洗参数应根据所选预测模式的需要,按相应要求内容进行调查 ②颗粒物的粒径分布:颗粒物粒径分级(最多不超过 20 级),颗粒物的分级粒径(μm)、各级颗粒物的质量密度(g/cm³)以及各级颗粒物所占的质量比(0~1)

③ 进行现场监测。

（2）现有监测资料的分析

对照各污染物有关的环境质量标准,分析其长期浓度（年均浓度、季均浓度、月均浓度）、短期浓度（日平均浓度、小时平均浓度）的达标情况。若监测结果出现超标,应分析其超标率、最大超标倍数以及超标原因。分析评价范围内的污染水平和变化趋势。

（3）环境空气质量现状监测

① 监测因子

凡项目排放的污染物属于常规污染物的应筛选为监测因子。凡项目排放的特征污染物有国家或地方环境质量标准的、或者有 TJ36 中的居住区大气中有害物质的最高允许浓度的,应筛选为监测因子;对于没有相应环境质量标准的污染物,且属于毒性较大的,应按照实际情况，选取有代表性的污染物作为监测因子，同时应给出参考标准值和出处。

②监测制度

一级评价项目应进行二期（冬季、夏季）监测；二级评价项目可取一期不利季节进行监测，必要时应作二期监测；三级评价项目必要时可作一期监测。每期监测时间，至少应取得有季节代表性的 7 天有效数据，采样时间应符合监测资料的统计要求。对于评价范围内没有排放同种特征污染物的项目，可减少监测天数。

监测时间的安排和采用的监测手段，应能同时满足环境空气质量现状调查、污染源资料验证及预测模式的需要。监测时应使用空气自动监测设备，在不具备自动连续监测条件时，1 小时浓度监测值应遵循下列原则：一级评价项目每天监测时段，应至少获取当地时间 02，05，08，11，14，17，20，23 时 8 个小时浓度值，二级和三级评价项目每天监测时段，至少获取当地时间 02，08，14，20 时 4 个小时浓度值。日平均浓度监测值应符合 GB 3095 对数据的有效性规定。

对于部分无法进行连续监测的特殊污染物，可监测其一次浓度值，监测时间须满足所用评价标准值的取值时间要求。

③监测布点

应根据项目的规模和性质，结合地形复杂性、污染源及环境空气保护目标的布局，综合考虑监测点设置数量。

一级评价项目，监测点应包括评价范围内有代表性的环境空气保护目标，点位不少于10 个。二级评价项目，监测点应包括评价范围内有代表性的环境空气保护目标，点位不少于 6 个。对于地形复杂、污染程度空间分布差异较大，环境空气保护目标较多的区域，可酌情增加监测点数目。三级评价项目，若评价范围内已有例行监测点位，或评价范围内有近 3 年的监测资料，且其监测数据有效性符合本导则有关规定，并能满足项目评价要求的，可不再进行现状监测，否则，应设置 2～4 个监测点。

若评价范围内没有其他污染源排放同种特征污染物的，可适当减少监测点位。

对于公路、铁路等项目，应分别在各主要集中式排放源（如服务区、车站等大气污染源）评价范围内，选择有代表性的环境空气保护目标设置监测点位。

城市道路项目，可不受上述监测点设置数目限制，根据道路布局和车流量状况，并结合环境空气保护目标的分布情况，选择有代表性的环境空气保护目标设置监测点位。

环境空气质量监测点位置的周边环境应符合相关环境监测技术规范的规定。监测点周围空间应开阔，采样口水平线与周围建筑物的高度夹角小于 30°；监测点周围应有 270°采样捕集空间，空气流动不受任何影响；避开局地污染源的影响，原则上 20 米范围内应没有局地排放源；避开树木和吸附力较强的建筑物，一般在 15～20 米范围内没有绿色乔木、灌木等。同时应注意监测点的可到达性和电力保证。

④监测采样

环境空气监测中的采样点、采样环境、采样高度及采样频率的要求，按相关环境监测技术规范执行。

⑤同步气象资料要求

应同步收集项目位置附近有代表性，且与各环境空气质量现状监测时间相对应的常规地面气象观测资料。

⑥监测结果统计分析

以列表的方式给出各监测点大气污染物的不同取值时间的浓度变化范围，计算并列表给出各取值时间最大浓度值占相应标准浓度限值的百分比和超标率，并评价达标情况。分析大气污染物浓度的日变化规律以及大气污染物浓度与地面风向、风速等气象因素及污染源排放的关系。分析重污染时间分布情况及其影响因素。

3. 气象观测资料调查

（1）气象观测资料调查的基本原则

① 气象观测资料的调查要求与项目的评价等级有关，还与评价范围内地形复杂程度、水平流场是否均匀一致、污染物排放是否连续稳定有关。

② 常规气象观测资料包括常规地面气象观测资料和常规高空气象探测资料。

③ 对于各级评价项目，均应调查评价范围 20 年以上的主要气候统计资料。包括年平均风速和风向玫瑰图，最大风速与月平均风速，年平均气温，极端气温与月平均气温，年平均相对湿度，年均降水量，降水量极值，日照等。

④ 对于一、二级评价项目，还应调查逐日、逐次的常规气象观测资料及其他气象观测资料。

（2）气象观测资料调查要求

对于一、二级评价项目，评价范围小于 50km 条件下，须调查地面气象观测资料，并按选取的模式要求，补充调查必需的常规高空气象探测资料；评价范围大于 50km 条件下，须调查地面气象观测资料和常规高空气象探测资料。具体内容见表 3-3。

表 3-3　气象观测资料调查要求

评价等级		要　求
一级评价项目	地面气象观测资料调查要求	调查距离项目最近的地面气象观测站，近 5 年内的至少连续三年的常规地面气象观测资料。如果地面气象观测站与项目的距离超过 50km，并且地面站与评价范围的地理特征不一致，还需要进行补充地面气象观测
	常规高空气象探测资料调查要求	调查距离项目最近的高空气象探测站，近 5 年内的至少连续三年的常规高空气象探测资料。如果高空气象探测站与项目的距离超过 50km，高空气象资料可采用中尺度气象模式模拟的 50km 内的格点气象资料
二级评价项目	地面气象观测资料调查要求	调查距离项目最近的地面气象观测站，近 3 年内的至少连续一年的常规地面气象观测资料。如果地面气象观测站与项目的距离超过 50km，并且地面站与评价范围的地理特征不一致，还需要进行补充地面气象观测
	常规高空气象探测资料调查要求	调查距离项目最近的常规高空气象探测站，近 3 年内的至少连续一年的常规高空气象探测资料。如果高空气象探测站与项目的距离超过 50km，高空气象资料可采用中尺度气象模式模拟的 50km 内的格点气象资料

（3）气象观测资料调查内容

气象观测资料调查内容见表 3-4。

表 3-4　气象观测资料调查内容

项　目	地面气象观测资料	常规高空气象探测资料
观测资料的时次	根据所调查地面气象观测站的类别，并遵循先基准站，次基本站，后一般站的原则，收集每日实际逐次观测资料	观测资料的时次：根据所调查常规高空气象探测站的实际探测时次确定，一般应至少调查每日 1 次（北京时间 08 点）的距离地面 1500m 高度以下的高空气象探测资料
观测资料的常规调查项目	时间(年、月、日、时)、风向(以角度或按 16 个方位表示)、风速、干球温度、低云量、总云量	时间(年、月、日、时)、探空数据层数、每层的气压、高度、气温、风速、风向(以角度或按 16 个方位表示)
选择项目	根据不同评价等级预测精度要求及预测因子特征，可选择调查的观测资料的内容：湿球温度、露点温度、相对湿度、降水量、降水类型、海平面气压、观测站地面气压、云底高度、水平能见度等	—

（4）补充地面气象观测要求

① 观测地点　在评价范围内设立地面气象站，站点设置应符合相关地面气象观测规范的要求。

② 观测期限　一级评价的补充观测应进行为期一年的连续观测；二级评价的补充观测可选择有代表性的季节进行连续观测，观测期限应在 2 个月以上。

（5）常规气象资料分析内容

① 温度

a. 温度统计量　统计长期地面气象资料中每月平均温度的变化情况，并绘制年平均温度月变化曲线图。

b. 温廓线　对于一级评价项目，需酌情对污染较严重时的高空气象探测资料作温廓线的分析，分析逆温层出现的频率、平均高度范围和强度。

② 风速

a. 风速统计量　统计月平均风速随月份的变化和季小时平均风速的日变化。即根据长期气象资料统计每月平均风速、各季每小时的平均风速变化情况，并绘制平均风速的月变化曲线图和季小时平均风速的日变化曲线图。

b. 风廓线　对于一级评价项目，需酌情对污染较严重时的高空气象探测资料作风廓线的分析，分析不同时间段大气边界层内的风速变化规律。

③ 风向、风频

a. 风频统计量　统计所收集的长期地面气象资料中，每月、各季及长期平均各风向风频变化情况。

b. 风向玫瑰图　统计所收集的长期地面气象资料中，各风向出现的频率，静风频率单独统计。在极坐标中按各风向标出其频率的大小，绘制各季及年平均风向玫瑰图。风向玫瑰图应同时附当地气象台站多年（20 年以上）气候统计资料的统计结果。

c. 主导风向　主导风向指风频最大的风向角的范围。风向角范围一般为 $22.5°\sim45°$ 之间的夹角。某区域的主导风向应有明显的优势，其主导风向角风频之和应 $\geqslant30\%$，否则可称该区域没有主导风向或主导风向不明显。在没有主导风向的地区，应考虑项目对全方位的环境空气敏感区的影响。

三、地表水环境现状调查与评价

1. 环境水文与水动力特征

（1）自然界的水循环、径流形成与水体污染

① 基本概念

水循环：地球上的水蒸发为水汽，经上升、输送、冷却、凝结，在适当条件下降落到地面的过程。

水循环可以分为两类：在海洋和陆地之间进行的，称为大循环；在海洋或陆地内部进行的，称为小循环。

降水：降落的雨、雪、雹等统称为降水。

地面径流：较大的降雨经植物的枝叶截留、填充地面洼地、下渗和蒸发等损失以后，余下的水经坡面漫流进入河网，汇入江河，最后流入海洋。这部分水称为地面径流。

地下径流：从地表下渗的水在地下流动，经过一段时间以后有一部分逐渐渗入河道，这部分水为地下径流。

河川径流：包括地面径流和地下径流。

② 河川径流的表示方法

流量 Q：单位时间通过河流某一断面的水量，单位为 m^3/s。

径流总量 W：在 T 时段内通过河流某一断面的总水量，$W=QT$。

径流深 Y：$Y=\dfrac{QT}{1000F}$，F 为流域面积，单位 km^2。

径流系数 α：某一时段内径流深与相应降雨深 P 的比值，$\alpha=Y/P$。

③ 水文现象的变化特点

河川径流的主要变化有：年际变化、年内变化、地区变化（一般北方地区河川径流在时间上的变化比南方剧烈）。

（2）河流的基本环境水文与水力学特征

① 河道水流形态的基本分类

均匀流与非均匀流：河道断面为棱柱形且底坡均匀时，河道中的恒定流呈均匀流流态，反之为非均匀流。

渐变流与急变流：河道形态变化不剧烈，河道中沿程的水流要素变化缓慢，称为渐变流，反之为急变流。

a. 恒定均匀流

非感潮河道，且在平水或枯水期，河道均匀，流动可视为恒定均匀流。基本方程为：

$$v=C\sqrt{Ri}$$
$$Q=vA$$

式中　v——断面平均流速，m/s；

$\quad\quad C$——谢才系数，常用 $\dfrac{1}{n}R^{\frac{1}{6}}$ 表示，n 为河床糙率；

$\quad\quad R$——水力半径，m；

$\quad\quad i$——水面坡降或底坡；

$\quad\quad Q$——流量，m^3/s；

$\quad\quad A$——过水断面面积，m^2。

b. 非恒定流

河道非恒定流常用一维圣维南方程描述。河道有侧向入流时，基本方程为：

$$\frac{\partial A}{\partial T}+\frac{\partial Q}{\partial x}=q$$

$$\frac{\partial Q}{\partial t}+2\frac{Q}{A}\times\frac{\partial Q}{\partial x}+\left(gA-\frac{Q^2}{A^2}B\right)\frac{\partial z}{\partial x}=-gS_f+\frac{Q^2}{A^2}\times\frac{\partial A}{\partial x}\bigg|_z+q(v_q-v)$$

式中　B——河道水面宽度，m；

$\quad\dfrac{\partial A}{\partial x}\bigg|_z$——相应于某一高程 z 断面沿程变化；

$\quad\quad z$——河底高程，m；

$\quad\quad S_f$——沿程摩阻坡度；

$\quad\quad t$——时间；

$\quad\quad q$——单位河长侧向入流；

$\quad\quad v_q$——侧向入流流速沿主流方向上的分量，m/s。

② 设计年最枯时段流量

枯水流量的选择一般分为两种情况：

a. 固定时段选样，每年选样的起止时间是一定的；

b. 浮动时段选样，每年选样的时间是不固定的，适用于推求短时段设计枯水流量时。

③ 河流断面流速计算

a. 实测流量资料多，绘制水位-流量，水位-面积，水位-流速关系曲线，由设计流量推求相应的断面平均流速。

b. 实测流量资料较少时，通过水力学公式计算。

c. 用公式计算。

有足够实测资料的计算公式
$$
\begin{cases}
v = \dfrac{Q}{A} \\
A = BH \\
H = \dfrac{A}{B}
\end{cases}
$$

经验公式
$$
\begin{cases}
v = \alpha Q^B \\
H = \gamma Q^B \\
B = \dfrac{1}{\alpha\gamma} Q^{(1-\beta-\delta)}
\end{cases}
$$

式中　　v——断面平均流速；

$\quad\quad Q$——流量；

$\quad\quad A$——过水断面面积；

$\quad\quad B$——河宽；

$\quad\quad H$——平均水深；

α、β、γ、δ——经验参数，由实测资料确定。

④ 河流水体混合

混合是流动水体单元相互掺混的过程，包括：分子扩散；紊动扩散；剪切离散等分散过程及其联合作用，见表 3-5。

表 3-5　水体混合过程

水体混合过程	定　义	公　　式
分子扩散	流体中由于随机分子运动引起的质点分散现象	$P_{x_i} = -D_m \dfrac{\partial c}{\partial x_i}$ 式中，c 为浓度；P_{x_i} 为 x_i 方向上的分子扩散通量；D_m 为分子扩散系数
紊动扩散	流体中由水流的脉动引起的质点分散现象	$P_{x_i} = \overline{u'_{x_i} c'} = -D_t \dfrac{\partial \bar{c}}{\partial x_i}$ 式中，P_{x_i} 为 x_i 方向上的紊动扩散通量；$\bar{c}$ 为脉动平均浓度；c'，u'_{x_i} 为脉动浓度值及各向脉动流速值；D_t 为紊动扩散系数
剪切离散	由于脉动平均流速在空间分布不均匀引起的分散现象	$P_x = \langle \hat{u}_x \hat{c} \rangle = -D_L \dfrac{\partial \langle c' \rangle}{\partial x}$ 式中，P_x 为断面离散通量；$\langle\rangle$ 表示断面平均值；$\hat{}$ 表示断面各点值与断面均值之差；D_L 为离散系数；u_x，c 为流速和浓度
混合	泛指分子扩散、紊动扩散、剪切离散等各类分散过程及其联合产生的过程	横向混合系数估算公式：$M_y = 0.6(1\pm0.5)hu^*$ 式中，M_y 为横向混合系数，m^2/s；h 为平均水深，m；u^* 为摩阻流速，m/s 纵向离散系数的 Fischer 公式：$D_L = 0.011u^2 B^2/hu^*$ 式中，u 为断面平均流速；B 为河宽

（3）湖泊、水库的环境水文特征

湖泊：内陆低洼地区蓄积着停止流动或慢流动而不与海洋直接联系的天然水体称为

湖泊。

水库/人工湖泊：人类为了控制洪水或调节径流，在河流上筑坝，拦蓄河水而形成的水体为水库，也称人工湖泊。

从深度分，湖泊和水库分为深水型和浅水型；从水面形态分可分为宽阔型和窄条型。

① 湖泊、水库的水量平衡关系式：

$$W_入 = W_出 + W_损 \pm \Delta W$$

式中　$W_入$——湖泊、水库的时段来水总量；

$W_出$——湖泊、水库的时段内出水总量；

$W_损$——时段内湖泊、水库的水面蒸发与渗漏等损失总量；

ΔW——时段内湖泊、水库蓄水量的增减值。

② 湖泊、水库的动力特征

湖流：湖、库水在水力坡度力、密度梯度力、风力等作用下产生沿一定方向的流动。

按成因，可分为风成流、梯度流、惯性流和混合流。湖流环状流动可分为水平环流、垂直环流和兰米尔环流（在表层形成的螺旋形流动）。

湖水混合：湖、库水混合的方式分为紊动混合（由风力和水力坡度作用产生）和对流混合（由湖水密度差异引起）。

波浪：湖泊中的波浪主要是由风引起的，又称为风浪。

波漾：湖、库中水位有节奏的升降变化，称为波漾或定振波。

③ 水温

容积和水深较小的湖泊，没有温度垂直分层。

容积和水深较大的湖泊或水库，水温呈垂向分层型。水温垂向分布有三个层次，上层温度较高，下层温度较低，中间称为温跃层。

（4）河口和近海的基本环境水文及水动力特征

① 河口和近海的相关概念

河口：入海河流受到潮汐作用的一段河段，又称感潮河段。与一般河流最显著的区别是常受到潮汐的影响。

海湾：是海洋凸入陆地的那部分水域。

海湾根据形状、湾口的大小和深浅以及通过湾口与外海的水交换能力，可以分为闭塞型和开敞型两类。

大陆架水区：位于大陆架上水深200m以下，海底坡度不大的沿岸海域，是大洋与大陆之间的连接部。

② 河口海湾的基本水流形态

潮流：内外海潮波进入沿岸海域和海湾时的变形而形成的浅海特有的潮波运动形态。

在河口海湾等近海水域，潮流对污染物的输移和扩散起主要作用。

2. 水环境现状调查与监测

（1）目的

掌握评价范围内水体污染源、水文、水质和水体功能利用等方面的环境背景情况，为地表水环境现状和预测评价提供基础资料。

（2）工作范围

包括资料收集、现场调查以及必要的环境监测。

（3）调查范围

包括受建设项目影响较显著的地表水区域。

确定调查范围的原则：

① 考虑接纳污染物的天然水体的使用功能质量标准及评价等级；

② 考虑下游附近的敏感区。

（4）调查时间确定原则

① 根据当地水文资料确定河流、湖泊、水库的丰水期、平水期、枯水期，同时确定三个时期的季节和月份。

② 根据评价等级确定调查时期。

③ 当被调查的范围内面源污染严重，丰水期水质劣于枯水期时，一、二级评价的各类水域应调查丰水期，若时间允许，三级也应调查丰水期。

④ 冰封期较长的水域，且作为生活饮用水、食品加工用水的水源或渔业用水时，应调查冰封期的水质水文情况。

（5）水文调查和水文测量的内容

见表 3-6。

表 3-6　水文调查与水文测量内容

项目	具体内容
河流	丰水期、平水期、枯水期的划分； 河段的平直及弯曲； 过水断面积、坡度、水位、水深、河宽、流量、流速及其分布、水温、糙率及泥沙含量等； 丰水期有无分流漫滩，枯水期有无浅滩、沙洲和断流； 河网地区还要调查各河流流向、流速、流量的关系和变化特点
感潮河口	与河流内容相同； 调查感潮河段的范围，涨潮、落潮及平潮时的水位、水深、流向、流速及其分布； 横断面形状、水面坡度、河潮间隙、潮差和历时等
湖泊、水库	湖泊、水库的面积和形状，附有平面图； 丰水期、平水期、枯水期的划分； 流入、流出的水量；水力滞留时间或交换周期； 水量的调度和储量、水深、水温分层情况及水流状况等
降雨	预测建设项目的面源污染时，应调查历年的降雨资料

（6）污染源调查

污染源：凡对环境质量可以造成影响的物质和能量输入。

污染物（污染因子）：输入的物质和能量。按排放方式分为点源和面源；按污染性质分为持久性污染物、非持久性污染物、水体酸碱度和热效应。

污染源调查内容见表 3-7。

表 3-7　污染源调查内容

污染源	调查原则	调查内容
点源	调查的繁简程度可根据评价等级及其与建设项目的关系而略有不同。评价等级高而且现有污染源与建设项目距离较近时应该详细调查	①污染源的排放特点 ②污染源排放数据 ③用排水情况 ④废水、污水处理状况
非点源	一般采用资料收集的方法，不进行实测	①工业类非点源污染源 ②其他非点源污染源

（7）水质因子选择

见表 3-8。

表 3-8　水质因子选择

水质因子	内　　　容
常规水质因子	pH 值、DO、COD_{Mn} 或 COD_{Cr}、BOD_5、TN 或 $NH_3\text{-}N$、TP、酚、CN^-、As、Hg、Cr^{6+}、水温
特殊水质因子	根据建设项目特点、水域类别、评价等级和建设项目所属行业的特征水质参数选择
其他因子	水生生物（包括浮游动植物、藻类、底栖无脊椎动物的种类和数量，水生生物群落结构等）和底质（包括相关的易积累污染物）等

（8）河流水质采样

① 取样断面的布设

a. 调查范围的两端。

b. 调查范围内重点保护水域及重点保护对象附近的水域。

c. 重点水工构筑物附近。

d. 水文站附近。

e. 建设项目拟建排污口上游 500m 处。

② 取样断面上取样点的布设

a. 取样断面上依据河宽设置取样垂线。

b. 取样垂线上依据水深设置取样点。

③ 取样方式

一级评价：每个取样点的水样均应分析，不取混合样。

二级评价：需要预测混合过程段水质的场合，每次应将该段内各取样断面中每条垂线上的水样混合成一个水样；其他情况每个取样断面每次只取一个混合水样，即将断面上各处所取水样混合成一个水样。

三级评价：原则上只取断面混合水样。

④ 河流取样次数

a. 在规定的不同规模河流、不同评价等级的调查时期中，每个水期调查 1 次，每次调查 3～4 天，至少有一天对所有已选点的水质因子取样分析。

b. 在不预测水温时，只在采样时测水温；预测水温时，要测日水温的变化情况。

c. 一般情况，每天每个水质因子只取一个样，水质变化很大时，每隔一定时间采样 1 次。

（9）河口水质的取样

① 取样断面布设原则

排污口拟建于河口感潮段内，其上游设置的取样断面的数目与位置，应根据感潮段的实际情况决定，其下游取样断面的布设原则与河流相同。

② 河口取样次数

a. 在规定的不同规模河口、不同等级的调查时期，每期调查一次，每次调查两天，一次在小潮期，一次在大潮期。

b. 在不预测水温时，只在采样时间测水温；在预测水温时，可采用每隔 4～6h 测一次的方法求日平均水温。

（10）湖泊、水库水质取样

见表 3-9。

表 3-9　湖泊、水库水质取样方法

项目	大、中型湖泊、水库	小型湖泊、水库
布点数目	污水排放量<50000m³/d 时，一级评价每1~2.5km²一个，二级评价每 1.5~3.5km²一个，三级评价每 2~4km²一个 污水排放量≥50000m³/d，一级评价每3~6km²一个，二、三级评价每 4~7km²一个	污水排放量<50000m³/d 时，一级评价每 0.5~1.5km²一个，二、三级评价每 1~2km²一个 污水排放量>50000m³/d 时，各级评价均每 0.5~1.5km²一个
取样点布设	平均水深<10m 时，在水面下 0.5m 且距底≥0.5m 处设一个取样点 平均水深≥10m 时，先查明水温有无分层现象，如有斜温层，在水面下 0.5m 和斜温层以下，距底≥0.5m 处各取一个水样	平均水深<10m 时，在水面下 0.5m 且距底≥0.5m 处设一个取样点 平均水深≥10m 时，在水面下 0.5m 和水深 10m 且距底≥0.5m 处各设一个取样点
取样方式	各取样位置上不同深度的水样均不混合	水深<10m，每个取样位置取一个水样 水深≥10m，取一个混合样
取样次数	①在所规定的不同规模湖泊、不同评价等级的调查时期中，每期调查一次，每次调查 3~4 天，至少有一天对所有已选定的水质参数取样分析 ②表层溶解氧和水温每隔 6h 测一次，并在调查期内适当检测藻类	

（11）水质取样的特殊情况

① 设有闸坝受人工控制的河流，排洪期和用水期水量流动大时，按河流处理；用水期水量流动小时，按水库处理。

② 河网地区应按各河段的长度比例布设水质采样、水文测量断面。

（12）水样采集、保存和分析

① 河流、湖泊、水库水样保存、分析的原则和方法按 GB 3838—2002。

② 河口水样盐度<3%者，同河流、湖泊的原则与方法；盐度≥3%的，按海湾原则与方法执行。

（13）现有水质资料的收集、整理

主要从当地水质监测部门收集，对象为有关水质监测报表、环境质量报告书及建于附近的建设项目的环境影响报告书等技术文件中的水质资料。

3. 水环境现状评价方法

（1）评价方法：单因子指数法

推荐采用标准指数，计算公式见表 3-10。

水质因子的标准指数≤1，说明该水质因子在评价水体中的浓度符合水域功能和水环境质量标准的要求。

（2）实测统计代表值的获取

① 极值法，适用于某水质因子监测数据量少，水质浓度变化大的情况。

② 均值法，适用于某水质因子监测数据量多，水质浓度变化较小的情况。

③ 内梅罗法，适用于某水质因子有一定的监测数据量，水质浓度变幅较大的情况。

$$c = \sqrt{\frac{c_{极}^2 + c_{均}^2}{2}}$$

式中　c——某水质监测因子的内梅罗值，mg/L；

$c_{极}$——某水质监测因子的实测极值，mg/L；

$c_{均}$——某水质监测因子的算术平均值，mg/L。

表 3-10　水质因子计算

水质因子		公　式
一般水质因子		$$S_{i,j} = \frac{c_{i,j}}{c_{s,j}}$$ 式中，$S_{i,j}$ 为标准指数；$c_{i,j}$ 为评价因子 i 在 j 点的实测统计代表值，mg/L；$c_{s,j}$ 为评价因子 i 的评价标准限值，mg/L
特殊水质因子	DO	当 $DO_j \geqslant DO_s$：$S_{DO,j} = \dfrac{\lvert DO_f - DO_j \rvert}{DO_f - DO_s}$ 当 $DO_j < DO_s$：$S_{DO,j} = 10 - 9 \dfrac{DO_j}{DO_s}$ 式中，$S_{DO,j}$ 为 DO 的标准指数；DO_f 为某水温、气压下饱和溶解氧浓度，mg/L；DO_j 为在 j 点的溶解氧实测统计代表值，mg/L；DO_s 为溶解氧的评价标准限值，mg/L
	pH 值	当 $pH_j \leqslant 7.0$：$S_{pH,j} = \dfrac{7.0 - pH_j}{7.0 - pH_{sd}}$ 当 $pH_j > 7.0$：$S_{pH,j} = \dfrac{pH_j - 7.0}{pH_{su} - 7.0}$ 式中，$S_{pH,j}$ 为 pH 值的标准指数；pH_j 为 pH 值的实测统计代表值；pH_{sd} 为评价标准中 pH 值的下限值；pH_{su} 为评价标准中 pH 值的上限值

四、地下水环境现状调查与评价

1. 地质学基本概念

（1）地质：指地球的物质组成、内部构造、外部特征，以及各层圈之间的相互作用和演变过程。

（2）矿物：指地壳中各种元素形成的化合物或单质的天然存在形式，其具有确定的或在一定范围内变化的化学成分和物理特征。地球所含的化学成分中，铁的含量最高（35%），所含的元素中，氧的含量最高（46%）。

（3）岩石：指地壳中一种或多种矿物组成的集合体。其特征用岩性来表示。岩性是指反映岩石特征的一些属性，包括颜色、成分、结构、构造、胶结物质、胶结类型、特殊矿物等。

（4）地质构造：指地球表层的岩石和岩体，在形成过程中及形成以后，受到各种地质作用力的影响而形成的复杂空间组合形态。最基本的形式是断裂和褶皱。

（5）地层：以成层的岩石为主体，在长期的地球演化过程中在地球表面低凹处形成的构造，是地质历史的重要纪录。

（6）地层层序律：依照沉积的先后，早形成的地层居下，晚形成的地层在上的基本原理。

2. 地下水的基本知识

（1）包气带和非饱和带

① 地面以下、潜水面以上与大气相通的地带称为包气带，其自上而下可分为土壤水带、中间带和毛细水带；地面水以下称为饱水带。

② 非饱和带与包气带的区别是其不包括潜水面之上的毛细上升带和季节性饱和带。

③ 包气带中各种形式的水统称为包气带水，包括结合水、毛细水、气态水和重力水等。

（2）地下水的定义类

广义的地下水是指赋存于地面以下岩石空隙中的水，狭义的地下水是指赋存于饱水带岩石空隙中的水。狭义地下水是地下水环境影响评价的主要对象。

（3）地下水的分类

① 根据物理力学性质可分为毛细水和重力水。毛细水指在岩土细小的孔隙和裂隙中，受毛细作用控制的水，它是岩土中三相界面上毛细力作用的结果。重力水指存在于岩石颗粒之间，结合水层之外，不受颗粒静电引力的影响，可在重力作用下运动的水。它具有液态水的一般特征，是研究的主要对象。

② 根据含水介质（空隙）类型，可分为孔隙水、裂隙水和岩溶水。

③ 根据埋藏条件可分为包气带水、潜水和承压水。其定义和特征见表 3-11。

表 3-11　地下水的类别（按埋藏条件）

类别	定义	特征
包气带水	处于地表面以下潜水位以上的包气带岩土层中的水	受气候控制，水量季节性变化明显
潜水	埋藏在地表以下、第一层较稳定的隔水层以上、具有自由水面的重力水	潜水面随时间而变化，其形状则随地形的不同而异，也和含水层的透水性和隔水层底板形状有关 潜水具有自由表面，承受大气压力，并受气候条件影响，季节性变化明显。水温随季节变化有规律的变化。水质易受污染
承压水	充满于两个隔水层之间的含水层中的重力水	不具有自由水面，承受一定的静水压力，承压水位是虚拟水位，称为水头 承压含水层的分布区与补给区不一致，常常是补给区远小于分布区，一般只通过补给区接受补给 承压的动态比较稳定，受气候影响较小。水质不易受地面污染

（4）含水层、隔水层、弱透水层

① 含水层指能够给出并透过相当数量重水的岩层或土层。其构成条件有两个：a. 岩石中要有空隙存在，并充满足够数量的重力水；b. 这些重力水能够在岩石空隙中自由运动。含水层一般分为承压含水层、潜水含水层。

② 含水岩组是指两个或两个以上具有相近岩性和空隙类型的含水层组成的含水系统。

③ 隔水层是指不能给出并透过水的岩层、土层，如黏土、致密的岩层等。

④ 弱透水层是指那些渗透性相当差的岩层，在一般的供排水中它们所提供的水量微不足道，似乎可以看作隔水层，但在发生越流时，相邻含水层可以通过其交换水量的岩层。

（5）地下水的补给、径流和排泄

① 地下水的补给。按照补给来源不同可分为降水入渗补给、地表水补给、凝结水补给、来自其他含水层的补给以及人工补给等。大气降水是地下水最主要的补给来源。

② 地下水的径流。地下水的径流方向复杂多变，具体形式随地形、含水层的条件而定。地下水的流动速度基本上与含水层的透水性、补给区与排泄区之间的水力坡度成正比。

③ 地下水的排泄。排泄方式有点状排泄（泉）、线状排泄（向河流泄流）、面状排泄（蒸发）、向含水层排泄和人工排泄。过量的人工排泄是引起地下水环境问题的主要因素。

（6）地下水降落漏斗

在开采地下水时，会在围绕开采中心的一定区域，形成漏斗状的地下水水位（水头下降区），称为地下水降落漏斗。地下水降落漏斗区的地下水等水位线往往呈不规则同心圆状或椭圆状。

（7）水文地质图

水文地质图是反映某地区的地下水分布、埋藏、形成、转化及其动态特征的地质图件，主要表示地下水类型、性质及其储量分布状况等，是水文地质调查、勘察研究成果的主要表示形式。按其表示的内容和应用目的，主要分为三类，见表 3-12。

表 3-12　水文地质图类型

类　　型		用　　途
综合性水文地质图		反映某一区域内总的水文地质规律。比例尺常小于 1∶10 万
专门性水文地质图		为某项具体目的而编制。比例尺常大于 1∶10 万
水文地质要素图	水文地质柱状图	将水文钻孔揭示的地层按其时代顺序、接触关系及各层位的厚度大小编制的图件
	地下水等水位图	潜水水位或承压水水头标高相等的各点的连线图。主要用途有：①确定地下水流向；②计算地下水的水力坡度；③确定潜水与地表水之间的关系；④确定潜水的埋藏深度；⑤确定泉或沼泽的位置；⑥推断给水层的岩性或厚度的变化；⑦确定富水带位置

（8）常用水文地质参数

① 孔隙度与有效孔隙度。孔隙度指某一体积岩石（包括孔隙在内）中孔隙体积所占的比例，它是影响岩石储容地下水能力大小的重要因素。孔隙度的大小主要取决于分选程度、颗粒排列情况、颗粒形状以及胶结充填情况。其计算公式为：

$$n=\frac{V_n}{V}\times100\%$$

式中　n——岩石的孔隙度；

　　　V——包括孔隙在内的岩石体积；

　　　V_n——岩石中孔隙的体积。

有效孔隙度为重力水流动的孔隙体积（不包括结合水占据的空间）与岩石体积之比，其值小于孔隙度。

② 给水度与贮水系数。给水度是指当地下水位下降一个深度，从地下水位延伸到地表面的单位水平面积岩石柱体，在重力作用下释出的水的体积，用 μ 表示。

承压含水层的贮水系数（S）是指其测压水位下降（或上升）一个单位深度，单位水平面积含水层释出（或储存）的水的体积。

③ 渗透系数。渗透系数（K）又称为水力传导系数，其单位是 m/d 或 cm/s。在各向同性介质中，它定义为单位水力梯度下的单位流量，表示流体通过孔隙骨架的难易程度；在各向异性介质中，它以张量形式表示。

渗透系数是综合反映岩石渗透能力的一个指标，渗透系数越大，岩石透水性越强。影响渗透系数大小的因素主要有介质颗粒的形状、大小、不均匀系数和水的黏滞性等。通常可用试验方法（包括实验室测定法和现场测定法）或经验估算法来确定 K 值。

3. 地下水环境现状调查与监测

（1）调查目的

① 查明项目所在区地下水水质现状、污染源分布状况。

② 确定地下水环境影响的敏感目标。

③ 了解评价区水文地质概况。

④ 了解建设项目水环境污染物排放特征。

⑤ 初步确定污染排放单元和地下水环境污染敏感因子。

（2）调查原则

资料搜集与现场调查相结合；区域调查与项目所在场地监测和实验相结合；本区调查与类比考查相结合。

（3）地下水环境现状调查与监测

地下水环境现状调查与监测的内容见表 3-13。

表 3-13　地下水环境现状调查与监测

项　目	内　容
水文地质调查	①气象、水文、土壤和植被状况 ②地层岩性、地质构造、地貌特征与矿产资源 ③包气带岩性、结构、厚度 ④含水层的岩性组成厚度、渗透系数和富水系数，隔水层的岩性组成、厚度、渗透系数 ⑤地下水类型、水动力特征、地下水水位、水质、水量、水温及地下水补给、径流和排泄条件 ⑥泉的成因类型、出露位置和形成条件及泉水流量、水质、水温，开发利用情况 ⑦地下水环境背景值或对照值
环境水文地质问题调查	①原生环境水文地质问题 ②地下水开发利用状况、开采层的层位、开采量、开采强度、开采井的密度、深度以及开采历史和开采过程中水质、水量、水位的变化 ③集中供水水源地和水源井的分布情况、保护区划定与卫生防护情况，水井结构、地质剖面 ④有无地下水开采引起的不良环境水文地质问题 ⑤与地下水有关的其他人类工程活动调查
地下水污染源调查	分工业或生活废(污)水污染源、排污渠和已被污染的小型河流水库、污水池和污水库、农业污染源、工业固体废弃物、生活污染源的生活垃圾和粪便等几类进行调查
地下水环境现状监测	主要包括对地下水水位、水量、水质、水温的动态监测，以了解和查明地下水水质与水量的现状和发展趋势，为地下水环境现状评价和环境影响预测提供基础资料
环境水文地质勘探与试验	环境水文地质试验项目通常有抽水试验、注水试验、渗水试验、浸溶试验、土柱淋滤试验、弥散试验、潜水水量垂直均衡试验、流速试验(连通试验)、地下水含水层储能试验等

4. 地下水质量评价方法

地下水质量评价以地下水水质调查分析资料或水质监测资料为基础，可采用标准指数法、污染指数法和综合评价方法。

（1）标准指数法

① 评价标准为定值的水质参数，其标准指数法公式为：

$$P_i = \frac{c_i}{S_i}$$

式中　P_i——标准指数；

　　　c_i——水质参数 i 的监测浓度值；

　　　S_i——水质参数 i 的标准浓度值。

② 评价标准为区间值的水质参数，其标准指数法公式为：

$$P_{pH} = \frac{7.0 - pH_i}{7.0 - pH_{sd}} \qquad pH_i \leqslant 7 \text{ 时}$$

$$P_{pH} = \frac{pH_i - 7.0}{pH_{su} - 7.0} \qquad pH_i > 7 \text{ 时}$$

式中　P_{pH}——pH_i 的标准指数；

　　　pH_i——i 点实测 pH 值；

　　　pH_{su}——标准中 pH 值的上限值；

　　　pH_{sd}——标准中 pH 值的下限值。

评价时，标准指数大于1，表明该水质参数已超过了规定的水质标准，指数值越大，超标越严重。

（2）污染指数法

对照项目所在区地下水的背景值或对照值，对地下水污染现状进行评价，方法与标准指数法相同。

（3）综合评价方法

地下水质量综合评价在单因子指数法的基础上进行，步骤如下：

① 对各单项组分进行评价，划分各组分所属质量类别。

② 对各类别按照表 3-14 确定各组分分值 F_i。

表 3-14　各类别单项组分评价分值

类别	I	II	III	IV	V
F_i	0	1	3	6	10

③ 按照下列公式计算 F 值与 $\overline{F}$ 值。

$$F=\sqrt{\frac{\overline{F}^2+F_{\mathrm{Max}}}{2}}$$

$$\overline{F}=\frac{1}{n}\sum_{i=1}^{n}F_i$$

式中　F_i——各单项组分评分值；

$\overline{F}$——各单项组分评分值的平均值；

F_{Max}——各单项组分评分值的最大值；

n——项数。

④ 根据 F 值，按照表 3-15 确定地下水质量级别，再将细菌学评价指标类别注在级别定名之后。

表 3-15　地下水质量级别判定 F 值

类别	优良	良好	较好	较差	极差
F	$F<0.8$	$0.8\leqslant F<2.5$	$2.5\leqslant F<4.25$	$4.25\leqslant F<7.2$	$F\geqslant7.2$

5. 包气带防护性能评价方法

包气带防护性能指包气带的土壤、岩石、水、气系统抵御污染物污染地下水的能力，分为固有和特殊防污染性能两种。

① 固有防污染性能是指在一定的地质条件和水文地质条件下，防止人类活动产生的各种污染物污染地下水的能力，它与包气带地质条件和包气带水文地质条件有关，与污染物性质无关。

② 特殊防污染性能是指防止某种或某类污染物污染地下水的能力，它与污染物性质及其在地下水环境中的迁移能力有关。

包气带的防护性能分为弱、中、强三类，见表 3-16。

表 3-16　包气带的防污性能分类标准

分类	包气带岩土的渗透性能
弱	黏性土单层厚度 $M_b<1.0\mathrm{cm}$ 或包气带岩层饱和渗透系数 $K>10^{-4}\mathrm{cm/s}$，并且建设项目场地和废水排放区域内黏性土层不连续
中	黏性土单层厚度 $1.0\mathrm{cm}\leqslant M_b\leqslant2.0\mathrm{cm}$，并且包气带岩层饱和渗透系数 $10^{-7}\mathrm{cm/s}\leqslant K\leqslant10^{-4}\mathrm{cm/s}$，同时建设项目场地和废水排放区域内黏性土层分布较连续
强	黏性土单层厚度 $M_b>2.0\mathrm{cm}$，并且包气带岩层饱和渗透系数 $K<10^{-7}\mathrm{cm/s}$，同时建设项目场地和废水排放区域内黏性土层分布连续、稳定

五、声环境现状调查与评价

1. 主要调查内容

(1) 影响声波传播的环境要素

调查建设项目所在区域的主要气象特征：年平均风速和主导风向，年平均气温，年平均相对湿度等。

收集评价范围内 1：（2000～50000）地理地形图，说明评价范围内声源和敏感目标之间的地貌特征、地形高差及影响声波传播的环境要素。

(2) 声环境功能区划

调查评价范围内不同区域的声环境功能区划情况，调查各声环境功能区的声环境质量现状。

(3) 敏感目标

调查评价范围内的敏感目标的名称、规模、人口的分布等情况，并以图、表相结合的方式说明敏感目标与建设项目的关系（如方位、距离、高差等）。

(4) 现状声源

建设项目所在区域的声环境功能区的声环境质量现状超过相应标准要求或噪声值相对较高时，需对区域内的主要声源的名称、数量、位置、影响的噪声级等相关情况进行调查。

有厂界（或场界、边界）噪声的改、扩建项目，应说明现在建设项目厂界（或场界、边界）噪声的超标、达标情况及超标原因。

2. 调查方法

环境现状调查的基本方法是：(1) 收集资料法，(2) 现场调查法，(3) 现场测量法。评价时，应根据评价工作等级的要求确定需采用的具体方法。

3. 现状监测

(1) 监测布点原则

① 布点应覆盖整个评价范围，包括厂界（或场界、边界）和敏感目标。当敏感目标高于（含）三层建筑时，还应选取有代表性的不同楼层设置测点。

② 评价范围内没有明显的声源（如工业噪声、交通运输噪声、建设施工噪声、社会生活噪声等），且声级较低时，可选择有代表性的区域布设测点。

③ 评价范围内有明显的声源，并对敏感目标的声环境质量有影响，或建设项目为改、扩建工程，应根据声源种类采取不同的监测布点原则。

a. 当声源为固定声源时，现状测点应重点布设在可能即受到现有声源影响，又受到建设项目声源影响的敏感目标处，以及有代表性的敏感目标处；为满足预测需要，也可在距离现有声源不同距离处设衰减测点。

b. 当声源为流动声源，且呈现线声源特点时，现状测点位置选取应兼顾敏感目标的分布状况、工程特点及线声源噪声影响随距离衰减的特点，布设在具有代表性的敏感目标处。为满足预测需要，也可选择若干线声源的垂线，在垂线上距声源不同距离处布设监测点。其余敏感目标的现状声级可通过具有代表性的敏感目标噪声的验证和计算求得。

c. 对于改、扩建机场工程，测点一般布设在主要敏感目标处，测点数量可根据机场飞行量及周围敏感目标情况确定，现有单条跑道、二条跑道或三条跑道的机场可分别布设 3～9、9～14 或 12～18 个飞机噪声测点，跑道增多可进一步增加测点。其余敏感目标的现状飞机噪声声级可通过测点飞机噪声声级的验证和计算求得。

(2) 监测执行的标准

声环境质量监测执行 GB 3096；

机场周围飞机噪声测量执行 GB 9661；

工业企业厂界环境噪声测量执行 GB 12348；

社会生活环境噪声测量执行 GB 22337；

建筑施工场界噪声测量执行 GB 12524；

铁路边界噪声测量执行 GB 12525；

城市轨道交通车站站台噪声测量执行 GB 14227。

4. 现状评价

（1）以图、表结合的方式给出评价范围内的声环境功能区及其划分情况，以及现有敏感目标的分布情况。

（2）分析评价范围内现有主要声源种类、数量及相应的噪声级、噪声特性等，明确主要声源分布。

（3）分别评价不同类别的声环境功能区内各敏感目标的超、达标情况，说明其受到现有主要声源的影响状况。

（4）给出不同类别的声环境功能区噪声超标范围内的人口数及分布情况。

六、生态环境现状调查与评价

1. 生态环境现状调查

（1）生态现状调查要求

生态现状调查应在收集资料的基础上开展现场工作，生态现状调查的范围应不小于评价工作的范围。

一级评价应给出采样地样方实测、遥感等方法测定的生物量、物种多样性等数据，给出主要生物物种名录、受保护的野生动植物物种等调查资料。

二级评价的生物量和物种多样性调查可依据已有资料推断，或实测一定数量的、具有代表性的样方予以验证。

三级评价可充分借鉴已有资料进行说明。

（2）生态现状调查方法

包括：①资料收集法；②现场勘察法；③专家和公众咨询法；④生态监测法；⑤遥感调查法；⑥海洋生态调查方法；⑦水库渔业资源调查方法。

（3）生态现状调查内容

① 生态背景调查。根据生态影响的空间和时间尺度特点，调查影响区域内涉及的生态系统类型、结构、功能和过程，以及相关的非生物因子特征，重点调查受保护的珍稀濒危物种、关键种、土著种、建群种和特有种，天然的重要经济物种等。

② 主要生态问题调查。调查影响区域内已经存在的制约本区域可持续发展的主要生态问题。

（4）植物的样方调查和物种重要值

① 样方调查步骤

a. 确定样地大小：一般草本的样地在 $1m^2$ 以上；灌木林样地在 $10m^2$ 以上；乔木林样地在 $100m^2$ 以上。

b. 确定样地数目：用种与面积和关系曲线确定样地数目。

c. 样地排列：系统排列或随机排列。

② 物种重要值确定方法

a. 密度 $= \dfrac{个体数目}{样地面积}$，相对密度 $= \dfrac{一个种的密度}{所有种的密度} \times 100\%$

b. 优势度 $=\dfrac{\text{底面积（或覆盖面积总值）}}{\text{样地面积}}$，相对优势度 $=\dfrac{\text{一个种优势度}}{\text{所有种优势度}}\times100\%$

c. 频度 $=\dfrac{\text{包含该种样地数}}{\text{样地总数}}$，相对频度 $=\dfrac{\text{一个种的频度}}{\text{所有种的频度}}\times100\%$

d. 重要值＝相对密度＋相对优势度＋相对频度

（5）陆地生态系统生产能力估测与生物量测定

① 陆地生态系统生产能力估测。包括地方已有成果应用法、参考权威著作提供的数据、区域蒸散模式。区域蒸散模式的表达式如下。

$$NPP=RDI^2\frac{r(1+RDI+RDI^2)}{(1+RDI)(1+RDI^2)}\times\exp\left(-\sqrt{9.87+6.25RDI}\right)$$

$$RDI=(0.629+0.237PER-0.00313PER^2)^2$$

$$PER=\frac{PET}{r}=BT\times\frac{58.93}{r}$$

$$BT=\frac{\sum t}{365}\text{或}\frac{\sum T}{12}$$

式中　NPP——自然植被净第一性生产力，$\text{t/(hm}^2\cdot\text{a)}$；

RDI——辐射干燥度；

r——年降水量，mm；

PER——可能蒸散率；

PET——年可能蒸散率，mm；

BT——年平均生物温度，℃；

t——小于30℃与大于0℃的日均值；

T——小于30℃与大于0℃的月均值。

② 生物量实测

一般采用样地调查收割法。样地面积森林取 1000m^2，疏林及灌木林取 500m^2，草本群落取 100m^2。

测定生产力的方法：皆伐实测法、平均木法、分级＋平均木法、随机抽样法。

（6）水生生态环境调查

① 水生生态系统组成

$$\text{水生生态系统}\begin{cases}\text{海洋生态系统}\\\text{淡水生态系统}\begin{cases}\text{河流生态系统}\\\text{湖泊生态系统}\end{cases}\end{cases}$$

② 水生生态调查内容包括：初级生产量、浮游生物、底栖生物、潮间带生物和鱼类资源等，有时还有水生植物调查等，见表3-17。

（7）遥感—地理信息系统—全球定位系统技术（3S）的应用

① 遥感

遥感：指通过任何不接触被观测物体的手段来获取信息的过程和方法，包括航天遥感、航空遥感、船载遥感、雷达以及照相机摄制的图像。

遥感的数据记录方式：以胶片记录，主要用于航空摄影；以计算机兼容磁带数据格式记录，主要用于航天遥感。

遥感为景观生态学研究和应用提供的信息包括：地形、地貌、地表水体植被类型及其分布、土地利用类型及其面积、生物量分布、土壤类型及其水体特征、群落蒸腾量、叶面积指数及叶绿素含量等。

表 3-17　水生生态调查内容

调　查　项　目	指标或方法
初级生产量测定	①氧气测定法 ②二氧化碳测定法 ③放射性标记物测定法 ④叶绿素测定法
浮游生物调查	①种类组成及分布 ②细胞总量 ③生物量 ④主要类群 ⑤主要优势种及分布 ⑥鱼卵和仔鱼的数量及种类、分布
底栖生物调查	①总生物量和密度 ②种类及其生物量、密度 ③种类、组成、分布 ④群落与优势种 ⑤底质
潮间带生物调查	①种类组成与分布 ②生物量 ③群落 ④底质
鱼类调查	①种类组成与分布 ②渔获密度、组成与分布 ③渔获生物量、组成与分布 ④鱼类区系特征 ⑤经济鱼类和常见鱼类 ⑥特有鱼类 ⑦保护鱼类

景观遥感分类的步骤如下。

a. 数据收集和预处理。常见预处理方法：大气校正、几何纠正、光谱比值、主成分、植被成分、帽状转换、条纹消除和质地分析等。

b. 选择训练样区和 GPS 定位。

c. 遥感影像分类。包括：非监督分类和监督分类。

d. 分类结果的后处理。包括：光滑或过滤、几何校正、矢量化及人机交互解译。

e. 分类精度评价。通常采用选取有代表性的检验区的方法，检验区的类型包括：监督分类的训练区、指定的同质检验区和随机选取检验区。

② 地理信息系统

地理信息系统：在计算机支持下，对空间数据进行采集、储存、检索、运算、显示和分析的管理系统。

数据结构种类：矢量结构、栅格结构和层次结构。

地理信息系统的常用功能包括：

a. 空间数据的录入；

b. 空间数据的查询；

c. 空间数据分析；

d. 缓冲区分析；

e. 叠加分析；

f. 栅格图层的叠加；

g. 空间数据的更新显示；

h. 空间数据的打印输出；

i. 空间数据局部删除、局部截取和分割。

③ 全球定位系统（GPS）

GPS 系统包括 3 个部分：GPS 卫星星座、地面监控系统、GPS 信号接收机。

（8）生态制图

生态制图是将生态学的研究成果用图的方式进行表达。生态制图有手工制图和计算机制图两种。现多采取计算机制图。

① 生态制图要求

a. 由正规比例的基础图件和评价成果图件组成。

b. 三级评价项目要完成土地利用现状图和关键评价因子的评价成果图。

c. 二级评价项目要完成土地利用现状图、植被分布图、资源分布图等基础图件和主要评价因子的评价和预测成果图。

d. 一级项目除完成上述图件和达到上述要求以外，要用图形、图像显示评价区域全方位的评价和预测成果。

② 生态制图数据获取

包括基础图件和专项图件。

③ 生态制图的编制

a. 图件的录入。

b. 图件编辑和配准。

c. 图件提取。

d. 空间分析。

e. 图件输出。

2. 生态环境现状评价

（1）生态现状评价要求

在区域生态基本特征现状调查的基础上，对评价区的生态现状进行定量或定性的分析评价，评价应采用文字和图件相结合的表现形式。

（2）生态现状评价方法

包括：①列表清单法；②图形叠置法；③生态机理分析法；④景观生态学法；⑤指数法与综合指数法；⑥类比分析法；⑦系统分析法；⑧生物多样性评价方法；⑨海洋及水生生物资源影响评价方法。

（3）生态现状评价内容

① 在阐明生态系统现状的基础上，分析影响区域内生态系统状况的主要原因。评价生态系统的结构与功能状况、生态系统面临的压力和存在的问题、生态系统的总体变化趋势等。

② 分析和评价受影响区域内动、植物等生态因子的现状组成、分布；当评价区域涉及受保护的敏感物种时，应重点分析该敏感物种的生态学特征；当评价区域涉及特殊生态敏感区或重要生态敏感区时，应分析其生态现状、保护现状和存在的问题等。

（4）物种评价

① 确定评价依据或指标。有较大保护价值的野生生物包括：

a. 已经知道具有经济价值的物种；

b. 对于研究人类和行为学有意义的物种；

c. 有助于进行科学研究的物种；

d. 能给人某种美的享受的物种；

e. 有利于研究种群生态学的物种；

f. 已经广泛研究并有文件规定属于保护对象的物种；

g. 某些正在把自己从原来的生存范围内向其他类型栖息地延伸、扩展的物种。

② 保护价值评价与优先排序。评价方法如下：

a. 用"危险序数"来表达物种的保护价值；

b. 根据物种存在的相对频率推定物种的保护价值；

c. 用货币单位评价动、植物物种或生物群落的价值。

（5）群落评价

目的：确定需要特别保护的种群及其生境。

方法：一般采用定性描述的方法，对个别珍稀而有经济价值的物种进行重点评价。

（6）栖息地评价

栖息地评价方法见表3-18。

表 3-18　栖息地评价方法

评 价 方 法	方 法 简 介
分类法	①第一类为野生生物物种的最主要的栖息地 ②第二类为对野生生物有中等意义的栖息地 ③第三类为对野生生物意义不大的栖息地
相对生态评价图法	①将研究区分为若干个基本的生态带 ②按三个概念评价各个生态带的价值 ③生态带价值评价 ④绘图
生态价值评价图法	①将研究区分为若干个土地系统 ②记录各类栖息地在各土地系统中的分布 ③对各类栖息地分别确定参数 ④计算每个网格生态价值指数 IEV ⑤将 IEV 归一化到 0～20 范围，用归一化值绘图
扩展的生态价值评价法	①按 11 个特征标准给每个栖息地的保护价值打分 ②计算各个栖息地的保护价值 ③将栖息地分级

（7）生态系统质量评价

生态系统质量 EQ 计算式：

$$EQ = \sum_{i=1}^{N} \frac{A_i}{N}$$

式中　EQ——生态系统质量；

　　　A_i——第 i 个生态特征的赋值；

　　　N——参与评价的特征数。

（8）生态完整性的评价

生态完整性评价指标如下：

① 植被连续性；

② 生态系统组成完整性；

③ 生态系统空间结构完整性；

④ 生物多样性；

⑤ 生物量和生产力水平。

景观生态学方法评价生态系统完整性的主要指标：生态系统净生产能力和稳定性分析。

3.生态环境敏感保护目标

（1）法规确定的保护目标

① 具有代表性的各种类型的自然生态系统区域。

② 珍稀、濒危的野生动植物自然分布区域。

③ 重要的水源涵养地。

④ 具有重大科学文化价值的地质构造、著名溶洞和化石分布区、冰川、火山、温泉等自然遗迹。

⑤ 人文遗迹、古树名木。

⑥ 风景名胜区、自然保护区。

⑦ 自然景观。

⑧ 海洋特别保护区、海上自然保护区、滨海风景游览区。

⑨ 水产资源、水产养殖场、鱼蟹洄游通道。

⑩ 海涂、海岸防护林、风景林、风景石、红树林、珊瑚礁。

⑪ 水土资源、植被、荒地。

⑫ 崩塌滑坡危险区、泥石流易发区。

⑬ 耕地、基本农田保护区。

（2）敏感保护目标识别

一般敏感保护目标根据以下指标判别：

① 具有生态学意义的保护目标；

② 具有美学意义的保护目标；

③ 具有科学文化意义的保护目标；

④ 具有经济价值的保护目标；

⑤ 具有生态功能区和具有社会安全意义的保护目标；

⑥ 生态脆弱区；

⑦ 人类建立的各种具有生态环境保护意义的对象；

⑧ 环境质量急剧退化或环境质量达不到环境功能区划要求的地域、水域；

⑨ 人类社会特别关注的保护对象。

第四章 环境影响识别与评价因子的筛选

一、环境影响识别的一般要求

1. 环境影响的基本概念

对于建设项目，环境影响就是指拟建项目与环境之间的相互作用，包括拟建项目的各项活动对环境各个要素的影响。在采取了减缓措施后，环境影响则为消除或者减缓环境影响之后的剩余影响。

环境影响评价的基本任务是根据拟建项目的特征和拟选厂址周围的环境状况预测环境变化。

2. 环境影响识别的基本内容

（1）定义

通过系统地检查拟建项目的各项"活动"与各环境要素之间的关系，识别可能的环境影响。包括环境影响因子、影响对象（环境因子）、环境影响程度和环境影响的方式。

（2）分类

按照拟建项目的"活动"对环境要素的作用属性，环境影响可以划分为有利影响、不利影响、直接影响、间接影响、短期影响、长期影响、可逆影响、不可逆影响等。

（3）任务

区分、筛选出显著的、可能影响项目决策和管理的、需要进一步评价的主要环境影响（或问题）。

（4）相关影响因素

环境影响的程度和显著性与拟建项目的"活动"特征、强度以及相关环境要素的承载能力有关。

（5）影响程度的划分（五级）

见表4-1。

表 4-1　环境影响程度规划

级别	判　断　标　准
极端不利	外界压力引起某个环境因子无法替代、恢复和重建的损失,这种损失是永久的、不可逆的
非常不利	外界压力引起某个环境因子严重而长期的损害或损失,其代替、恢复和重建非常困难和昂贵,并需很长的时间
中度不利	外界压力引起某个环境因子的损害和破坏,其替代或恢复是可能的,但相当困难且可能要较高的代价,并需比较长的时间
轻度不利	外界压力引起某个环境因子的轻微损失或暂时性破坏,其再生、恢复与重建可以实现,但需要一定的时间
微弱不利	外界压力引起某个环境因子的暂时性破坏或受干扰,环境的破坏或干扰能较快地自动恢复或再生,或者其替代与重建比较容易实现

拟建项目的"活动"按四个阶段划分：①建设前期；②建设期；③运行期；④服务期满后。

3. 环境影响识别技术的考虑因素

建设项目的环境影响识别，一般考虑以下方面：

（1）项目的特性；

（2）项目涉及的当地环境特性及环境保护要求（如自然环境、社会环境、环境保护功能区划、环境保护规划等）；

（3）识别主要的环境敏感区和环境敏感目标；

（4）从自然环境和社会环境两方面识别环境影响；

（5）突出对重要的或社会关注的环境要素的识别。

4. 环境影响初步识别

考虑项目类型、规模、可能对环境敏感区的影响等，将其划分为三类，见表4-2。

表 4-2　建设项目环境影响初步识别

级别	判　断　标　准
重大影响	(1)原料、产品或生产过程中涉及的污染物种类多、数量大或毒性大，难以在环境中降解的建设项目 (2)可能造成生态系统结构重大变化、重要生态功能改变或生物多样性明显减少的建设项目 (3)可能对脆弱生态系统产生较大影响或可能引发和加剧自然灾害的建设项目 (4)容易引起跨行政区环境影响纠纷的建设项目 (5)所有流域开发、开发区建设、城市新区建设和旧区改建等区域性开发活动或建设项目
轻度影响	(1)污染因素单一，而且污染物种类少、产生量小或毒性较低的建设项目 (2)对地形、地貌、水文、土壤、生物多样性等有一定的影响，但不改变生物系统结构和功能的建设项目 (3)基本不对环境敏感区造成影响的小型建设项目
影响很小	(1)基本不产生废水、废气、废渣、粉尘、恶臭、噪声、振动、热污染、放射性、电磁波等不利环境影响的建设项目 (2)基本不改变地形、地貌、水文、土壤、生物多样性等，不改变生物系统结构和功能的建设项目 (3)不对环境敏感区^{①}造成影响的小型建设项目

① 环境敏感区：需特殊保护地区、生态敏感与脆弱区、社会关注区。

二、环境影响识别方法

1. 清单法

$$
清单法\begin{cases}简单型清单\\描述型清单\begin{cases}环境资源分类清单\\问卷式清单\end{cases}\\分级型清单\end{cases}
$$

环境影响识别常用的是描述型清单。

2. 矩阵法

$$
矩阵法\begin{cases}相关矩阵法\\迭代矩阵法\end{cases}
$$

环境影响识别中，一般采用相关矩阵法。

3. 其他识别方法

（1）叠图法，用于涉及地理空间较大的建设项目。

（2）影响网络法，可识别间接影响和累积影响。

三、环境影响评价因子的筛选方法

1. 大气环境影响评价因子的筛选方法

（1）筛选原则

① 根据污染物最大地面浓度占有率 P_i 及其地面浓度达标准限值 10% 时所对应的最远距离 $D_{10\%}$ 确定主要污染因子。

② 考虑在评价区内已造成严重污染的污染物。

③ 列入国家主要污染物总量控制指标的污染物。

（2）最大地面浓度占有率 P_i（%）的计算

$$P_i = \frac{C_i}{C_{0i}} \times 100\%$$

式中　P_i——第 i 个污染物的最大地面浓度占标率，%；

C_i——采用估算模式计算出的第 i 个污染物的最大地面浓度，mg/m^3；

C_{0i}——第 i 个污染物的环境空气质量标准，mg/m^3。

C_{0i} 一般选用 GB 3095 中 1h 平均取样时间的二级标准的浓度限值；对于没有小时浓度限值的污染物，可取日平均浓度限值的三倍值；对该标准中未包含的污染物，可参照 TJ 36 中的居住区大气中有害物质的最高容许浓度的一次浓度限值。如已有地方标准，应选用地方标准中的相应值。对某些上述标准中都未包含的污染物，可参照国外有关标准选用，但应作出说明，报环保主管部门批准后执行。

2. 水环境影响评价因子的筛选方法

水质因子参见本书第三章"四、地表水环境现状调查与评价"。

筛选原则：根据对拟建物项目废水排放的特点和水质现状调查的结果，选择其中主要的污染物，对地表水环境危害较大以及国家和地方要求控制的污染物作为评价因子。

对于河流水体，可按下式计算结果的大小将水质参数排序后选取。

$$ISE = \frac{C_{pi}Q_{pi}}{(C_{si} - C_{hi})Q_{hi}}$$

式中　C_{pi}——水污染物 i 的排放浓度，mg/L；

Q_{pi}——含水污染物 i 的废水排放量，m^3/s；

C_{si}——水质参数 i 的地表水水质标准，mg/L；

C_{hi}——河流上游水质参数 i 的浓度，mg/L；

Q_{hi}——河流上游来流的流量，m^3/s。

第五章　环境影响预测与评价

一、大气环境影响预测与评价

1. 预测内容与步骤

大气环境影响预测用于判断项目建成后对评价范围大气环境影响的程度和范围。常用的大气环境影响预测方法是通过建立数学模型来模拟各种气象条件、地形条件下的污染物在大气中输送、扩散、转化和清除等物理、化学机制。

大气环境影响预测的步骤一般为：①确定预测因子；②确定预测范围；③确定计算点；④确定污染源计算清单；⑤确定气象条件；⑥确定地形数据；⑦确定预测内容和设定预测情景；⑧选择预测模式；⑨确定模式中的相关参数；⑩进行大气环境影响预测与评价。

2. 预测因子

预测因子应根据评价因子而定，选取有环境空气质量标准的评价因子作为预测因子。

3. 预测范围

预测范围应覆盖评价范围，同时还应考虑污染源的排放高度、评价范围的主导风向、地形和周围环境敏感区的位置等进行适当调整。

计算污染源对评价范围的影响时，一般取东西向为 X 坐标轴、南北向为 Y 坐标轴，项目位于预测范围的中心区域。

4. 计算点

计算点可分三类：环境空气敏感区、预测范围内的网格点以及区域最大地面浓度点。应选择所有的环境空气敏感区中的环境空气保护目标作为计算点。

预测网格点的分布应具有足够的分辨率以尽可能精确预测污染源对评价范围的最大影响，预测网格可以根据具体情况采用直角坐标网格或极坐标网格，并应覆盖整个评价范围。预测网格点设置方法见表5-1。

表 5-1　预测网格点设置方法

预测网格方法		直角坐标网格	极坐标网格
布点原则		网格等间距或近密远疏法	径向等间距或距源中心近密远疏法
预测网格点	距离源中心≤1000m	50～100m	50～100m
网格距	距离源中心>1000m	100～500m	100～500m

区域最大地面浓度点的预测网格设置，应依据计算出的网格点浓度分布而定，在高浓度分布区，计算点间距应不大于50m。对于临近污染源的高层住宅楼，应适当考虑不同代表高度上的预测受体。

5. 气象条件

计算小时平均浓度需采用长期气象条件，进行逐时或逐次计算。选择污染最严重的（针对所有计算点）小时气象条件和对各环境空气保护目标影响最大的若干个小时气象条件（可视对各环境空气敏感区的影响程度而定）作为典型小时气象条件。

计算日平均浓度需采用长期气象条件，进行逐日平均计算。选择污染最严重的（针对所有计算点）日气象条件和对各环境空气保护目标影响最大的若干个日气象条件（可视对各环境空气敏感区的影响程度而定）作为典型日气象条件。

6. 地形数据

在非平坦的评价范围内，地形的起伏对污染物的传输、扩散会有一定的影响。对于复杂地形下的污染物扩散模拟需要输入地形数据。

地形数据的来源应予以说明，地形数据的精度应结合评价范围及预测网格点的设置进行合理选择。

7. 确定预测内容和设定预测情景

大气环境影响预测内容依据评价工作等级和项目的特点而定。一级评价项目预测内容一般包括：

① 全年逐时或逐次小时气象条件下，环境空气保护目标、网格点处的地面浓度和评价范围内的最大地面小时浓度；

② 全年逐日气象条件下，环境空气保护目标、网格点处的地面浓度和评价范围内的最大地面日平均浓度；

③ 长期气象条件下，环境空气保护目标、网格点处的地面浓度和评价范围内的最大地面年平均浓度；

④ 非正常排放情况，全年逐时或逐次小时气象条件下，环境空气保护目标的最大地面小时浓度和评价范围内的最大地面小时浓度；

⑤ 对于施工期超过一年的项目，并且施工期排放的污染物影响较大，还应预测施工期间的大气环境质量。

二级评价项目预测内容为上述①~④项内容。三级评价项目可不进行上述预测。

根据预测内容设定预测情景，一般考虑五个方面的内容：污染源类别、排放方案、预测因子、气象条件、计算点。

污染源类别分新增加污染源、削减污染源和被取代污染源及其他在建、拟建项目相关污染源。新增污染源分正常排放和非正常排放两种情况。

排放方案分工程设计或可行性研究报告中现有排放方案和环评报告所提出的推荐排放方案，排放方案内容根据项目选址、污染源的排放方式以及污染控制措施等进行选择。

常规预测情景组合见表5-2。

表 5-2　常规预测情景组合

序号	污染源类别	排放方案	预测因子	计算点	常规预测内容
1	新增污染源（正常排放）	现有方案/推荐方案	所有预测因子	环境空气保护目标 网格点 区域最大地面浓度点	小时浓度 日平均浓度 年均浓度
2	新增污染源（非正常排放）	现有方案/推荐方案	主要预测因子	环境空气保护目标 区域最大地面浓度点	小时浓度
3	削减污染源（若有）	现有方案/推荐方案	主要预测因子	环境空气保护目标	日平均浓度 年均浓度
4	被取代污染源（若有）	现有方案/推荐方案	主要预测因子	环境空气保护目标	日平均浓度 年均浓度
5	其他在建、拟建项目相关污染源（若有）		主要预测因子	环境空气保护目标	日平均浓度 年均浓度

8. 预测模式

(1) 估算模式

估算模式是一种单源预测模式，可计算点源、面源和体源等污染源的最大地面浓度，以及建筑物下洗和熏烟等特殊条件下的最大地面浓度，估算模式中嵌入了多种预设的气象组合条件，包括一些最不利的气象条件，此类气象条件在某个地区有可能发生，也有可能不发生。经估算模式计算出的最大地面浓度大于进一步预测模式的计算结果。对于小于 1 小时的短期非正常排放，可采用估算模式进行预测。

（2）进一步预测模式

① AERMOD 模式系统

AERMOD 是一个稳态烟羽扩散模式，可基于大气边界层数据特征模拟点源、面源、体源等排放出的污染物在短期（小时平均、日平均）、长期（年平均）的浓度分布，适用于农村或城市地区、简单或复杂地形。AERMOD 考虑了建筑物尾流的影响，即烟羽下洗。

模式使用每小时连续预处理气象数据模拟大于等于 1 小时平均时间的浓度分布。AER-MOD 包括两个预处理模式，即 AERMET 气象预处理和 AERMAP 地形预处理模式。

AERMOD 适用于评价范围小于等于 50km 的一级、二级评价项目。

② ADMS 模式系统

ADMS 可模拟点源、面源、线源和体源等排放出的污染物在短期（小时平均、日平均）、长期（年平均）的浓度分布，还包括一个街道窄谷模型，适用于农村或城市地区、简单或复杂地形。模式考虑了建筑物下洗、湿沉降、重力沉降和干沉降以及化学反应等功能。化学反应模块包括计算一氧化氮，二氧化氮和臭氧等之间的反应。ADMS 有气象预处理程序，可以用地面的常规观测资料、地表状况以及太阳辐射等参数模拟基本气象参数的廓线值。在简单地形条件下，使用该模型模拟计算时，可以不调查探空观测资料。

ADMS-EIA 版适用于评价范围小于等于 50km 的一级、二级评价项目。

③ CALPUFF 模式系统

CALPUFF 是一个烟团扩散模型系统，可模拟三维流场随时间和空间发生变化时污染物的输送、转化和清除过程。CALPUFF 适用于从 50 公里到几百公里范围内的模拟尺度，包括了近距离模拟的计算功能，如建筑物下洗、烟羽抬升、排气筒雨帽效应、部分烟羽穿透、次层网格尺度的地形和海陆的相互影响、地形的影响；还包括长距离模拟的计算功能，如干、湿沉降的污染物清除、化学转化、垂直风切变效应、跨越水面的传输、熏烟效应以及颗粒物浓度对能见度的影响。适合于特殊情况，如稳定状态下的持续静风、风向逆转、在传输和扩散过程中气象场时空发生变化下的模拟。

CALPUFF 适用于评价范围大于等于 50km 的一级评价项目，以及复杂风场下的一级、二级评价项目。

9. 模式中的相关参数

在进行大气环境影响预测时，应对预测模式中的有关参数进行说明。

（1）化学转化

在计算 1h 平均浓度时，可不考虑 SO_2 的转化；在计算日平均或更长时间平均浓度时，应考虑化学转化。SO_2 转化可取半衰期为 4h。

对于一般的燃烧设备，在计算小时或日平均浓度时，可以假定 $NO_2/NO_x = 0.9$；在计算年平均浓度时，可以假定 $NO_2/NO_x = 0.75$。

在计算机动车排放 NO_2 和 NO_x 比例时，应根据不同车型的实际情况而定。

（2）重力沉降

在计算颗粒物浓度时，应考虑重力沉降的影响。

10. 大气环境影响预测分析与评价

① 对环境空气敏感区的环境影响分析，应考虑其预测值和同点位处的现状背景值的最大值的叠加影响；对最大地面浓度点的环境影响分析可考虑预测值和所有现状背景值的平均

值的叠加影响。

② 叠加现状背景值，分析项目建成后最终的区域环境质量状况，即：新增污染源预测值＋现状监测值－削减污染源计算值（如果有）－被取代污染源计算值（如果有）＝项目建成后最终的环境影响。若评价范围内还有其他在建项目、已批复环境影响评价文件的拟建项目，也应考虑其建成后对评价范围的共同影响。

③ 分析典型小时气象条件下，项目对环境空气敏感区和评价范围的最大环境影响，分析是否超标、超标程度、超标位置，分析小时浓度超标概率和最大持续发生时间，并绘制评价范围内出现区域小时平均浓度最大值时所对应的浓度等值线分布图。

④ 分析典型日气象条件下，项目对环境空气敏感区和评价范围的最大环境影响，分析是否超标、超标程度、超标位置，分析日平均浓度超标概率和最大持续发生时间，并绘制评价范围内出现区域日平均浓度最大值时所对应的浓度等值线分布图。

⑤ 分析长期气象条件下，项目对环境空气敏感区和评价范围的环境影响，分析是否超标、超标程度、超标范围及位置，并绘制预测范围内的浓度等值线分布图。

⑥ 分析评价不同排放方案对环境的影响，即从项目的选址、污染源的排放强度与排放方式、污染控制措施等方面评价排放方案的优劣，并针对存在的问题（如果有）提出解决方案。

⑦ 对解决方案进行进一步预测和评价，并给出最终的推荐方案。

11. 大气环境防护距离

采用推荐模式中的大气环境防护距离模式计算各无组织源的大气环境防护距离。计算出的距离是以污染源中心点为起点的控制距离，并结合厂区平面布置图，确定控制距离范围，超出厂界以外的范围，即为项目大气环境防护区域。

当无组织源排放多种污染物时，应分别计算，并按计算结果的最大值确定其大气环境防护距离。对于属于同一生产单元（生产区、车间或工段）的无组织排放源，应合并作为单一面源计算并确定其大气环境防护距离。

在大气环境防护距离内不应有长期居住的人群。

12. 附录中对环境影响报告书附图、附表、附件的要求

附录中对环境影响报告书附图、附表、附件的要求见表 5-3～表 5-5。

表 5-3　基本附图要求

序号	名　称	一级评价	二级评价	三级评价
1	污染源点位及环境空气敏感区分布图	√	√	√
2	基本气象分析图	√	√	√
3	常规气象资料分析图	√	√	
4	复杂地形的地形示意图	√	√	
5	污染物浓度等值线分布图	√	√	

表 5-4　基本附表要求

序号	名　称	一级评价	二级评价	三级评价
1	采用估算模式计算结果表	√	√	√
2	污染源调查清单	√	√	√
3	环境质量现状监测分析结果	√	√	√
4	常规气象资料分析表	√	√	
5	环境影响预测结果达标分析表	√	√	

表 5-5　基本附件要求

序号	名　　称	一级评价	二级评价	三级评价
1	环境质量现状监测原始数据文件	√	√	√
2	气象观测资料文件	√	√	
3	预测模型所有输入文件及输出文件	√	√	

二、地表水环境影响预测与评价

1. 水体污染物的迁移转化

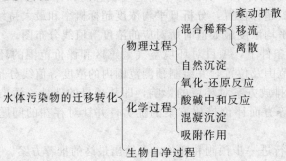

2. 水环境影响预测方法

（1）分类

预测方法分类：数学模式法、物理模型法、类比分析法和专业判断法。

（2）水质预测因子的筛选

水质因子的确定要既能说明问题又不宜过多，应少于水环境现状调查的水质因子数目。具体筛选方法可参考第四章"三、环境影响评价因子的筛选方法"。

（3）预测条件

① 受纳水体的水质状况。

② 拟预测的排污状况。

③ 预测的设计水文条件。

④ 水质模型参数和边界条件。

3. 河流水环境影响预测方法

（1）河流稀释混合模式

① 点源

$$c=\frac{c_p Q_p + c_h Q_h}{Q_p + Q_h}$$

式中　c——完全混合的水质浓度，mg/L；

　　　Q_p——上游来水设计水量，m^3/s；

　　　c_p——设计水质浓度，mg/L；

　　　Q_h——污水设计流量，m^3/s；

　　　c_h——设计排放浓度，mg/L。

② 非点源

$$c=\frac{c_p Q_p + c_h Q_h}{Q} + \frac{W_s}{86.4Q}$$

$$Q = Q_p + Q_h + \frac{Q_s}{x_s} x$$

式中　W_s——沿程河段内非点源汇入的污染物总负荷量，kg/d；

Q——下游 x 距离处河段流量，m^3/s；

Q_s——沿程河段内非点源汇入的污染物总负荷量，m^3/s；

x_s——控制河段总长度，km；

x——沿程距离，km。

③ 考虑吸附态和溶解态污染指标耦合模型

$$K_p = \frac{X}{c}$$

式中　c——溶解态浓度，mg/L；

X——单位质量固体颗粒吸附的污染物质量，mg/kg；

K_p——分配系数，L/mg。

对于有毒有害污染物：$c = \dfrac{c_T}{1 + K_p S \times 10^{-6}}$

式中　c_T——总浓度，mg/L；

S——悬浮固体浓度，mg/L。

（2）河流的一维稳态水质模式

$$\frac{\partial(Ac)}{\partial T} + \frac{\partial(Qc)}{\partial x} = \frac{\partial}{\partial x}\left(D_L A \frac{\partial c}{\partial x}\right) + A(S_L + S_B) + AS_K$$

式中　A——河流横断面面积；

c——水质组分浓度；

Q——河流流量；

D_L——综合的纵向离散系数；

S_L——直接的点源或非点源强度；

S_B——上游区域进入的源强；

S_K——动力学转化率。

若稳态，忽略纵向离散，一阶动力学反应速率 K，河流无侧旁入流，河流横断面面积为常数，上游来流量 Q_u，上游来流水质浓度 c_u，污水排放流量 Q_e，污染物排放浓度 c_e，则上述微分方程的解为：

$$c = c_0 \exp[-Kx/(86400u)]$$
$$c_0 = (c_u Q_u + c_e Q_e)/(Q_u + Q_e)$$

式中　K——一阶动力反应速率，d^{-1}；

u——河流流速，m/s；

x——沿河流方向距离，m；

c——位于污染源下游 x 处的水质浓度，mg/L。

（3）Streeter-Phelps 模式

假设条件：①河流为一维恒定流，污染物在河流横断面上完全混合；②氧化和复氧都是一级反应，反应速率常数是定常的，氧亏的净变化仅是水中有机物耗氧和通过液-气界面的大气复氧的函数。

$$\begin{cases} c = c_0 \exp\left(-\dfrac{K_1 x}{86400u}\right) \\ D = \dfrac{K_1 c_0}{K_2 - K_1}\left[\exp\left(-\dfrac{K_1 x}{86400u}\right) - \exp\left(-\dfrac{K_2 x}{86400u}\right)\right] + D_0 \exp\left(-\dfrac{K_2 x}{86400u}\right) \end{cases}$$

$$D = DO_f - DO$$
$$c_0 = (c_p Q_p + c_h Q_h)/(Q_p + Q_h)$$

$$D_0 = (D_p Q_p + D_h Q_h)/(Q_p + Q_h)$$

式中　D——亏氧量，mg/L；

　　D_0——计算初始断面亏氧量，mg/L；

　　D_p——上游来水中溶解氧亏值，mg/L；

　　D_h——污水中溶解氧亏值，mg/L；

　　u——河流断面平均流速，m/s；

　　x——沿程距离，m；

　　c——沿程浓度，mg/L；

　DO——溶解氧浓度，mg/L；

　DO_f——饱和溶解氧浓度，mg/L；

　K_1——耗氧系数，d^{-1}；

　K_2——复氧系数，d^{-1}。

（4）河流二维稳态水质模式

① 二维稳态水质方程

顺直均匀河流：$u \dfrac{\partial c}{\partial x} = M_x \dfrac{\partial^2 c}{\partial x^2} + M_y \dfrac{\partial^2 c}{\partial y^2} + S_K$

用累积流量坐标表示的二维水质方程：$\dfrac{\partial c}{\partial x} = M_c \dfrac{\partial^2 c}{\partial q_c^2} - Kc\sqrt{u}$

② 连续点源的河流二维水质模式

在岸边排放，忽视对岸反射作用：

$$c(x, q_c) = \frac{M}{(\pi M_c x)^{1/2}} \exp\left(-\frac{Kx}{u}\right) \exp\left(-\frac{q_c^2}{4 M_c x}\right)$$

岸边浓度：

$$c(x, 0) = \frac{M}{(\pi M_c x)^{\frac{1}{2}}} \exp\left(-\frac{Kx}{u}\right)$$

离岸排放，忽视远岸反射作用：

$$c(x, q_c) = \frac{M}{(4\pi M_c x)^{1/2}} \exp\left(-\frac{Kx}{u}\right) \left\{ \exp\left[-\frac{(q_c - q_{cs})^2}{4 M_c x}\right] + \exp\left[-\frac{(q_c + q_{cs})^2}{4 M_c x}\right] \right\}$$

（5）常规污染物瞬时点源排放水质预测模式

① 瞬时点源的河流一维水质模式

$$\frac{\partial c}{\partial t} + u \frac{\partial c}{\partial x} = D_L \frac{\partial^2 c}{\partial x^2} - Kc$$

在距离瞬时点源下游 x 处的污染物浓度峰值为：

$$c_{\max}(x) = \frac{M}{2 A_c (\pi D_L t)^{\frac{1}{2}}} \exp\left(-\frac{Kx}{u}\right)$$

② 瞬时点源的河流二维水质模式

$$\frac{\partial c}{\partial t} + u \frac{\partial c}{\partial x} = M_x \frac{\partial^2 c}{\partial x^2} + M_y \frac{\partial^2 c}{\partial y^2} - Kc$$

忽视河岸反射作用：

$$c(x, y, t) = \frac{M}{(4\pi t)(M_x M_y)^{\frac{1}{2}}} \exp\left(-\frac{Kx}{u}\right) \exp\left[-\frac{(x - ut)^2}{4 M_x t}\right] \times$$

$$\left\{ \exp\left[-\frac{(y + y_0)^2}{4 M_y t}\right] + \exp\left[-\frac{(y - y_0)^2}{4 M_y t}\right] \right\}$$

（6）有毒有害污染物瞬时点源排放预测模式

河流水体中溶解态的浓度分布：

$$c(x,t)=\frac{M_D}{2A_c(\pi D_L t)^{\frac{1}{2}}}\exp\left[\frac{-(x-ut)^2}{4D_L t}-K_e t\right]+$$

$$\frac{K_V'}{K_V'+\sum K_i}\times\frac{P}{K_H}\left[1-\exp(-K_e t)\right]$$

$$K_e=\frac{K_V'+\sum K_i}{1+K_P S}$$

$$M_D=\frac{M}{1+K_P S}$$

$$K_V'=K_V/D$$

式中　c——溶解态浓度；

M——泄漏的化学品总量；

K_V——挥发速率；

D——水深；

$\sum K_i$——一级动力学转化速率；

P——水面上大气中有毒污染物的分压；

K_H——亨利常数；

K_P——分配系数；

S——悬浮颗粒物浓度。

（7）河流水质模型选择

见表 5-6。

表 5-6　河流水质模型选择

污染物特征	河段	适用的水质模型
持久性污染物（连续排放）	完全混合河段	河流完全混合模式
	横向混合过程段	河流二维稳态混合模式 河流二维稳态累积流量模式
	沉降作用明显的河段	河流一维稳态模式，沉降作用近似为 $\frac{dc}{dt}=-K_3 c$
非持久性污染物（连续排放）	完全混合河段	河流一维稳态模式，一级动力学方程 $\frac{dc}{dt}=-K_1 c$
	横向混合过程段	河流二维稳态混合衰减模式 河流二维稳态累积流量衰减模式
	沉降作用明显的河段	河流一维稳态模式，考虑沉降作用的反应方程式近似为 $\frac{dc}{dt}=-(K_1+K_3)c$ （K_1，K_3 分别为降解速率和沉降速率）
溶解氧		河流一维 DO-BOD 耦分模式
瞬时源	中、小河流	河流一维准稳态模式
	大型河流	河流二维准稳态模式

4. 河流水质模型参数的确定方法

河流水质模型参数的确定方法有：公式计算和经验估值、室内模拟实验测定、现场实测、水质数学模型测定。

（1）耗氧系数 K_1 的单独估值方法

① 实验室测定法

$$K_1=K_1'+(0.11+54I)u/H$$

② 两点法

$$K_1=\frac{86400u}{\Delta x}\ln\frac{C_A}{C_B}$$

③ 多点法

$$K_1 = \frac{86400u\left(m\sum\limits_{i=1}^{m}x_i\ln c_i - \sum\limits_{i=1}^{m}\ln c_i\sum\limits_{i=1}^{m}x_i\right)}{\left(\sum\limits_{i=1}^{m}x_i\right)^2 - m\sum\limits_{i=1}^{m}x_i^2}$$

④ Kol 法

$$K_1 = \frac{86400}{\Delta x}\ln\frac{\exp(-K_2\Delta x/u)(DO_2 - DO_1) - DO_3 + DO_2}{\exp(-K_2\Delta x/u)(DO_3 - DO_2) - DO_4 + DO_3}$$

（2）复氧系数 K_2 的单独估值方法——经验公式法

① 欧康那-道宾斯公式

$$K_{2(20℃)} = 294\frac{(D_m u)^{\frac{1}{2}}}{H^{3/2}}, \quad C_z \geqslant 17$$

$$K_{2(20℃)} = 824\frac{D_m^{0.5}I^{0.25}}{H^{1.25}}, \quad C_z < 17$$

$$C_z = \frac{1}{n}H^{\frac{1}{6}}$$

$$D_m = 1.774\times10^{-4}\times1.037^{(T-20)}$$

② 欧文斯等人经验式

$$K_{2(20℃)} = 5.34\frac{u^{0.67}}{H^{1.85}}(0.1m\leqslant H\leqslant 0.6m,\ u\leqslant 1.5m/s)$$

③ 丘吉尔经验式

$$K_{2(20℃)} = 5.03\frac{u^{0.696}}{H^{1.673}}(0.6m\leqslant H\leqslant 8m,\ 0.6m/s\leqslant u\leqslant 1.8m/s)$$

（3）K_1、K_2 的温度校正

$$K_{1或2(T)} = K_{1或2(20℃)}\theta^{(T-20)}$$

温度常数 θ 取值范围：

对 K_1，$\theta = 1.02\sim1.06$，一般取 1.047；

对 K_2，$\theta = 1.015\sim1.047$，一般取 1.024。

（4）混合系数的经验公式单独估算法

① 泰勒法求横向混合系数

$$M_y = (0.058H + 0.0065B)(gHI)^{\frac{1}{2}}$$

② 费舍尔法求纵向离散系数

$$D_L = 0.011u^2B^2/hu^*$$

（5）混合系数的示踪试验测定法

示踪物质要求：

① 在水体中不沉降、不降解，不产生化学反应；

② 测定简单准确；

③ 经济；

④ 对环境无害。

示踪物质投放方式有瞬时投放、有限时段投放和连续恒定投放三种。

（6）多参数优化法所需数据

① 各测点的位置，各排放口的位置，河流分段的断面位置。

② 水文方面：u，Q_h，H，B，I，u_{max}。

③ 水质方面：拟预测水质参数在各测点的浓度以及数学模式中所涉及的参数。

④ 各测点的取样时间。

⑤ 各排放口的排放量、排放浓度。

⑥ 支流的流量及其水质。

（7）沉降系数 K_3 和综合削减系数 K 的估值方法

① 利用两点法确定 K_1+K_3 或 K。

② 利用多点法确定 K_1+K_3 或 K。

③ 利用多参数优化法确定 K_3、K。

（8）水质模型的标定与检验

标定方法有：平均值比较、回归分析和相对误差。

水质模型的检验中要求考虑水质参数的灵敏度分析。

灵敏度分析：给予对水质计算结果较敏感的系数值一个微小扰动，对相应于各组次实测水质的污染负荷、流量、水温条件进行水质计算，比较计算值和实测值。

5. 湖泊、水库水环境影响预测方法

（1）湖泊、水库水质箱模式

$$V\frac{\mathrm{d}c}{\mathrm{d}t}=Qc_E-Qc+S_c+\gamma(c)V$$

式中　V——湖泊中水的体积，m^3；

　　　Q——平衡时流入与流出湖泊的流量，m^3/a；

　　　c_E——流入湖泊的水量中水质组分浓度，g/m^3；

　　　c——湖泊中水质组分浓度，g/m^3；

　　　S_c——如非点源一类的外部源或汇，m^3；

　　$\gamma(c)$——水质组分在湖泊中的反应速率。

（2）湖泊、水库富营养化预测模型（磷负荷模型）

① Vollenweider 负荷模型

$$[P]=\frac{L_P}{q(1+\sqrt{T_R})}$$

式中　$[P]$——磷的年平均浓度，mg/m^3；

　　　L_P——年总磷负荷/水面面积，mg/m^2；

　　　q——年入流水量/水面面积，m^3/m^2；

　　　T_R——容积/年出流水量，m^3/m^3。

② Dillon 负荷模型

$$[P]=\frac{L_P T_R(1-\varphi)}{\partial}$$

$$\varphi=1-\frac{q_0[P]_0}{\sum\limits_{i=1}^{N}q_i[P]_i}$$

式中　$[P]$——春季对流时期磷平均浓度，mg/L；

　　　φ——磷滞留系数；

　　　∂——平均深度，m；

　　　q_0——湖泊出流水量，m^3/a；

　　$[P]_0$——出流磷浓度，mg/L；

　　　N——入流源数目；

q_i——由源 i 的入湖水量，m^3/a；

$[P]_i$——入流 i 的磷浓度，mg/L。

6．河口、海湾水环境影响预测方法

（1）潮汐河流—维水质预测模式

① 一维的潮汐河流水质方程

$$\frac{\partial(Ac)}{\partial t}=-\frac{\partial(Qc)}{\partial x}+\frac{\partial}{\partial x}\left(E_x A\frac{\partial c}{\partial x}\right)+A(S_L+S_B)+AS_K$$

② 一维潮汐平均的水质方程

$$\frac{\partial(\bar{A}\bar{c})}{\partial t}=-\frac{\partial(\bar{A}\bar{U_f}\bar{c})}{\partial x}+\frac{\partial}{\partial x}\left(\bar{A}\bar{E}_x\frac{\partial\bar{c}}{\partial x}\right)+\bar{A}(\bar{S}_L+\bar{S}_B)+\bar{A}\bar{S}_K$$

（2）潮汐河口二维水质预测模式

$$\frac{\partial c}{\partial t}=-u\frac{\partial c}{\partial x}-v\frac{\partial c}{\partial y}+\frac{\partial}{\partial x}\left(M_x\frac{\partial c}{\partial x}\right)+\frac{\partial}{\partial y}\left(M_y\frac{\partial c}{\partial y}\right)+S_L+S_B+S_K$$

（3）海湾二维水质预测模式

① 海湾潮流模式

$$\frac{\partial z}{\partial t}+\frac{\partial}{\partial x}\left[(h+z)u\right]+\frac{\partial}{\partial y}\left[(h+z)v\right]=0$$

$$\frac{\partial u}{\partial t}+u\frac{\partial u}{\partial x}+v\frac{\partial u}{\partial y}-fv+g\frac{\partial z}{\partial x}+g\frac{u(u^2+v^2)^{\frac{1}{2}}}{C_z^2(h+z)}=0$$

$$\frac{\partial v}{\partial t}+u\frac{\partial v}{\partial x}+v\frac{\partial v}{\partial y}-fv+g\frac{\partial z}{\partial y}+g\frac{v(u^2+v^2)^{\frac{1}{2}}}{C_z^2(h+z)}=0$$

② 海湾二维水质模式

$$\frac{\partial\left[(h+z)c\right]}{\partial t}+\frac{\partial\left[(h+z)uc\right]}{\partial x}+\frac{\partial\left[(h+z)uc\right]}{\partial y}=$$

$$\frac{\partial}{\partial x}\left[(h+z)M_x\frac{\partial c}{\partial x}\right]+\frac{\partial}{\partial y}\left[(h+z)M_y\frac{\partial c}{\partial y}\right]+S_P$$

三、地下水环境影响评价与防护

1．污染物进入饱气带、含水层的途径及其在含水层中的运移特征

（1）地下水的污染途径

污染物进入饱气带、含水层的途径有以下四种。

① 间歇入渗型　指雨水或灌溉水等使污染物随水通过非饱水带，间断地渗入含水层。如淋滤固体废物堆引起的地下水污染。

② 连续入渗型　由污水聚集地（如污水渠、污水池、污水渗井等）和受污染的地表水体，连续向含水层渗透而造成的地下水污染。

③ 越流型　污染物通过越流方式从已受污染的含水层转移到未受污染的含水层，如通过破损的井管污染潜水和承压水。

④ 径流型　污染物通过地下径流进入含水层，污染潜水或承压水，如污染物经地下岩溶通道进入含水层。

（2）污染物在含水层中的运移特征

污染物在含水层中的运移机制主要有：对流和弥散、机械过滤、吸附和解吸、化学反应、溶解与沉淀、降解与转化、放射性衰变七种。

2．防止污染物进入地下水含水层的主要措施

防止污染物进入地下水含水层的主要措施是消除地下水污染源和切除污染物渗入地下含

水层的途径。具体如下：

　　（1）改进工艺，减少污染物排放量，严格污染物排放标准；

　　（2）妥善处置工业废渣和生活垃圾，酸性矿井水、高矿化度矿井水经处理后方可外排；

　　（3）禁止用渗坑、渗井方式排放废水，严格控制污水灌溉水质；

　　（4）兴建地下工程设施或进行地下勘探及采矿时，应采取防护措施，防止地下水污染；

　　（5）开采地下水时，应防止已被污染的潜水渗入地下水，并防止水质差异很大的各层地下水相互渗透；

　　（6）人工回灌补给地下水时，不得恶化地下水质；

　　（7）建立地下水动态监测网，及时发现水量、水质变化，找出影响因素，为地下水污染预测提供依据。

四、声环境影响预测与评价

　　1. 基本要求

　　（1）预测范围

　　应与评价范围相同。

　　（2）预测点的确定原则

　　建设项目厂界（或场界、边界）和评价范围内的敏感目标应作为预测点。

　　（3）预测需要的基础资料

　　① 声源资料　建设项目的声源资料主要包括：声源种类、数量、空间位置、噪声级、频率特性、发声持续时间和对敏感目标的作用时间段等。

　　② 影响声波传播的各类参量　影响声波传播的各类参量应通过资料收集和现场调查取得，各类参量如下：

　　a. 建设项目所处区域的年平均风速和主导风向，年平均气温，年平均相对湿度。

　　b. 声源和预测点间的地形、高差。

　　c. 声源和预测点间障碍物（如建筑物、围墙等；若声源位于室内，还包括门、窗等）的位置及长、宽、高等数据。

　　d. 声源和预测点间树林、灌木等的分布情况，地面覆盖情况（如草地、水面、水泥地面、土质地面等）。

　　2. 预测步骤（略）

　　3. 典型建设项目噪声影响预测

　　（1）工业噪声预测

　　① 固定声源分析

　　a. 主要声源的确定　分析建设项目的设备类型、型号、数量，并结合设备类型、设备和工程边界、敏感目标的相对位置确定工程的主要声源。

　　b. 声源的空间分布　依据建设项目平面布置图、设备清单及声源源强等资料，标明主要声源的位置。建立坐标系，确定主要声源的三维坐标。

　　c. 声源的分类　将主要声源划分为室内声源和室外声源两类。

　　d. 编制主要声源汇总表　以表格形式给出主要声源的分类、名称、型号、数量、坐标位置等；声功率级或某一距离处的倍频带声压级、A声级。

　　② 声波传播途径分析　列表给出主要声源和敏感目标的坐标或相互间的距离、高差，分析主要声源和敏感目标之间声波的传播路径，给出影响声波传播的地面状况、障碍物、树林等。

　　③ 预测内容　按不同评价工作等级的基本要求，选择以下工作内容分别进行预测，给出相应的预测结果。

a. 厂界（或场界、边界）噪声预测　预测厂界噪声，给出厂界噪声的最大值及位置。

b. 敏感目标噪声预测　预测敏感目标的贡献值、预测值、预测值与现状噪声值的差值，敏感目标所处声环境功能区的声环境质量变化，敏感目标所受噪声影响的程度，确定噪声影响的范围，并说明受影响人口分布情况。当敏感目标高于（含）三层建筑时，还应预测有代表性的不同楼层所受的噪声影响。

c. 绘制等声级线图　绘制等声级线图，说明噪声超标的范围和程度。

d. 根据厂界（场界、边界）和敏感目标受影响的状况，明确影响厂界（场界、边界）和周围声环境功能区声环境质量的主要声源，分析厂界和敏感目标的超标原因。

（2）公路、城市道路交通运输噪声预测

① 预测参考

a. 工程参数　明确公路（或城市道路）建设项目各路段的工程内容，路面的结构、材料、坡度、标高等参数；明确公路（或城市道路）建设项目各路段昼间和夜间各类型车辆的比例、昼夜比例、平均车流量、高峰车流量、车速。

b. 声源参数　按照大、中、小车型的分类，利用相关模式计算各类型车的声源源强，也可通过类比测量进行修正。

c. 敏感目标参数　根据现场实际调查，给出公路（或城市道路）建设项目沿线敏感目标的分布情况，各敏感目标的类型、名称、规模、所在路段、桩号（里程）、与路基的相对高差及建筑物的结构、朝向和层数等。

② 声传播途径分析　列表给出声源和预测点之间的距离、高差，分析声源和预测点之间的传播路径，给出影响声波传播的地面状况、障碍物、树林等。

③ 预测内容　预测各预测点的贡献值、预测值、预测值与现状噪声值的差值，预测高层建筑有代表性的不同楼层所受的噪声影响。按贡献值绘制代表性路段的等声级线图，分析敏感目标所受噪声影响的程度，确定噪声影响的范围，并说明受影响人口分布情况。给出满足相应声环境功能区标准要求的距离。依据评价工作等级要求，给出相应的预测结果。

（3）铁路、城市轨道交通噪声预测

① 预测参数

a. 工程参数　明确铁路（或城市轨道交通）建设项目各路段的工程内容，分段给出线路的技术参数，包括线路型式、轨道和道床结构等。

b. 车辆参数　铁路列车可分为客车、货车两类，牵引类型分为内燃机车、电力机车、蒸汽机车、动车组等；城市轨道交通可按车型进行分类。分段给出各类型列车昼间和夜间的开行对数、编组情况及运行速度等参数。

c. 声源源强参数　不同类型（或不同运行状况下）列车的声源源强，可参照国家相关部门的规定确定，无相关规定的应根据工程特点通过类比监测确定。

d. 敏感目标参数　根据现场实际调查，给出铁路（或城市轨道交通）建设项目沿线敏感目标的分布情况，各敏感目标的类型、名称、规模、所在路段、桩号（里程）、与路基的相对高差及建筑物的结构、朝向和层数等。视情况，给出铁路边界范围内的敏感目标情况。

② 声传播途径分析　列表给出声源和预测点间的距离、高差，分析声源和预测点之间的传播路径，给出影响声波传播的地面状况、障碍物、树木等。

（4）机场飞机噪声预测

① 预测参数

a. 工程参数

机场跑道参数：跑道的长度、宽度、坐标、坡度、数量、间距、方位及海拔高度。

飞行参数：机场年日平均飞行架次；机场不同跑道和不同航向的飞机起降架次，机型比例，昼间、傍晚、夜间的飞行架次比例；飞行程序——起飞、降落、转弯的地面航迹；爬升、下滑的垂直剖面。

b. 声源参数　利用国际民航组织和飞机生产厂家提供的资料，获取不同型号发动机飞机的功率-距离-噪声特性曲线，或按国际民航组织规定的监测方法进行实际测量。

c. 气象参数　机场的年平均风速、年平均温度、年平均湿度、年平均气压。

d. 地面参数　分析飞机噪声影响范围内的地面状况（坚实地面，疏松地面，混合地面）。

② 预测的评价量　根据 GB 9660 的规定，预测的评价量为 L_{WECPN}。

③ 预测范围　计权等效连续感觉噪声级（L_{WECPN}）等值线应预测到 70dB。

④ 预测内容　在 1：50000 或 1：10000 地形图上给出计权等效连续感觉噪声级（L_{WECPN}）为 70dB、75dB、80dB、85dB、90dB 的等声级线图。同时给出评价范围内敏感目标的计权等效连续感觉噪声级（L_{WECPN}）。给出不同声级范围内的面积、户数、人口。依据评价工作等级要求，给出相应的预测结果。

（5）施工场地、调车场、停车场等噪声预测

① 预测参数

a. 工程参数　给出施工场地、调车场、停车场等的范围

b. 声源参数　根据工程特点，确定声源的种类。

固定声源：给出主要设备名称、型号、数量、声源源强、运行方式和运行时间。

流动声源：给出主要设备型号、数量、声源源强、运行方式、运行时间、移动范围和路径。

② 声传播途径分析　根据声源种类的不同确定分析内容及要求。

③ 预测内容

a. 根据建设项目工程特点，分别预测固定声源和流动声源对场界（或边界）、敏感目标的噪声贡献值，进行叠加后作为最终的噪声贡献值。

b. 根据评价工作等级要求，给出相应的预测结果。

（6）敏感建筑建设项目声环境影响预测

① 预测参数

a. 工程参数　给出敏感建筑建设项目（如居民区、学校、科研单位等）的地点、规模、平面布置图等，明确属于建设项目的敏感建筑物的位置、名称、范围等参数。

b. 声源参数

建设项目声源：对建设项目的空调、冷冻机房、冷却塔，供水、供热，通风机，停车场，车库等设施进行分析，确定主要声源的种类、源强及其位置。

外环境声源：对建设项目周边的机场、铁路、公路、航道、工厂等进行分析，给出外环境对建设项目有影响的主要声源的种类、源强及其位置。

② 声传播途径分析　以表格形式给出建设项目声源和预测点（包括属于建设项目的敏感建筑物和建设项目周边的敏感目标）间的坐标、距离、高差，以及外环境声源和预测点（属于建设项目的敏感建筑物）之间的坐标、距离、高差，分别分析两部分声源和预测点之间的传播路径。

③ 预测内容

a. 敏感建筑建设项目声环境影响预测应包括建设项目声源对项目及外环境的影响预测和外环境（如周边公路、铁路、机场、工厂等）对敏感建筑建设项目的环境影响预测两部分内容。

b. 分别计算建设项目主要声源对属于建设项目的敏感建筑和建设项目周边的敏感目标的噪声影响，同时计算外环境声源对属于建设项目的敏感建筑的噪声影响，属于建设项目的敏感建筑所受的噪声影响是建设项目主要声源和外环境声源影响的叠加。

c. 根据评价工作等级要求，给出相应的预测结果。

4. 声环境影响评价

（1）评价标准的确定

应根据声源的类别和建设项目所处的声环境功能区等确定声环境影响评价标准，没有划分声环境功能区的区域由地方环境保护部门参照 GB 3096 和 GB/T 15190 的规定划定声环境功能区。

（2）评价的主要内容

① 评价方法和评价量　根据噪声预测结果和环境噪声评价标准，评价建设项目在施工、运行期噪声的影响程度、影响范围，给出边界（厂界、场界）及敏感目标的达标分析。

进行边界噪声评价时，新建建设项目以工程噪声贡献值作为评价量；改扩建建设项目以工程噪声贡献值与受到现有工程影响的边界噪声值叠加后的预测值作为评价量。

进行敏感目标噪声环境影响评价时，以敏感目标所受的噪声贡献值与背景噪声值叠加后的预测值作为评价量。对于改扩建的公路、铁路等建设项目，如预测噪声贡献值时已包括了现有声源的影响，则以预测的噪声贡献值作为评价量。

② 影响范围、影响程度分析　给出评价范围内不同声级范围覆盖下的面积，主要建筑物类型、名称、数量及位置，影响的户数、人口数。

③ 噪声超标原因分析　分析建设项目边界（厂界、场界）及敏感目标噪声超标的原因，明确引起超标的主要声源。对于通过城镇建成区和规划区的路段，还应分析建设项目与敏感目标间的距离是否符合城市规划部门提出的防噪声距离。

④ 对策建议　分析建设项目的选址（选线）、规划布局和设备选型等的合理性，评价噪声防治对策的适用性和防治效果，提出需要增加的噪声防治对策、噪声污染管理、噪声监测及跟踪评价等方面的建议，并进行技术、经济可行性论证。

五、生态环境影响预测与评价

1. 基本概念

生态环境影响：生态系统受到外来作用时所发生的响应与变化。

生态环境影响预测：科学地分析与预估生态受到外来作用时所发生的响应与变化的趋势。

生态环境影响评价：对影响预测的结果进行显著性分析、人为地判别可否接受的过程。

2. 生态影响预测与评价内容

生态影响预测与评价内容应与现状评价内容相对应，依据区域生态保护的需要和受影响生态系统的主导生态功能选择评价预测指标。

（1）评价工作范围内涉及的生态系统及其主要生态因子的影响评价。通过分析影响作用的方式、范围、强度和持续时间来判别生态系统受影响的范围、强度和持续时间；预测生态系统组成和服务功能的变化趋势，重点关注其中的不利影响、不可逆影响和累积生态影响。

（2）敏感生态保护目标的影响评价应在明确保护目标的性质、特点、法律地位和保护要求的情况下，分析评价项目的影响途径、影响方式和影响程度，预测潜在的后果。

（3）预测评价项目对区域现存主要生态问题的影响趋势。

3. 生态环境影响预测方法和技术要点

（1）生态影响预测方法

① 一般采取类比分析、生态机理分析、景观生态学的方法进行文字分析与定性描述。

② 采用数学模拟进行预测。

③ 在现状定量调查基础上，根据项目建设生态破坏的程度进行推算。

（2）注意要点

① 持生态整体性观念。

② 持生态系统为开放性系统观。

③ 持生态系统为地域差异性系统观。

④ 持生态系统为动态变化的系统观。

⑤ 做好深入细致的工程分析。

⑥ 做好敏感保护目标的影响分析。

⑦ 正确处理依法评价影响和科学评价影响的问题。

⑧ 正确处理一般评价和生态环境影响特殊性问题。

4. 生态环境影响评价

（1）生态环境影响评价定义

对某种生态环境的影响是否显著、严重以及可否为社会和生态接受进行的判读。

（2）生态环境影响评价的目的

① 评价影响的性质和影响程度、影响的显著性，以决定行止。

② 评价生态影响的敏感性和主要受影响的保护目标，以决定保护的优先性。

③ 评价资源和社会价值的得失，以决定取舍。

（3）生态环境影响评价的指标

① 生态学评价指标与基准。

② 可持续发展评估指标和基准。

③ 以政策与战略作为评估指标与基准。

④ 以环境保护法规和资源保护法规作为评估基准。

⑤ 以经济价值损益和得失作为评估指标和标准。

⑥ 社会文化评估基准。

（4）生态影响评价指标来源

① 国家、行业和地方规定的标准。

② 规划确定的目标、指标和区划功能。需要特别注意的区域有：重要生态功能区、敏感保护目标、城市规划区、水土保持区和其他地方规划区。

③ 背景或本底值。包括：区域土壤背景值、区域植被覆盖率与生物量、区域水土流失本底值和建设项目进行前项目所在地的生态背景值。

④ 以科学研究已证明的"阈值"或"生态承载力"作为标准。

⑤ 特定生态问题的限值。包括：水土流失侵蚀模数限值（土壤允许流失量）、草原生态系统的五等八级、土地沙漠化等级划分、生物物种保护四级（受威胁、渐危、濒危、灭绝）。

5. 生态环境影响预测与评价方法

生态影响预测与评价方法应根据评价对象的生态学特性，在调查、判定该区主要的、辅助的生态功能以及完成功能必需的生态过程的基础上，分别采用定量分析与定性分析相结合的方法进行预测与评价。

常用的生态影响预测与评价方法包括：①列表清单法；②图形叠置法；③生态机理分析法；④景观生态学法；⑤指数法与综合指数法；⑥类比分析法；⑦系统分析法；⑧生物多样性评价方法；⑨海洋及水生生物资源影响评价方法；⑩土壤侵蚀预测方法。

6. 水土流失预测与评价方法

（1）侵蚀模数预测方法

① 已有资料调查法。

② 物理模型法。

③ 现场调查法。

④ 水文手册查算法。

⑤ 土壤侵蚀及产沙数学模型法。

（2）水土流失评价

水土流失评价主要根据土壤侵蚀强度分级。

① 土壤侵蚀允许量标准

土壤允许流失量定义：长时期内能保持土壤的肥力和维持土地生产力基本稳定的最大土壤流失量。

② 水力侵蚀、重力侵蚀的强度分级

可分为：微度侵蚀；轻度侵蚀；中度侵蚀；强度侵蚀；极强度侵蚀；剧烈侵蚀。

③ 风蚀强度分级

风力侵蚀的强度分级按植被覆盖度、年风蚀厚度、侵蚀模数三项指标划分。

7. 水体富营养化预测

水体富营养化是指人为因素引起的湖泊、水库中氮、磷增加对其水生生态产生不良的影响。其主因是磷增加，同时也与氮含量、水温及水体特征有关。

（1）流域污染源调查

① 湖泊总磷浓度

$$\rho_P = L(1-R)p/\bar{z}$$
$$p = Q/V$$

② 最大可接受负荷量：总磷浓度 10mg/m^3。

③ 总磷的收支数据计算法：输出系数法和实测法。

④ 总磷的外负荷和内负荷

外负荷：从湖泊外部输入的磷。

内负荷：由湖泊内释放的磷引起的富营养化。

（2）营养物质负荷法预测富营养化

① 总磷负荷规范化公式

$$TP = \frac{L_P/q_s}{1+\sqrt{T_w}}$$

② 湖泊富营养化等级

TP$<10\text{mg/m}^3$ 为贫营养；TP 在 $10\sim20\text{mg/m}^3$ 为中营养；TP$>20\text{mg/m}^3$ 为富营养。

（3）营养状况指数法预测富营养化

① 营养状况指数 TSI 计算

透明度参数式：TSI$=60-14.41\text{lnSD}$

叶绿素 a 参数式：TSI$=9.81\text{lnChl}+30.6$

总磷参数式：TSI$=14.42\text{lnTP}+4.15$

② 营养状况评判标准

TSI<40 为贫营养；TSI 在 40～50 为中营养；TSI>50 为富营养。

8. 景观美学影响评价

（1）基本知识

景观：指视觉意义上的景物、景色、景象和印象，即美学意义上的景观。

景观可以分为自然景观和人文景观两大类。人文景观还包括自然与人文合成的城市景观。

（2）建设项目景观影响评价程序

① 确定视点。

② 进行敏感性识别。

③ 对评价重点进行景观阈值评价、美学评价、资源性评价。

④ 景观美学影响评价。

⑤ 景观保护措施研究和美学效果与技术经济评价。

（3）敏感度评价指标

① 视角或相对坡度。

② 相对距离。

③ 视见频率。

④ 景观醒目程度。

（4）阈值评价

景观阈值：景观体对外界干扰的耐受能力、同化能力和恢复能力。

（5）美学评价

包括自然景观实体的客观美学评价和评价者的主观观感两部分。一般以客观美学评价为主，以主观观感评价为辅。

六、固体废物环境影响评价

1. 固体废物概述

（1）固体废物的范围

① 在生产、生活和其他活动中产生的丧失原有利用价值或者虽未丧失利用价值但被抛弃或者放弃的固态、半固态和置于容器中的气态的物品、物质。

② 法律、行政法规规定纳入固体废物管理的物品、物质。

③ 不能排入水体的液态废物和不能排入大气的置于容器中的气态废物。

（2）固体废物的来源

① 居民生活。

② 商业、机关。

③ 市政维护、管理部门。

④ 矿业。

⑤ 冶金、金属结构、交通、机械等工业。

⑥ 建筑材料工业。

⑦ 食品加工业。

⑧ 橡胶、皮革、塑料等工业。

⑨ 石油化工工业。

⑩ 电器、仪器仪表等工业。

⑪ 纺织服装工业。

⑫ 造纸、木材、印刷等工业。

⑬ 核工业和放射性医疗单位。

⑭ 农业。

（3）固体废物的分类

见图 5-1。

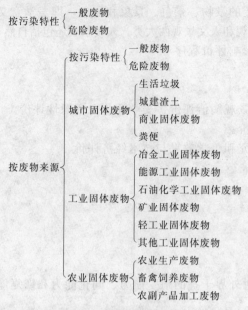

图 5-1　固体废物的分类

（4）固体废物的特点

① 数量巨大、种类繁多、成分复杂。

② 资源和废物的相对性。

③ 危害具有潜在性、长期性和灾难性。

④ 处理过程的终态、污染环境的源头。

2. 固体废物中污染物进入环境的方式及迁移转化

（1）污染物进入环境的方式

见表 5-7。

表 5-7　污染物进入环境的方式

序号	影响类别	污染物进入环境的方式
1	对大气环境的影响	①固体废物在堆存和处理处置过程中产生有害气体 ②堆放的固体废物中的细微颗粒、粉尘等可随风飞扬 ③焚烧法处理固体废物引起大气污染
2	对水环境的影响	①直接污染：把水体作为固体废物的接纳体 ②间接污染：固体废物在堆积过程中，经过自身分解和雨水淋溶产生的渗滤液流入江河、湖泊和渗入地下引起地表水和地下水污染
3	对土壤环境的影响	①废物堆放、储存和处置过程中有害组分污染土壤 ②固体废物的堆放占用土地
4	对人体健康的影响	①固体废物堆放、处理和处置过程中，有害成分浸出液通过地表水、地下水、大气和土壤等环境介质直接或间接被人体吸收 ②某些物质相混时，发生不良反应，包括热反应、产生有毒气体和产生可燃性气体

（2）固体废物中污染物的释放

污染物的释放分为有控排放和无控排放，见表5-8。

表 5-8　污染物排放方式

序　号	排入环境	排　放　方　式
1	大气	①挥发，大部分不可控 ②颗粒物质排放，可控
2	水体	①直接倾倒 ②填埋场渗滤液

填埋渗滤液的来源：①降水直接落入填埋场；②地表水进入填埋场；③地下水进入填埋场；④处置在填埋场中的废物中含有的部分水。

（3）固体废物对人体健康影响的途径

见图5-2。

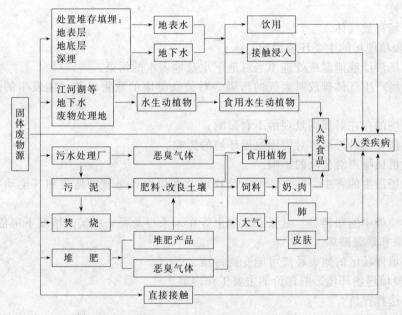

图 5-2　固体废物化学物质致人疾病的途径

（4）填埋场渗滤液中污染物的迁移转化

① 渗滤液实际渗流速度

$$v = \frac{q}{\eta_e}$$

式中　v——渗滤液实际渗流速度，cm/s；

　　　q——单位时间渗漏率，cm/s；

　　　η_e——多孔介质的有效空隙度。

② 污染物迁移速度

$$v' = \frac{v}{R_d}$$

式中　R_d——污染物在地质介质中的滞留因子，无量纲。

3. 固体废物环境影响评价的主要内容及特点

（1）固体废物环境影响评价的类型与内容

见表5-9。

表 5-9　固体废物环境影响评价的类型与内容

固体废物环境影响评价类型	评 价 内 容
一般工程项目产生的固体废物,由产生、收集、运输、处理到最终处置的环境影响评价	①污染源调查 ②污染防治措施的调查清单 ③提出最终处置措施方案
对处理、处置固体废物设施建设项目的环境影响评价	①厂址选择 ②污染控制项目 ③污染物排放限制

(2) 固体废物环评的特点

① 涉及固体产生、收集、储存、运输、预处理直至处置的各个过程。

② 需要规避运输风险。

4. 垃圾填埋场的环境影响评价

(1) 垃圾填埋场的主要污染源

① 渗滤液。

② 填埋场释放气体。

(2) 垃圾填埋场的主要环境影响

① 填埋场渗滤液泄漏或处理不当对地下水及地表水的污染。

② 填埋场产生气体排放对大气的污染、对公众健康的危害以及可能发生的爆炸对公众安全的威胁。

③ 填埋场的存在对周围景观的不利影响。

④ 填埋作业及垃圾堆体对周围地质环境的影响。

⑤ 填埋机械噪声对公众的影响。

⑥ 填埋场滋生的害虫、昆虫、啮齿动物以及在填埋场觅食的鸟类和其他动物可能传播疾病。

⑦ 填埋垃圾中的塑料袋、纸张以及尘土等在未来得及覆土压实的情况下可能飘出场外,造成环境污染和景观破坏。

⑧ 流经填埋场区的地表径流可能受到污染。

(3) 垃圾填埋场环境影响评价的主要工作内容

① 场址选择评价

场址评价主要是评价拟选场地是否符合选址标准,其方法是根据场地自然条件,采用选址标准逐项进行评判。评价的重点是场地的水文地质条件、工程地质条件、土壤自净能力等。

② 自然、环境质量现状评价

主要评价拟选场地及其周围的空气、地表水、地下水、噪声等自然环境质量状况。其方法一般是根据监测值与各种标准,采用单因子和多因子综合评判法。

③ 工程污染因素分析

主要是分析填埋场建设过程中和建成投产后可能产生的主要污染源及其污染物以及其数量、种类和排放方式等。其方法一般有计算、类比、经验计算等。

④ 施工期影响评价

评价施工期场地内排放生活污水,各类施工机械产生的机械噪声、振动以及二次扬尘对周围地区产生的环境影响。

⑤ 水环境影响预测与评价

主要评价填埋场衬里结构安全性以及渗滤液排出对周围水环境的影响。

⑥ 大气环境影响预测与评价

a. 释放气体。根据排气系统的结构,预测和评价排气系统的可靠性、排气利用的可能性以及排气对环境的影响。

b. 恶臭。评价运输、填埋过程中以及封场后可能对环境的影响。

⑦ 噪声环境影响预测与评价

评价垃圾运输、场地施工、垃圾填埋操作、封场各阶段由各种机械产生的振动和噪声对环境的影响。

⑧ 污染防治措施

a. 渗滤液的治理和控制措施以及填埋场衬里破裂补救措施。

b. 释放气的导排或综合利用措施以及防臭措施。

c. 减振防噪措施。

⑨ 环境经济损益分析

计算评价污染防治设施投资以及所产生的经济、社会、环境效益。

⑩ 其他评价项目

a. 结合填埋场周围的土地、生态情况,对土壤、生态、景观等进行评价。

b. 对洪涝特征年产生的过量渗滤液以及垃圾释放气体因物理、化学条件异变而产生垃圾爆炸等进行风险事故评价。

第六章 环境保护措施

一、大气污染控制技术概述

1. 概述

大气污染的常规控制技术见表6-1。

表 6-1 大气污染的常规控制技术

控制技术	描述
洁净燃烧技术	在燃烧过程减少污染物排放与提高燃料利用效率的加工、燃烧、转化和污染排放控制等所有技术的总称
高烟囱烟气排放技术	通过高烟囱把含有污染物的烟气直接排入大气,使污染物向更大的范围和更远的区域扩散、稀释
烟(粉)尘净化技术	将颗粒污染物从废气中分离出来并加以回收的操作过程
气态污染物净化技术	根据气态污染物的特性选取。常用方法有吸收法、吸附法、催化法、燃烧法、冷凝法、膜分离法、电子束照射净化法和生物净化法等

我国主要的大气污染物是二氧化硫、氮氧化物和烟(粉)尘。

2. 二氧化硫控制技术

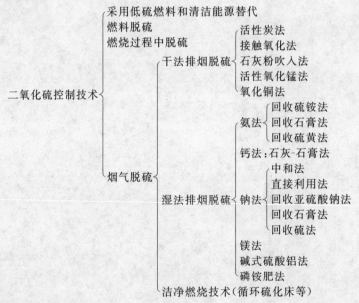

3. 氮氧化物控制技术

4. 烟(粉)尘控制技术

(1)改进燃烧技术

完全燃烧产生的烟尘和煤尘等颗粒物要比不完全燃烧产生的少,故在燃烧过程中要供给适当的空气量,使燃料完全燃烧。

(2)采用除尘技术

① 重力除尘

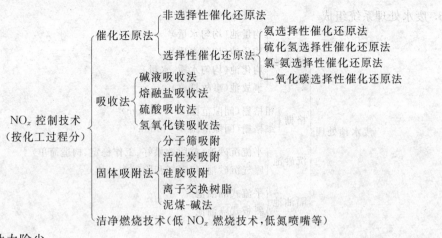

NOx 控制技术（按化工过程分）
- 催化还原法
  - 非选择性催化还原法
  - 选择性催化还原法
    - 氨选择性催化还原法
    - 硫化氢选择性催化还原法
    - 氯-氨选择性催化还原法
    - 一氧化碳选择性催化还原法
- 吸收法
  - 碱液吸收法
  - 熔融盐吸收法
  - 硫酸吸收法
  - 氢氧化镁吸收法
- 固体吸附法
  - 分子筛吸附
  - 活性炭吸附
  - 硅胶吸附
  - 离子交换树脂
  - 泥煤-碱法
- 洁净燃烧技术（低 NOx 燃烧技术，低氮喷嘴等）

② 惯性力除尘
③ 离心力除尘
④ 洗涤除尘
⑤ 过滤除尘
⑥ 电除尘
⑦ 声波除尘

二、工业废水处理技术概述

1. 工业废水处理方法
见表 6-2。

表 6-2　工业废水处理方法

分 类	原 理	处 理 工 艺
物理法	利用物理作用来分离废水中的悬浮物或乳浊物	格栅、筛滤、离心、澄清、过滤、隔油
化学法	利用化学反应的作用来去除废水中的溶解物质或胶体物质	中和、沉淀、氧化还原、电解絮凝、焚烧等
物理化学法	利用物理化学作用来去除废水中的溶解物质或胶体物质	混凝、吸附、膜分离、萃取、焚烧等
生物处理法	利用微生物代谢作用，使废水中的有机污染物和无机微生物营养物转化为稳定、无害的物质。包括厌氧和好氧两种类型	活性污泥法、生物膜法、厌氧消化法、稳定塘等

2. 废水处理系统
废水处理系统组成及处理效果见表 6-3。

表 6-3　废水处理系统组成及处理效果

级 别	处 理 目 的	处 理 效 果
预处理	保护废水厂的后续处理设施	能去除大块砂石、杂质等
一级处理	通过物理处理法中的各种处理单元如沉降或气浮去除废水中悬浮状态的固体、呈分层或乳化状态的油类污染物	通常可去除 90%～95% 的可沉降颗粒物、50%～60% 的总悬浮固体及 25%～35% 的 BOD_5，无法去除溶解性污染物
二级处理	去除一级处理出水中的溶解性 BOD，并进一步去除悬浮固体物质。主要为生物处理	通常可去除大于 85% 的 BOD_5 及悬浮固体物，无法显著去除氮、磷或重金属
三级处理	为使出水达到特定目的（如回用）的水质要求而使用	能够去除 99% 的 BOD_5、磷、悬浮固体和细菌，以及 95% 的含氮物质

3. 废水处理系统组成

废水预处理
- 调节池
  - 均量池（均匀水量）
  - 均质池（均匀水质）
  - 均化池（均匀水质、水量）
  - 事故池（事故排放）
- 格栅
  - 粗格栅（间隙范围 40～150mm）
  - 细格栅（间隙范围 5～40mm）
- 沉砂池
  - 平流沉砂池（截留效果好、工作稳定、构造简单）
  - 曝气沉砂池（集曝气和除砂为一体）
- 隔油池
  - 平流式隔油池
  - 斜板式隔油池

废水一级处理
- 沉淀池
  - 分类
    - 平流式沉淀池
    - 辐流式沉淀池
    - 竖流式沉淀池
  - 作用
    - 初沉池：减轻后续处理设施负荷，保证生物处理设施功能的发挥
    - 二沉池：分离生物污泥，使处理水得到澄清
- 中和处理
  - 酸性废水的中和药剂有石灰、石灰石、氢氧化钠等
  - 碱性废水的中和药剂主要是采用工业盐酸
- 化学沉淀
  - 投加化学沉淀剂，与水中污染物反应，生成难溶的沉淀物析出
  - 通过聚凝、沉降、浮上、过滤、离心等方法进行固液分离
  - 泥渣的处理和回收利用
- 浮选法
  - 溶气浮选法
  - 布气浮选法
  - 电解浮选法

废水二级处理
- 活性污泥法
  - 传统活性污泥处理法
  - 阶段曝气法
  - 完全混合法
  - 吸附再生法
  - 带选择池的活性污泥法
  - 氧化沟法
- 生物膜法
  - 滴滤池
  - 塔滤池
  - 接触氧化池
  - 生物转盘
- 厌氧生物处理
  - 传统消化法
  - 厌氧活性污泥法
  - 上流式厌氧污泥床反应器法（UASB）
  - 厌氧流化床法
- 出水消毒：消毒剂主要有氯气、臭氧、紫外线、二氧化氯和溴等

悬浮物的去除 {
化学絮凝后沉淀或汽提：铝化合物、铁化合物、碳酸钠、氢氧化钠、二氧化碳、聚合物
物理法过滤：纳滤、超滤、粒状填料过滤、硅藻土过滤等
}

废水三级处理 {
除磷 {
化学沉淀：加入铝盐或铁盐及石灰
生物除磷：A/O 工艺、A²/O 工艺、SBR 工艺、活性污泥生物-化学沉淀等
}
脱氮 {
生物硝化-反硝化
折点氯化
选择性离子交换
氨的汽提
}
}

污泥处理处置 {
污泥特性：总固态物含量、易挥发固态物含量、pH 值、营养物、有机物、病原体、重金属、有机化学品、危险性污染物等
污泥处理方法 {
污泥浓缩（重力沉淀、浮选、离心）
污泥稳定（厌氧消化、好氧消化、化学稳定等）
污泥调节
污泥脱水（加压过滤、离心过滤）
污泥压缩
}
污泥处置与利用 {
处置方法：卫生填埋、焚烧
利用途径：农业利用
}
}

三、环境噪声防治

1. 噪声防治措施的一般要求

（1）工业（工矿企业和事业单位）建设项目噪声防治措施应针对建设项目投产后噪声影响的最大预测值制订，以满足厂界（或场界、边界）和厂界外敏感目标（或声环境功能区）的达标要求。

（2）交通运输类建设项目（如公路、铁路、城市轨道交通、机场项目等）的噪声防治措施应针对建设项目不同代表性时段的噪声影响预测值分期制定，以满足声环境功能区及敏感目标功能要求。其中，铁路建设项目的噪声防治措施还应同时满足铁路边界噪声排放标准要求。

2. 技术防治措施

（1）声源上降低噪声的措施

① 改进机械设计，如在设计和制造过程中选用发声小的材料来制造机件，改进设备结构和形状、改进传动装置以及选用已有的低噪声设备等。

② 采取声学控制措施，如对声源采用消声、隔声、隔振和减振等措施。

③ 维持设备处于良好的运转状态。

④ 改革工艺、设施结构和操作方法等。

（2）噪声传播途径上降低噪声措施

① 在噪声传播途径上增设吸声、声屏障等措施。

② 利用自然地形物（如利用位于声源和噪声敏感区之间的山丘、土坡、地堑、围墙等）降低噪声。

③ 将声源设置于地下或半地下的室内等。

④ 合理布局声源，使声源远离敏感目标等。

（3）敏感目标自身防护措施

① 受声者自身增设吸声、隔声等措施。

② 合理布局噪声敏感区中的建筑物功能和合理调整建筑物平面布局。

3. 管理措施

主要包括提出环境噪声管理方案（如制定合理的施工方案、优化飞行程序等），制定噪声监测方案，提出降噪减噪设施的使用运行、维护保养等方面的管理要求，提出跟踪评价要求等。

四、生态环境保护措施

1. 生态环境保护措施的基本要求

包括：①体现法规的严肃性；②体现可持续发展思想与战略；③体现产业政策方向与要求；④满足多方面的目的要求；⑤遵循生态环境保护科学原理；⑥全过程评价与管理；⑦突出针对性与可行性。

2. 生态影响的防护、恢复、补偿及替代方案

（1）生态影响的防护、恢复、补偿原则

① 应按照避让、减缓、补偿和重建的次序提出生态影响防护与恢复的措施；所采取措施的效果应有利于修复和增强区域生态功能。

② 凡涉及不可替代、极具价值、极敏感、被破坏后很难恢复的敏感生态保护目标（如特殊生态敏感区、珍稀濒危物种）时，必须提出可靠的避让措施或生境替代方案。

③ 涉及采取措施后可恢复或修复的生态目标时，也应尽可能提出避让措施；否则，应制定恢复、修复和补偿措施。各项生态保护措施应按项目实施阶段分别提出，并提出实施时限和估算经费。

（2）替代方案

替代方案主要指项目中的选线、选址替代方案，项目的组成和内容替代方案，工艺和生产技术的替代方案，施工和运营方案的替代方案，生态保护措施的替代方案。评价应对替代方案进行生态可行性论证，优先选择生态影响最小的替代方案，最终选定的方案至少应该是生态保护可行的方案。

（3）生态保护的基本措施

① 生态保护措施应包括保护对象和目标，内容、规模及工艺，实施空间和时序，保障措施和预期效果分析，绘制生态保护措施平面布置示意图和典型措施设施工艺图。估算或概算环境保护投资。

② 对可能具有重大、敏感生态影响的建设项目，区域、流域开发项目，应提出长期的生态监测计划、科技支撑方案，明确监测因子、方法、频次等。

③ 明确施工期和运营期管理原则与技术要求。提出环境保护工程分标与招投标原则，施工期工程环境监测，环境保护阶段验收和总体验收、环境影响后评价等环保管理技术方案。

3. 减少生态环境影响的工程措施

（1）合理选址选线

① 避绕敏感的环境保护目标。

② 不使规划区的主要功能受到影响。

③ 选址选线不存在潜在环境风险。

④ 保障区域可持续发展的能力不受到损害或威胁。

（2）工程方案分析与优化

① 选择减少资源消耗的方案。

② 采用环境友好的方案。

③ 采用循环经济理念，优化建设方案。

④ 发展环境保护工程设计方案。

（3）施工方案分析与合理化建议

① 建立规范化操作程序和制度。

② 合理安排施工次序、季节、时间。

③ 改变落后的施工组织方式，采用科学的施工组织方法。

（4）加强工程的环境保护管理

① 施工期环境工程监理与施工队伍管理。

② 营运期生态环境监测与动态管理。

4. 生态环境监理

环境监理概念：由第三方承担，受业主委托，依据合同和有关法律法规（包括批准的环境影响报告书），对工程建设承包方的环保工作进行监督、管理、监察。

环境监理范围：工程施工区和施工影响区。

环境监理方式：常驻工地即时监管和定期巡视辅以仪器监控。

5. 生态监测

（1）生态监测目的

生态监测的目的主要是：①了解背景；②验证假说；③跟踪动态。

（2）生态监测方案

① 明确监测目的，或确定要认识或解决的主要问题。

② 确定监测项目或对象。

③ 确定监测点位、频次或时间等，明确方案的具体内容。

④ 规定监测方法和数据统计规范，使监测的数据可进行积累与比较。

⑤ 确立保障措施。

五、固体废物污染控制概述

1. 固体废物污染控制的主要原则

（1）减量化——清洁生产

（2）资源化——综合利用

（3）无害化——安全处置

2. 固体废物常用处理处置方法

（1）预处理（包括压实、破碎、分选）

（2）堆肥处理

（3）卫生填埋

（4）一般物化处理

（5）安全填埋

（6）焚烧处理

（7）热解法

3. 固体废物的收集与运输

（1）中转站的选址原则

① 尽可能位于垃圾收集中心或垃圾产量多的地方。

② 靠近公路干线及交通方便的地方。

③ 居民和环境危害最少的地方。

④ 进行建设和作业最经济的地方。

（2）垃圾填埋场的类型

① 衰减型填埋场

② 半封闭型填埋场

③ 全封闭型填埋场

前两种适用于城市生活垃圾处置；后一种适用于危险废物处置。

（3）垃圾填埋方式

① 山谷型填埋

② 平地型填埋（又分地上式、地下式和半地下式）

六、环境风险防范

1. 基本概念

环境风险：指突发性事故对环境（或健康）的危害程度，用风险值（R）表征。

风险值（R）：指事故发生概率（P）与事故造成的环境（或健康）后果（C）的乘积。

环境风险评价：指对建设项目建设和运行期间发生的可预测突发性时间或事故（一般不包括人为破坏及自然灾害）引起有毒有害、易燃易爆等物质泄漏，或突发事件产生新的有毒有害物质，所造成的对人身安全与环境的影响和损害进行评估，提出防范、应急与减缓措施。

2. 环境风险的防范措施

（1）选址、总图布置和建筑安全防范措施。

（2）危险化学品储运安全防范及避难所。

（3）工艺技术设计安全防范措施。

（4）自动控制设计安全防范措施。

（5）电气、电讯安全防范措施。

（6）消防及火灾报警系统。

（7）紧急救援站或有毒气体防护站设计。

3. 事故应急预案

事故应急预案应根据全厂（或工程）布局、系统关联、岗位工序、毒害物性质和特点等要素，结合周边环境及特定条件以及环境风险评价结果制定。

七、水土保持措施

1. 水土保护方案编制内容

（1）建设项目概况调查和环境概况调查

（2）水土流失预测

（3）水土流失防治措施编制

① 防治目标、防治时段和区段（点段）的具体实施部署。

② 开发建设单位和责任范围。

③ 措施实施的进度安排。

④ 投资估算及预期效益。

⑤ 水土流失监测与管理。

（4）水土保持投资概（估）算及效益分析

（5）水土保持方案审批与实施

2. 水土流失预防措施

（1）通过科学合理的设计方案和合理的施工方案，减少土地占用和植被破坏。

（2）合理选择弃渣弃土场，保证弃渣场安全，并对弃渣弃土场实行先挡后弃的操作方案。

（3）实行集中取土、集中弃土方案，既减少破坏又相对易于防治。

（4）合理确定施工期，避开集中雨季、风季。

（5）施工期备齐防止暴雨的挡护设备。

（6）矿业和工业项目做好弃渣、尾矿、矸石的回用和堆放，防止风吹雨蚀的流失。

（7）实施建设项目全过程管理，尤其须加强施工期的水土保持监理工作。

3. 水土流失治理措施

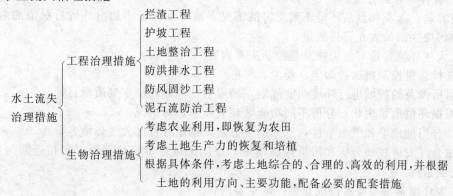

水土流失治理措施
- 工程治理措施
  - 拦渣工程
  - 护坡工程
  - 土地整治工程
  - 防洪排水工程
  - 防风固沙工程
  - 泥石流防治工程
- 生物治理措施
  - 考虑农业利用，即恢复为农田
  - 考虑土地生产力的恢复和培植
  - 根据具体条件，考虑土地综合的、合理的、高效的利用，并根据土地的利用方向、主要功能，配备必要的配套措施

八、绿化方案编制

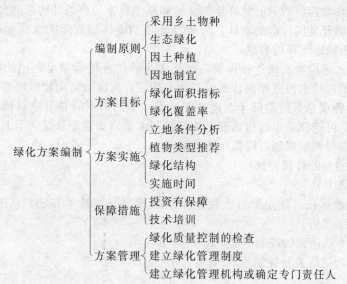

绿化方案编制
- 编制原则
  - 采用乡土物种
  - 生态绿化
  - 因土种植
  - 因地制宜
- 方案目标
  - 绿化面积指标
  - 绿化覆盖率
- 方案实施
  - 立地条件分析
  - 植物类型推荐
  - 绿化结构
  - 实施时间
- 保障措施
  - 投资有保障
  - 技术培训
- 方案管理
  - 绿化质量控制的检查
  - 建立绿化管理制度
  - 建立绿化管理机构或确定专门责任人

第七章 环境容量与污染物排放总量控制

一、区域环境容量分析

1. 环境容量分析方法

环境容量：人类和自然环境不致受害的情况下或者在保证不超出环境目标值的前提下，区域环境污染物的最大允许排放量。

（1）大气环境容量与污染物总量控制主要内容

① 选择总量控制指标：烟尘、粉尘、SO_2。

② 对所涉及的区域进行环境功能规划，确定各功能区环境空气质量目标。

③ 根据环境质量现状，分析不同功能区环境质量达标情况。

④ 结合当地地形和气象条件，选择适当方法，确定开发区大气环境容量。

⑤ 结合开发区规划分析和污染控制措施，提出区域环境容量利用方案和近期污染物排放总量控制指标。

（2）水环境容量与废水排放总量控制主要内容

① 选择总量控制指标因子：COD、氨氮。

② 分析基于环境容量约束的允许排放总量和基于技术经济条件约束的允许排放总量。

③ 对于拟接纳开发区污水的水体，应根据环境功能区划规定的水质标准要求，选用适当的水质模型分析确定水环境容量。

④ 对于现状水污染物实现达标排放，水体无足够的环境容量可利用的情形，应在制定基于水环境功能的区域水污染控制计划的基础上确定开发区水污染物排放总量。

⑤ 如预测的各项总量值均低于上述基于技术水平约束下的总量控制和基于水环境容量的总量控制指标，可选择最小的指标提出总量控制方案；如预测总量大于上述两类指标中的某一类指标，则需要调整规划，降低污染物总量。

2. 大气环境容量的计算方法

（1）修正的 A-P 法

① 根据所在地区按《制定地方大气污染物排放标准的技术方法》（GB/T 13201—91）查取总量控制系数 A 值。

② 确定第 i 个功能区的控制浓度：$c_i = c_i^0 - c_i^b$。

③ 确定各个功能区总量控制系数 A_i 值：$A_i = Ac_i$。

④ 确定各个功能区允许排放总量：$Q_{ai} = A_i \dfrac{S_i}{\sqrt{S}}$。

⑤ 计算总量控制区允许排放总量：$Q_a = \displaystyle\sum_{i=1}^{n} Q_{ai}$。

（2）模拟法

① 对开发区进行网格化处理，并按环境功能分区确定每个网格的环境质量保护目标 c_{ij}^0。

② 掌握开发区的空气质量现状 c_{ij}^b，确定污染物控制浓度 $c_{ij} = c_{ij}^0 - c_{ij}^b$。

③ 根据开发区发展规划和布局，利用工程分析、类比等方法预测污染源的分布、源强和排放方式，并分别处理为点源、面源、线源和体源。

④ 利用《环境影响评价技术导则》规定的空气质量模型或经过验证适用于本开发区的其他空气质量模型模拟所有预测污染源达标排放的情况下对环境质量的影响 c_{ij}^{a}。

⑤ 比较 c_{ij}^{a} 和 c_{ij}，如果影响值超过控制浓度，提出布局、产业结构或污染源控制调整方案，然后重新开始计算。

⑥ 加和满足控制浓度的所有污染源的排放量，其和可视为开发区的环境容量。

（3）线性优化法

目标函数：
$$\max f(Q) = \sum D^{\mathrm{T}} Q$$

约束条件：
$$\sum AQ \leqslant c_{\mathrm{s}} - c_{\mathrm{a}}$$
$$Q \geqslant 0$$
$$Q = (q_1, q_2, \cdots, q_m)^{\mathrm{T}}$$
$$c_{\mathrm{s}} = (c_{\mathrm{s}1}, c_{\mathrm{s}2}, \cdots, c_{\mathrm{s}n})^{\mathrm{T}}$$
$$A = \begin{Bmatrix} a_{11}, a_{12}, \cdots, a_{1m} \\ a_{21}, a_{22}, \cdots, a_{2m} \\ \vdots \qquad\qquad \vdots \\ a_{n1}, a_{n2}, \cdots, a_{nm} \end{Bmatrix}$$
$$c_{\mathrm{a}} = (c_{\mathrm{a}1}, c_{\mathrm{a}2}, \cdots, c_{\mathrm{a}n})^{\mathrm{T}}$$
$$D = (d_1, d_2, \cdots, d_m)^{\mathrm{T}}$$

3. 水环境容量分析

（1）对于拟接纳开发区污水的水体，如常年径流的河流、湖泊、近海水域应估算其环境容量。

（2）污染因子应包括国家和地方规定的重点污染物、开发区可能产生的特征污染物和受纳水体敏感的污染物。

（3）根据水环境功能区划明确受纳水体不同断面的水质要求，通过现有资料或现场监测弄清受纳水体的环境质量状况，分析受纳水体水质达标程度。

（4）在对受纳水体动力特性进行深入研究的基础上，利用水质模型建立污染物排放和受纳水体水质之间的输入响应关系。

（5）确定合理的混合区，估算相关污染物的环境容量。

4. 环境承载力分析方法

承载能力：维持种群和生态系统正常功能的最大压力阈值。

（1）应用领域

① 基础设施或公共设施。

② 空气和水体质量。

③ 野生生物数量。

④ 自然保护区域的休闲使用。

⑤ 土地利用。

（2）分析方法及步骤

① 建立环境承载力指标体系。

② 确定每一指标的具体数值。

③ 针对多个小区或同一区域的多个发展方案对指标进行归一化。

④ 第 j 个小区的环境承载力大小用归一化后的矢量的模来表示：
$$|\tilde{E}_j| = \sqrt{\sum_{i=1}^{n} E_{ij}^2}$$

⑤ 根据承载力大小来对区域生产活动进行布局或选择环境承载力最大的发展方案作为优选方案。

5. 累积影响评价方法

（1）累积影响的类型

① 复合影响。

② 最低限度及饱和限度影响。

③ 诱发影响和间接影响。

④ 时间和空间的拥挤影响。

（2）累积影响评价方法

① 专家咨询法。

② 核查表法。

③ 矩阵法。

④ 网络法。

⑤ 系统流图法。

⑥ 环境数学模型法。

⑦ 承载力分析。

⑧ 叠图法/GIS。

⑨ 情景分析法。

⑩ 生态系统分析法。

二、污染物排放总量控制目标分析

1. 大气污染物总量控制

① 选择总量控制指标：烟尘、粉尘、SO_2。

② 对所涉及的区域进行环境功能区划，确定各功能区环境空气质量目标。

③ 根据环境质量现状，分析不同功能区环境质量达标情况。

④ 结合当地地形和气象条件，选择适当方法，确定开发区大气环境容量（即满足环境质量目标的前提下污染物的允许排放总量）。

⑤ 结合开发区规划分析和污染控制措施，提出区域环境容量利用方案和近期（5 年计划）污染物排放总量控制指标。

2. 废水排放总量控制

① 选择总量控制指标：COD、NH_3-N。

② 分析基于环境容量约束的允许排放总量和基于技术经济条件约束的允许排放总量。

③ 对于拟接纳开发区污水的水体，应根据环境功能区划所规定的水质标准要求，选用适当的水质模型分析确定水环境容量：河流和湖泊选用水环境容量；河口和海湾选取水环境容量或最小初始稀释度；（开敞的）近海水域选择最小初始稀释度。对季节性河流，原则上不要求确定水环境容量。

④ 对于现状水污染物实现达标排放，水体无足够的环境容量可资利用的情形，应在制定基于水环境功能的区域水污染控制计划的基础上确定开发区水污染物排放总量。

⑤ 如预测的各项总量值均低于上述基于技术水平约束下的总量控制和基于水环境容量的总量控制指标，可选择最小的指标提出总量控制方案；如预测总量大于上述两类指标中的某一类指标，则需调整规划，降低污染物总量。

第八章 清洁生产

一、清洁生产指标的选取与计算

1. 清洁生产指标分级

国家环保总局推出的石油炼制、炼焦、制革等行业的清洁生产标准，将清洁生产指标分为三级。

一级：代表国际清洁生产先进水平。

二级：代表国内清洁生产先进水平。

三级：代表国内清洁生产基本水平。

2. 清洁生产指标的选取原则

(1) 从产品生命周期全过程考虑，即生命周期分析法；

(2) 体现以污染预防为主的原则，即污染物产生指标是指污染物离开生产线时的数量和浓度，而不是经过处理后的数量和浓度

(3) 容易量化，清洁生产指标要力求定量化，对于难于定量的也应给出文字说明。

(4) 满足政策法规要求和符合行业发展趋势。

3. 清洁生产评价指标含义及计算

(1) 生产工艺与装备要求

对项目的工艺技术来源和技术特点进行分析，说明其在同类技术中所占的地位和所选设备的先进性。

(2) 资源能源利用指标

① 原材料指标（原、辅材料的选取）　可从毒性、生态影响、可再生性、能源强度以及可回收利用性这五个方面建立定性分析指标。

② 单位产品的物耗　生产单位产品消耗的主要原、辅材料，也可用产品收率、转化率等工艺指标反映。

③ 单位产品的能耗　生产单位产品消耗的电、煤、石油、天然气和蒸汽等能源，通常用单位产品综合能耗指标。

④ 新用水量指标

$$单位产品新水用量 = \frac{年新水总用量}{产品产量}$$

$$单位产品循环用水量 = \frac{年循环水量}{产品产量}$$

$$工业用水重复利用率 = \frac{C}{C+Q} \times 100\%$$

$$间接冷却水循环率 = \frac{C_冷 - Q_冷}{C_冷} \times 100\%$$

$$工艺水回用率 = \frac{C_X}{Q_X + C_X} \times 100\%$$

$$万元产值取水量 = \frac{Q}{P}$$

式中　C，Q——重复用水量和取水量；

$C_冷$，$Q_冷$——间接冷却水的循环量和系统取水量；

C_X，Q_X——工艺的用水量和取水量；

P——年产值。

（3）产品指标

① 产品应是我国产业政策鼓励发展的产品；

② 从清洁生产要求还要考虑产品的包装；

③ 产品使用安全，报废后不对环境产生影响。

（4）污染物产生指标

① 废水产生指标

$$单位产品废水（或\,COD）排放量=\frac{年排入环境的废水（或\,COD）总量}{产品产量}$$

$$污水回用率=\frac{Q_污}{Q_污+Q_{直污}}\times100\%$$

式中　$Q_污$——污水回用量；

　　　$Q_{直污}$——直接排入环境的污水量。

② 废气产生指标

$$单位产品废水（或\,SO_2）排放量=\frac{年排入环境的废水（或\,SO_2）总量}{产品产量}$$

③ 固体废物产生指标　可简单地定为单位产品主要固体废物产生量和单位固体废弃物综合利用量。

（5）废物回收利用指标

对于生产企业，应尽可能地回收和利用废物，而且应该是高等级的利用，逐步降级使用，然后再考虑末端治理。

（6）环境管理要求

① 环境法律法规标准要求　要求企业符合有关法律法规标准的要求。

② 环境审核要求　按照行业清洁生产审核指南要求进行审核、按 ISO 14001 建立并运行环境管理体系。

③ 废物处理处置要求　要求一般废物妥善处理、危废无害化处理。

④ 生产过程环境管理要求　对生产过程中可能产生废物的环节提出要求，如要求原材料质检、消耗定额、对产品合格率有考核等，防止跑冒滴漏等。

⑤ 相关环境管理要求　对原料、服务供应方等的行为提出环境要求。

二、建设项目清洁生产分析的方法和程序

1. 清洁生产分析的方法

指标对比法（国内采用较多）、分值评定法。

2. 清洁生产分析程序

① 收集相关行业清洁生产标准；

② 预测环评项目的清洁生产指标值；

③ 将预测值与清洁生产标准值对比；

④ 得出清洁生产评价结论；

⑤ 提出清洁生产改进方案和建议。

3. 环境影响报告书中清洁生产分析的编写要求

（1）编写原则

① 应从清洁生产的角度对整个环评过程中有关内容加以补充和完善。

② 大型工业项目可在环评报告书中单列"清洁生产分析"一章，专门进行叙述；中、小型且污染较轻的项目可在工程分析一章中增列"清洁生产分析"一节。

③ 清洁生产指标项的确定要符合指标选取原则，从六类指标考虑并充分考虑行业特点。

④ 清洁生产指标数值的确定要有充分的依据。调查收集同行业多数企业的数据，或同行业中有代表性企业的近年的基础数据，作参考依据。

⑤ 建设项目的清洁生产指标的描述应真实客观。

⑥ 报告书中必须给出关于清洁生产的结论及所应采取的清洁生产方案建议。

（2）编写内容

① 环评中进行清洁生产分析所采用清洁生产评价指标的介绍；

② 建设项目所能达到的清洁生产各个指标的描述；

③ 建设项目清洁生产评价结论；

④ 清洁生产方案建议。

第九章　环境风险分析

一、重大危险源的辨识

1. 重大危险源的类型和范围

重大危险源包括事故排污源强和异常排污源强两部分。

① 事故排污的源强统计应计算事故状态下的污染物量大时的排放量，作为风险预测的源强。事故排污分析应说明在管理范围内可能发生的事故种类和频率（包括定期检修），并提出防范措施和处理方法。

② 异常排污是指工艺设备或是环保设施达不到设计规定指标而超额排污。因为这种排污代表了长期运行的排污水平。所以在风险评价中，应以此作为源强。异常排污分析应重点说明异常情况的原因和处置方法。

风险识别范围包括生产设施风险识别和生产过程所涉及的物质风险识别。生产设施风险识别范围包括主要生产装置、贮运系统、公用工程系统、工程环保设施及辅助生产设施等；物质风险识别范围包括主要原材料及辅助材料、燃料、中间产品、最终产品以及生产过程排放的"三废"污染物等。

风险类型：据有毒有害物质放散起因，分为火灾、爆炸和泄漏三种类型。

2. 风险识别内容

① 资料收集和准备　包括建设项目工程资料（可行性研究、工程设计资料、建设项目安全评价资料、安全管理体制及事故应急预案资料）、环境资料（利用环境影响报告书中有关厂址周边环境和区域环境资料，重点收集人口分布资料）和事故资料（国内外同行业事故统计分析及典型事故案例资料）。

② 物质危险性识别　对项目所涉及的有毒有害、易燃易爆物质进行危险性识别和综合评价，筛选环境风险评价因子。

③ 生产过程潜在危险性识别　根据建设项目的生产特征，结合物质危险性识别，对项目功能系统划分功能单元，确定潜在的危险单元及重大危险源。

二、风险源项分析的方法

源项分析的内容主要是确定最大可信事故的发生概率、危险化学品的泄漏量。分析方法包括定性分析方法（类比法、加权法和因素图分析法）和定量分析法（概率法和指数法）两种。

源项分析的最大可信事故概率采用事件树、事故树分析法或类比法确定。

危险化学品的泄漏量计算包括液体泄漏速率、气体泄漏速率、两相流泄漏、泄漏液体蒸发量计算，首先应确定泄漏时间，估算泄漏速率。

三、风险事故后果分析方法

风险事故后果分析最常用的方法是事故树分析法。事故树分析法（FTA）是一种演绎推理法，这种方法把系统可能发生的某种事故与导致事故发生的各种原因之间的逻辑关系用一种树形图表示出来，称为事故树。通过对事故树的定性与定量分析，找出事故发生的主要原因，为确定安全对策提供可靠依据，以达到预测与预防事故发生的目的。

事故树分析的步骤如下。

（1）准备阶段

确定所要分析的系统；调查系统发生的事故。

（2）事故树的编制

确定事故树的顶事件（即所要分析的对象事件）；调查与顶事件有关的所有原因事件；编制事故树。

（3）事故树定性分析

按事故树结构，求取事故树的最小割集或最小径集，以及基本事件的结构重要度，根据定性分析的结果，确定预防事故的安全保障措施。

（4）事故树定量分析

根据引起事故发生的各基本事件的发生概率，计算事故树顶事件发生的概率；计算各基本事件的概率重要度和关键重要度。根据定量分析的结果以及事故发生以后可能造成的危害，对系统进行风险分析，以确定安全投资方向。

（5）事故树分析的结果总结与应用

必须及时对事故树分析的结果进行评价、总结，提出改进建议，整理、储存事故树定性和定量分析的全部资料与数据，并注重综合利用各种安全分析的资料，为系统安全性评价与安全性设计提供依据。

四、环境风险防范

1. 环境风险的防范措施

环境风险的防范措施应从两个方面考虑：一是开发建设活动特点、强度与过程，二是所处环境的特点与敏感性。具体措施如下。

（1）选址、总图布置和建筑安全防范措施。厂址及周围居民区、环境保护目标设置卫生防护距离，厂区周围工矿企业、车展、码头、交通干道等设置安全防护距离和防火距离。厂区总平面布置符合防范事故要求，有应急救援设施及救援通道、应急疏散及避难所。

（2）危险化学品贮运安全防范及避难所。对贮存危险化学品数量构成危险源的贮存地点、设施和贮存量提出要求，与环境保护目标和生态敏感目标的距离符合国家有关规定。

（3）工艺技术设计安全防范措施。设自动检测、报警、紧急切断及紧急停车系统；防火、防爆、防中毒等事故处理系统；应急救援设施及救援通道；应急疏散通道及避难所。

（4）自动控制设计安全防范措施。有可燃气体、有毒气体检测报警系统和在线分析系统。

（5）电气、电讯安全防范措施。

（6）消防及火灾报警系统。

（7）紧急救援站或有毒气体防护站设计。

2. 事故应急预案

其主要内容如下：

（1）应急计划区。危险目标为装置区、贮灌区、环境保护目标。

（2）应急组织机构、人员。建立工厂、地区应急组织机构、人员。

（3）预案分级响应条件。规定预案的级别及分级响应程序。

（4）应急救援保障。配备应急设施、设备与器材等。

（5）报警、通讯联络方式。规定应急状态下的报警通讯方式、通知方式和交通保障、管制。

（6）应急环境监测、抢险、救援及控制措施。由专业队伍负责对事故现场进行侦查监测，对事故性质、参数及后果进行评估，为指挥部门提供决策依据。

（7）应急监测、防护措施、清除泄漏措施和器材。事故现场、邻近区域，控制防火区域，控制和清除污染措施及相应设备。

（8）人员紧急撤离、疏散、应急剂量控制、撤离组织计划。事故现场、工程邻近区、受事故影响的区域人员及公众对毒物应急剂量的控制规定，撤离组织计划及救护，医疗救护与公众健康。

（9）事故应急救援关闭程序与恢复措施。规定应急状态终止程序，事故现场善后处理，恢复措施，邻近区域解除事故警戒及善后恢复措施。

（10）应急培训计划。

（11）公众教育和信息。

第十章 环境影响经济损益分析

一、环境影响的经济评价概述

1. 基本概念

环境影响的经济损益分析：估算某一项目、规划或政策所引起的环境影响的经济价值，并将其纳入项目、规划或政策的费用效益分析中去，以判断环境影响的显著程度。对负面的环境影响，估算出的是环境成本；对正面的环境影响，估算出的是环境效益。

2. 建设项目环境影响经济损益分析

包括建设项目环境影响经济评价分析和环保措施的经济损益评价分析两部分。

二、环境经济评价方法

1. 环境价值

环境的总价值包括环境的使用价值和非使用价值。

（1）环境的使用价值：指环境被生产者或消费者使用时所表现出来的价值，通常包含直接使用价值、间接使用价值和选择价值。

（2）环境的非使用价值：指人们虽然不使用某一环境物品，但该环境物品仍具有的价值。其又可分为遗赠价值和存在价值。

环境价值的量度：①人们的最大支付意愿（WTP）；②人们对某种特定的环境退化而表示的最低补偿意愿（WTA）。

2. 环境价值评估方法

目前全部的评估方法可分为三组，见表 10-1。

表 10-1 环境价值评估方法

类比	特 点	方 法	适 用 范 围
第 I 组	有完善的理论基础，是对环境价值（以支付意愿衡量）的正确度量，可称为标准的环境价值评估法	旅行费用法	一般用来评估户外游憩地的环境价值
		隐含价格法	可用于评估大气质量改善的环境价值，也可用于评估大气污染、水污染、环境舒适性和生态系统环境服务功能等的环境价值
		调查评价法	可用于评估几乎所有的环境对象；环境的非使用价值只能使用调查评价法来评估
		成果参照法	用于评价一个新的环境物品，类似于环评中常用的类比分析法
第 II 组	基于费用或价格的，它们虽然不等于价值，但据此得到的评价结果，通常可作为环境影响价值的低限值	医疗费用法	用于评估环境污染引起的健康影响（疾病）的经济价值
		人力资本法	用于评估环境污染的健康影响（收入损失、死亡）
		生产力损失法	用于评估环境污染和生态破坏造成的工农业等生产力的损失
		恢复或重置费用法	用于评估水土流失、重金属污染、土地退化等造成的损失
		影子工程法	用于评估水污染造成的损失、森林生态功能价值等。它用复制具有相同功能的工程的费用来表示该环境的价值，是重置费用法的特例
		防护费用法	用于评估噪声、危险品和其他污染造成的损失
第 III 组	一般在数据不足时采用，有助于项目决策	反向评估法	
		机会成本法	

在环境影响评价实践中，最常用的方法是成果参照法，其步骤如图 10-1 所示。

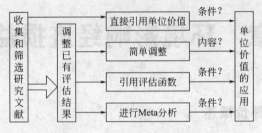

图 10-1　成果参照法的步骤

三、费用效益分析

费用效益分析又称国民经济分析、经济分析，是环境影响的经济评价中使用的另一个重要的经济评价方法。

1. 费用效益分析与财务分析的差别

(1) 分析的角度不同。

(2) 使用的价格不同。

(3) 对项目的外部影响的处理不同。

(4) 对税收、补贴等项目的处理不同。

2. 费用效益分析的步骤

(1) 基于财务分析中的现金流量表（财务现金流量表），编制用于费用效益分析的现金流量表（经济现金流量表）。

(2) 计算项目可行性指标，其判定指标为：经济净现值（ENPV）、经济内部收益率（EIRR）。

① 经济净现值是反映项目对国民经济所做贡献的绝对量指标，当其值大于零时，表示该项目的建设能为社会做出净贡献，即项目是可行的。

$$ENPV = \sum_{t=1}^{n} (CI - CO)_t (1+r)^{-t}$$

式中　ENPV——经济净现值；

　　　CI,CO——现金流入量和流出量；

　(CI−CO)$_t$——第 t 年的净现金流量；

　　　　n——项目计算期；

　　　　r——贴现率。

贴现率是将发生于不同时间的费用或效益折算成同一时点上（现在）可以比较的费用或效益的折算比率，又称折现率。在进行项目费用效益分析时，只能使用一个贴现率。一般高贴现率不利于环境保护，但也非越小越好，理论上合理的贴现率取决于人们的时间偏好率和资本的机会收益率。

② 经济内部收益率是反映项目对国民经济贡献的相对量指标。它是使项目计算期内的经济净现值等于零时的贴现率。

$$\sum_{t=1}^{n} (CI - CO)_t (1 + EIRR)^{-t} = 0$$

式中　EIRR——经济内部收益率。

3. 敏感性分析

敏感性分析是通过分析和预测一个或多个不确定性因素的变化所导致的项目可行性指标的变化幅度，判断该因素变化对项目可行性的影响程度。

在财务分析中进行敏感性分析的指标或参数有：生产成本、产品价格、税费豁免等。

费用效益分析中，考察项目对环境影响的敏感性时，可以考虑分析的指标或参数有：

（1）贴现率；

（2）环境影响的价值；

（3）市场边界；

（4）环境影响持续的时间；

（5）环境计划执行情况的好坏。

四、环境影响经济损益分析的步骤

理论上一般分为四个步骤来进行：

（1）筛选环境影响；

（2）量化环境影响；

（3）评估环境影响的货币化价值；

（4）将货币化的环境影响价值纳入项目的经济分析。

1. 环境影响的筛选

一般从以下四个方面来筛选：

（1）影响是否内部的或已被控抑；

（2）影响是否是小的或不重要的；

（3）影响是否不确定或过于敏感；

（4）影响能否被量化和货币化。

经过筛选后，全部环境影响将被分成三大类：①被剔除、不再做任何评价分析的影响；②需要做定性说明的影响；③需要并且能够量化和货币化的影响。

2. 环境影响的量化

环境影响量化的大部分工作应在前面阶段已经完成，此部分工作的主要任务是：

（1）对不适合于进行下一步价值评估的已有环境影响量化方式进行调整；

（2）对只给出项目排放污染物的数量和浓度的情况，要分析其对受体影响的大小。

3. 环境影响的价值评估

对量化的环境影响进行货币化的过程，这是损益分析部分中最关键的一步，也是环境影响经济评价的核心。

4. 将环境影响货币化价值纳入项目经济分析

环境影响经济评价的最后一步，是要将环境影响的货币化价值纳入项目的整体经济分析当中去，以判断项目的这些环境影响将在多大程度上影响项目、规划或政策的可行性。

第十一章　建设项目竣工环境保护验收监测与调查

建设项目环境保护管理的两项基本制度：环境影响评价制度、环境保护"三同时"制度。

建设项目竣工环境保护验收是指在建设项目竣工后，环境保护行政主管部门根据有关规定，依据环境保护验收监测或调查结果，并通过现场检查等手段，考核建设项目是否达到环境保护要求的管理方式。

一、验收重点与验收标准的确定

1. 验收的分类管理

《建设项目环境保护验收管理办法》明确将建设项目分为以污染排放为主项目和以生态影响为主项目两类，实施分类管理。

2. 验收重点的确定依据

（1）项目可研、批复以及设计文件相关内容、与项目有关的各项环境设施。

（2）环境影响评价文件及其批复规定应采取的各项环境保护措施等要求。

（3）各级环境保护主管部门针对建设项目提出的具体环境保护要求文件。

（4）国家法律、法规、行政规章及规划确定的敏感区。

（5）国家相关的产业政策及清洁生产要求。

3. 验收重点

（1）核查验收范围

① 核查项目组成与原审批文件的相符程度。

② 核实项目环境保护设计建成及环保措施落实情况。

③ 核查项目周围是否存在环境保护敏感区。

（2）确定验收标准

主要依据是污染物达标排放、环境质量达标和总量控制满足要求。

（3）核查验收工况

（4）核查验收监测（调查）结果

① 核查建设项目外排污染物的达标情况。

② 核查主要污染治理设施运行及设计指标的达标情况。

③ 核查污染物排放总量控制情况。

④ 核查敏感点环境质量达标情况。

⑤ 核查清洁生产考核指标达标情况。

⑥ 核查有关生态保护的环境指标的对比评价结果。

（5）核查验收环境管理

（6）现场验收检查及建设项目环境管理档案资料核查

（7）风险事故环境保护应急措施检查

（8）验收结论

4. 验收监测与调查标准选用的原则

（1）依据国家、地方环境保护行政主管部门对建设项目环境影响评价批复的环境质量标准和排放标准。

（2）依据地方环境保护行政主管部门有关环境影响评价执行标准的批复以及下达的污染物排放总量控制指标。

（3）依据建设项目环保初步设计中确定的环保设施的设计指标。

（4）环境监测方法应选择与环境质量标准、排放标准相配套的方法。

（5）综合性排放标准与行业排放标准不交叉执行。

二、验收监测与调查的工作内容

1. 建设项目竣工环境保护验收的原则

（1）污染物排放浓度达标验收和排污总量达标验收并重。

（2）污染型建设项目和生态影响型建设项目并重。

（3）建设项目分类管理和实施验收公告制度。

2. 验收监测与调查的内容范围

（1）检查建设项目环境管理制度的执行和落实情况，各项环保设施或工程的实际建设、管理、运行状况及各项环保治理措施落实情况。

（2）监测分析评价治理设施处理效果或治理工程的环境效益。

（3）监测分析建设项目外排废水、废气和噪声等的达标情况。

（4）监测必要的环境保护敏感点的环境质量。

（5）监测统计国家规定的总量控制污染物排放指标的达标情况。

（6）调查分析评价生态保护以及环境敏感目标保护措施情况。

3. 验收监测与调查的主要内容

（1）环境保护管理检查。

（2）环境保护设施运行效果测试。

（3）污染物达标排放监测。

（4）环境保护敏感点环境质量的监测。

（5）生态调查的主要内容。

（6）清洁生产调查。

三、验收调查报告编制的技术要求

1. 验收调查工作程序

包括资料收集与现场初步踏勘、编制验收调查方案、实施现场调查、编制验收调查报告（表）四个过程，具体见图 11-1。

2. 验收调查报告编制技术要求

（1）正确确定验收调查范围。

（2）明确验收调查重点。

（3）选取验收调查因子。

（4）确定适用调查方法，有文件核实、现场勘察、现场监测、公众意见调查、遥感调查等。

（5）分析评价方法，一般采取类比分析法、列表清单法、指数法与综合指数法、生态系统综合评价法等。

（6）评价判别标准，主要包括：①国家、行业和地方规定的标准及规范；②背景或本底标准；③科学研究已判定的生态效应。

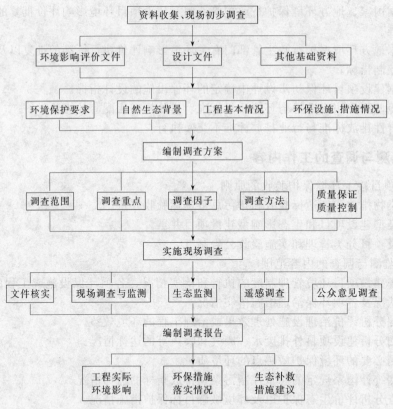

图 11-1　建设项目竣工环境保护验收调查工作程序

3. 验收调查报告章节内容

（1）前沿。

（2）总论。

（3）工程概况。

（4）区域环境概况。

（5）环境影响评价文件及其批复的回顾。

（6）环保措施落实情况的调查。

（7）施工期环境影响回顾。

（8）环境影响调查与分析。

该部分为验收调查报告的核心内容，含现况调查分析与专题调查分析。前者主要包括社会影响、生态影响、污染影响三方面的内容；后者一般包括调查情况、调查结果分析和环境影响评估结论、存在问题及对策建议四部分内容。

（9）补救对策措施及投资估算。

（10）总论与建议。

当建设项目同时满足以下五方面要求时，应明确建议政府环保部门通过工程竣工环保验收：

① 不存在重大的环境影响问题；

② 环评及批复所提环保措施得到了落实；

③ 有关环保设施已建成并投入正常使用；

④ 防护工程本身符合设计、施工和使用要求；

⑤ 目前遗留的环境影响问题能得到有效处理解决。

（11）附录。

可包括有附图、附件和附表。

四、验收监测报告编制的技术要求

建设项目竣工环境保护验收监测针对主要因排放污染物对环境造成污染或危害的建设项目进行。

1. 验收监测工作程序

（1）准备阶段，资料收集、现场勘察、环保检查。

（2）编制验收监测方案阶段，验收监测工作程序见图 11-2。

图 11-2　建设项目竣工环境保护验收监测工作程序

（3）现场监测阶段。

（4）验收监测报告编制阶段，以报告书（表）的形式反映。

2. 验收监测技术要求

（1）验收监测的工况要求。

（2）质量保证和质量控制，分监测人员、水质、气体、噪声、固体废物五项进行。

（3）验收监测污染因子的确定原则。

（4）废气监测技术要求，分有组织排放和无组织排放。

（5）废水监测技术要求，包括监测点位、监测因子、监测频次。

（6）噪声监测技术要求，分厂界噪声、高速公路交通噪声和机场周围飞机噪声。

（7）振动监测技术要求，包括监测点位、监测因子、监测频次。

（8）电磁辐射监测技术要求，包括监测点位、监测因子、监测频次。

（9）固体废物监测技术要求，分检查和测试两个方面。

（10）污染物排放总量核算技术要求。

（11）环境质量监测技术要求。

（12）在线自动连续监测仪校比技术要求。

3. 验收监测报告主要章节

（1）总论。

（2）建设项目工程概况。

（3）建设项目污染及治理。

（4）环评、初设回顾及其批复要求。

（5）验收监测评价标准。

（6）验收监测结果及评价。

（7）国家规定的总量控制污染物的排放情况。

（8）公众意见调查结果。

（9）环境管理检查结果。

（10）验收监测结论及建议。

（11）附件。

4. 验收监测报告表或登记卡

验收监测表由有相应资质的验收监测单位填写，内容应言简意赅，并附有必要简图，同时在最后一页附建设项目环境保护"三同时"竣工验收登记表。

按照建设项目环境保护分类管理要求，对填报环境影响登记表的建设项目，由建设单位填写验收登记卡，此类项目一般可不进行监测，个别需做常规监测或单一项目监测。

第二部分 模拟试卷

模拟试卷（一）

一、单项选择题（本题型共 50 题，每题 1 分，共 50 分）

1. 对于建设项目环境影响评价，国家根据建设项目对环境的影响程度，实施分类管理，建设项目对环境可能造成重大影响的，应编制（　　　）。

A. 环境影响报告表
B. 环境影响报告书
C. 环境影响登记表
D. 环境影响登记书

2. 下列选项中，不属于环境影响评价应遵循的技术原则的是（　　　）。

A. 符合当地的环境条件
B. 符合国家土地利用的政策
C. 符合清洁生产利用的原则
D. 与拟议规划或拟建项目的特点相结合

3. 下列关于工程分析的方法不正确的是（　　　）。

A. 类比法是用与拟建项目类型相同的现有项目的设计资料或实测数据进行工程分析的方法
B. 资料复用法常用于评价等级较高的建设项目
C. 物料衡算法主要用于污染型建设项目的工程分析
D. 工程分析的方法有类比法、物料衡算法和资料复用法

4. 工程分析方法中，类比法是指（　　　）。

A. 将已建工程项目的资料作为拟建项目的工程分析内容
B. 利用与拟建项目类型相同的现有项目的设计资料或实测数据进行工程分析
C. 运用质量守恒定律核算污染物排放量
D. 根据生产规模等工程特征和生产管理以及外部因素等实际情况对已建项目进行必要的修正

5. 新建项目评价需要的污染最终排放量是（　　　）。

A. 按治理规划和评价规定措施实施后能够实现的污染物削减量
B. 新建项目达到国家排放标准后的污染物排放量
C. 工程自身的污染设计排放量
D. 工程自身的污染设计排放量减去按治理措施实施后能够实现的污染物削减量

6. 对于技改扩建项目污染物源强，清算新老污染源"三本账"，其中正确的是（　　　）。

A. 技改扩建前排放量＋"以新带老"削减量＋技改扩建项目排放量＝技改扩建完成后排放量
B. 技改扩建前排放量－"以新带老"削减量＋技改扩建项目排放量＝技改扩建完成后排放量
C. 技改扩建后排放量＋"以新带老"削减量＋技改扩建项目排放量＝技改扩建完成后排放量
D. 技改扩建后排放量－"以新带老"削减量＋技改扩建项目排放量＝技改扩建完成

后排放量

7. 国家环保总局推出的石油炼制、炼焦、制革等行业的清洁生产标准，将清洁生产指标分为（　　　）级。

    A. 6　　　　　　　　　　　　　　　B. 5

    C. 4　　　　　　　　　　　　　　　D. 3

8. 某企业年新鲜工业用水 0.9 万吨，无监测排水流量，排污系数取 0.7，废水处理设施进口 COD 浓度为 500mg/L，排放 COD 浓度为 100mg/L。该企业去除 COD（　　　）kg。

    A. 25200000　　　　　　　　　　　B. 2520000

    C. 2520　　　　　　　　　　　　　D. 25200

9. 将各项清洁生产指标逐项制定分值标准，再由专家按百分制打分，然后乘以各自权重值得总分，然后再按清洁生产等级分制对比分析项目清洁生产水平。此法是（　　　）。

    A. 质量指标法　　　　　　　　　　B. 指标对比法

    C. 类比法　　　　　　　　　　　　D. 分值评定法

10. 《建设项目环境风险影响评价技术导则》（HJ/T 169—2004）推荐最大可信事故概率的确定方法是（　　　）。

    A. 故障树分析法　　　　　　　　　B. 事件树分析法

    C. 因素图法　　　　　　　　　　　D. 加权法

11. 属于《建设项目环境保护分类管理名录》规定的环境敏感区的是（　　　）。

    A. 水杉林　　　　　　　　　　　　B. 红树林

    C. 桉树林　　　　　　　　　　　　D. 榕树林

12. 矩阵法在环境影响识别中是以（　　　）的方式说明拟建项目的环境影响。

    A. 定量　　　　　　　　　　　　　B. 半定量

    C. 定性　　　　　　　　　　　　　D. 定性或半定量

13. SCR 脱硝技术使用的还原剂是（　　　）。

    A. 氨　　　　　　　　　　　　　　B. 氢

    C. 甲烷　　　　　　　　　　　　　D. 贵金属

14. 在一般的废水处理过程中，除磷脱氮主要在（　　　）中完成。

    A. 一级处理　　　　　　　　　　　B. 二级处理

    C. 三级处理　　　　　　　　　　　D. 四级处理

15. 在设计和制造过程中选用发生小的材料来制造机件，改进设备结构和形状、改进传动装置以及选用已有的低噪声设备等降低声源噪声方法是指（　　　）。

    A. 改革工艺和操作方法以降低噪声

    B. 改进机械设计以降低噪声

    C. 维持设备处于良好的运转状态

    D. 合理布局降低噪声

16. 固体废物焚烧处置技术的燃烧系统中，最普通的氧化物为含有（　　　）氧气的空气，空气量的多少与燃料的混合程度直接影响燃烧的效率。

    A. 21%　　　　　　　　　　　　　B. 37%

    C. 60%　　　　　　　　　　　　　D. 29%

17. 下列说法错误的是（　　　）。

    A. 隔油池采用自然上浮法去除可浮油的设施

    B. 格栅的主要作用是去除会堵塞或卡住泵、阀及其他机械设备的大颗粒物等

    C. 事故池的主要作用就是容纳生成事故废水或可能严重影响污水处理厂运行的事

故废水

  D. 沉砂池一般设置在泵站和沉淀池之后，用以分离废水中密度较大的砂粒、灰渣等无机固体颗粒、灰渣等无机固体颗粒

18. 一般传统的一级处理过程大致可以去除原污水中总氮量的（ ）。

  A. 5%   B. 14%

  C. 26%   D. 55%

19. 下列有关环境经济评价中环境价值有关内容的表述，不正确的是（ ）。

  A. 价值＝支付意愿＝价格×消费量－消费者剩余

  B. 无论是实用价值还是非实用价值，其恰当量度都是人们的最大支付意愿（WTP）

  C. 环境的使用价值是指环境被生产者或消费者使用时所表现出来的价值

  D. 环境的非使用价值是指人们虽然不使用某环境物品，但该物品仍具有的价值

20. 下列关于费用效益经济分析和环境影响经济损益分析的表述，不正确的是（ ）。

  A. 环境影响的经济损益分析步骤为：①量化环境影响；②筛选环境影响；③评估环境影响的货币化价值；④将货币化的环境影响价值纳入项目的经济分析

  B. 在费用效益分析中，理论上合理的贴现率取决于人们的时间偏好率和资本的机会收益率

  C. 当环境计划执行得好时，计算出项目的可行性往往会很高

  D. 贴现率是将发生于不同时间的费用或效益折算成同一时点上（现在）可以比较的费用或效益的折算比率，又称折现率

21. 通过构建模拟市场来揭示人们对某种环境物品的支付意愿，从而评价环境价值的方法是（ ）。

  A. 影子工程法   B. 机会成本法

  C. 隐含价格法   D. 调查评价法

22. 某地水土流失后的治理费用是 100 万元/km^2，那么，该地水土流失的环境影响的损失是 100 万元/km^2，此计算方法属下列（ ）环境影响经济评价的方法。

  A. 隐含价格法   B. 恢复或重置费用法

  C. 影子工程法   D. 旅行费用法

23. 理论上，环境影响经济损益分析的步骤是（ ）。

  A. 筛选环境影响→量化环境影响→将货币化的环境影响价值纳入项目的经济分析→评估环境影响的货币化价值

  B. 筛选环境影响→量化环境影响→评估环境影响的货币化价值→将货币化的环境影响价值纳入项目的经济分析

  C. 量化环境影响→筛选环境影响→评估环境影响的货币化价值→将货币化的环境影响价值纳入项目的经济分析

  D. 筛选环境影响→评估环境影响的货币化价值→量化环境影响→将货币化的环境影响价值纳入项目的经济分析

24. 恢复或重置费用法、人力资本法、生产力损失法、影子工程法的共同特点是（ ）。

  A. 基于支付意愿衡量的评估方法

  B. 基于对环境价值的正确度量

  C. 基于费用或价格的评估方法

  D. 基于对环境污染造成损失的价值的评价

25.《建设项目竣工环境保护验收管理办法》对建设项目实施（　　）管理。

A. 分级
B. 分层次

C. 分类
D. 分区域

26. 建设项目竣工环境保护验收时，位于两控区的锅炉，除执行大气污染物排放标准外，还应执行所在区规定的（　　）。

A. 环境质量指标
B. 总量控制指标

C. 生态安全控制指标
D. 污染物排放达标指标

27. 建设项目竣工环境保护验收时，对于同一建设单位的不同污水排放口（　　）。

A. 可执行不同的标准
B. 不能执行不同的标准

C. 只能执行相同的标准
D. 应执行行业排放标准

28. 建设项目竣工环境保护验收时，验收检测应在工况稳定、生产负荷达到设计生产能力的（　　）以上的情况下进行。

A. 70%
B. 75%

C. 80%
D. 85%

29. 建设项目竣工环境保护验收时，废气无组织排放的监测频次一般不得少于2天，每天3次，每次（　　）。

A. 连续1h采样

B. 连续1h采样或在1h内等时间间隔采样4个

C. 在1h内等时间间隔采样4个

D. 连续2h采样或在2h内等时间间隔采样8个

30. 建设项目竣工环境保护验收时，环境噪声测试一般不少于（　　）天。

A. 1
B. 2

C. 3
D. 4

31. 自然环境调查时，如若建设项目规模较小且与地质条件无关时，地质现状可（　　）。

A. 简述
B. 概述

C. 详述
D. 不叙述

32. 当需要进行土壤环境影响评价时，除要比较详细地叙述主要土壤类型及其分布、土壤的肥力与使用情况等内容外，还应根据需要选择土壤的物理、化学性质，土壤一次、二次污染状况，水土流失的原因、特点、面积、元素及流失量等，同时要附（　　）。

A. 植被分布图
B. 土壤分布图

C. 水土流失分布图
D. 土壤粒径分布图

33. 污染系数是指（　　）。

A. 风向频率与该风向最大风速的比值

B. 风向频率与该风向平均风速的比值

C. 联合频率与该风向最大风速的比值

D. 联合频率与该风向平均风速的比值

34. 在对大气污染源进行排污概况的调查时，对于周期性排放的污染源，还应给出周期性排放系数，周期性排放系数取值为（　　）。

A. 1~2
B. 0~2

C. 0~1
D. 1~3

35. 环境空气质量监测点布置时应避开局地污染源的影响，原则上（　　）范围内应没有局地排放源。

        A. 10m   B. 20m
        C. 30m   D. 40m

36. 某区域的主导风向应有明显的优势，其主导风向角风频之和应≥（   ），否则可称该区域没有主导风向或主导风向不明显。

        A. 20%   B. 30%
        C. 40%   D. 50%

37. 一般容积大、水深深的湖泊，通常水温的垂向分布有三个层次，上层、中间层（温跃层）和下层，其中溶解氧浓度最高的是（   ）。

        A. 上层   B. 中间层
        C. 下层   D. 三层溶解氧浓度均接近

38. 对湖泊、水库来说，表层溶解氧和水温每隔（   ）取样一次。

        A. 2h   B. 4h
        C. 6h   D. 8h

39. 现场调查法的优点是（   ）。

        A. 应用范围广、收效大   B. 节省人力、物力和时间
        C. 直接获得第一手资料   D. 从整体上了解一个区域的特点

40. 以下大气污染源中属于点源的是（   ）。

        A. 集气筒   B. 道路机动车排放源
        C. 垃圾填埋场扬尘   D. 焦炉炉体

41. 对于公路、铁路等项目，应分别按项目沿线（   ）排放的污染物计算其评价等级。

        A. 主要排放点源   B. 主要集中式排放源
        C. 分散式排放源   D. 各集中式排放源

42. 在考虑由于周围建筑物引起的空气扰动而导致地面局部高浓度的现象时，需调查（   ）。

        A. 建筑物高度   B. 建筑物下洗参数
        C. 建筑物占地面积   D. 建筑物海拔

43. 关于河道水流形态的基本分类，下列说法错误的是（   ）。

        A. 河网地处沿海地区，往往受到径流或潮流顶托的影响，流态复杂
        B. 河道断面为棱柱形且底坡均匀时，河道中的恒定流呈均匀流流态
        C. 河道形态变化不剧烈，河道中沿程的水流要素变化缓慢，称为渐变流
        D. 洪水季节或上游有电站的不恒定泄流或河道位于感潮段等，河道中水流处于恒定流流态

44. pH值的评价方法中计算公式正确的是（   ）。

        A. 当 $pH_j \leqslant 7.0$，$S_{pH,j} = \dfrac{7.0 - pH_j}{7.0 - pH_{sd}}$

        B. 当 $pH_j \leqslant 7.0$，$S_{pH,j} = \dfrac{pH_j - 7.0}{pH_{su} - 7.0}$

        C. 当 $pH_j > 7.0$，$S_{pH,j} = \dfrac{7.0 - pH_j}{7.0 - pH_{sd}}$

        D. 当 $pH_j > 7.0$，$S_{pH,j} = \dfrac{pH_j - 7.0}{7.0 - pH_{su}}$

45. 在工程和环评实践中最普遍应用的是基于统计理论而建立起来的（   ）模式。

        A. 正态扩散   B. 帕斯奎尔

C. 赫-帕斯奎尔　　　　　　　　　D. 萨顿

46. 环境空气质量监测点布置时应避开树木和吸附力较强的建筑物，一般在（　　　）范围内没有绿色乔木、灌木等。

A. 10～15m　　　　　　　　　　B. 10～20m

C. 15～20m　　　　　　　　　　D. 15～30m

47. 大气环境影响预测的步骤包括：①确定预测范围；②确定预测因子；③确定气象条件；④确定污染源计算清单；⑤确定计算点；⑥确定地形数据；⑦进行大气环境影响预测与评价；⑧选择预测模式；⑨确定模式中的相关参数；⑩确定预测内容和设定预测情景。

正确的顺序是（　　　）。

A. ①②③④⑤⑥⑦⑧⑨⑩　　　　　B. ②①④③⑩⑧⑨⑦⑥⑤

C. ②①⑤④③⑥⑩⑧⑨⑦　　　　　D. ①②④⑤③⑥⑦⑩⑧⑨

48. 一般废水分（　　　）进行预测。

A. 正常排放和不正常排放

B. 常规排放和事故排放

C. 建设期、运行期和服务期三阶段

D. 正常排放、不正常排放和事故排放

49. 某工厂内有 4 种机器，声压级分别是 84dB、82dB、86dB、89dB，它们同时运行时的声压级是（　　　）dB。

A. 92　　　　　　　　　　　　B. 85.25

C. 86　　　　　　　　　　　　D. 89

50. 堆放的固体废物产生的大气主要污染物是（　　　）。

A. 细微颗粒、粉尘、二氧化硫、二氧化碳

B. 细微颗粒、粉尘、毒气、恶臭

C. 二氧化硫、二氧化碳、三氧化硫、氯气

D. 二氧化硫、二氧化碳、毒气、恶臭

二、不定项选择题（本题型共 50 题，每题 2 分，共 100 分）

1. 环境影响评价的法律定义包括（　　　）。

A. 对规划实施后可能造成的不良环境影响提出预防或者减轻的对策和措施的制度和方法

B. 对规划实施后可能造成的环境影响进行分析、预测和评估的制度和方法

C. 对建设项目实施后可能造成的环境影响进行分析、预测和评估的制度和方法

D. 对建设项目实施后可能造成的不良环境影响提出预防或者减轻的对策和措施的制度和方法

2. 《中华人民共和国环境保护法》、《建设项目环境保护管理条例》和其他环境保护法律法规还规定：建设项目需要配套建设的环境保护措施，必须与主体工程（　　　）。

A. 同时竣工　　　　　　　　　　B. 同时设计

C. 同时施工　　　　　　　　　　D. 同时投产使用

3. 关于生物监测所包含的内容，正确的是（　　　）。

A. 从生物学角度评价环境质量的过程

B. 从生物学角度评价环境质量的性质、程度和范围

C. 从生物学角度评价环境的变化情况

D. 利用生物个体、种群或群落对环境质量及其变化所产生的反应和影响来阐明环境

污染的性质、程度和范围

4. 清洁生产主要体现了（　　　　）的内容。

A. 从资源节约和环保两个方面对工业产品生产从设计开始，到产品使用后直至最终处置，给予了全过程的考虑和要求

B. 不仅对生产而且对服务也要考虑对环境的影响

C. 对工业废弃物实行有效的削减，一改传统的不顾效益或单一末端控制的办法

D. 可以提高企业的生产效率和经济效益，着眼于全球环境的彻底保护，为全人类共建一个洁净的地球带来了希望

5. 工程分析是环境影响评价中分析项目建设环境影响内在因素的重要环节，通过建设项目环境影响评价的不同，可以将工程分析分为（　　　　）。

A. 清洁生产工程分析

B. 污染型项目工程分析

C. 生态影响型建设项目工程分析

D. 建设项目全过程工程分析

6. 环保措施反感分析的主要内容包括（　　　　）。

A. 分析与处理工艺有关的技术经济参数的合理性

B. 分析环保设施投资构成及其在总投资中占有的比例

C. 分析厂区与周围的保护目标之间所定防护距离的安全性

D. 分析项目所采用污染处理工艺排放的污染物达标的可靠性

7. 生态影响型项目工程分析的基本内容之一是主要污染物的排放量，应包括（　　　　）。

A. 主要噪声源的种类和声源强度

B. 工程弃渣和生活垃圾的产生量

C. 生产废水和生活废水的排放量和主要污染物的排放量

D. 排放废气的固定源、移动源、连续源、瞬时源的主要污染物产生量

8. 国家环保总局推出的石油炼制、炼焦、制革等行业的清洁生产标准，将清洁生产指标划分成的级别分别为（　　　　）。

A. 一级代表国际清洁生产先进水平

B. 二级代表国内清洁生产先进水平

C. 三级代表国内清洁生产基本水平

D. 四级代表国内清洁生产较差水平

9. 类比法在使用过程中，为提高类比数据的准确性，应充分注意分析对象和类比对象之间的相似性和可比性，具体包括（　　　　）。

A. 污染物排放特征的相似性

B. 实测数据的准确性

C. 工程一般特征的相似性

D. 环境特征的相似性

10. 把燃煤锅炉作为污染源分析，通常设定的污染因子为（　　　　）。

A. 烟气　　　　　　　　　　B. 二氧化碳

C. 二氧化硫　　　　　　　　D. 氨氮

11. 在污染分析中，关于废渣应说明（　　　　）。

A. 是否属于危险废物

B. 有害成分

C. 溶出物浓度

D. 排放量、处理和处置的方式和储存方法

12. 风险影响识别包括（　　）。

    A. 项目筛选

    B. 识别项目的重大风险源

    C. 识别项目的主要影响因素

    D. 识别项目的传播途径

13. 事故风险源项分析的定性分析法有（　　）。

    A. 类比法   B. 事故树法

    C. 因素图法   D. 加权法

14. 在建设项目的环境影响识别中，从技术上一般应考虑下列（　　）内容。

    A. 项目的特性

    B. 项目涉及的当地环境特性及环境保护要求

    C. 识别主要的环境敏感区和环境敏感目标

    D. 从自然环境和社会环境两方面识别环境影响

15. 大气污染源按预测模式的模拟形式可以分为（　　）。

    A. 点源   B. 面源

    C. 线源   D. 体源

16. 在环境影响评价中提出的项目污染物总量控制建议指标必须满足（　　）。

    A. 技术上可行

    B. 经济上可行

    C. 符合达标排放的要求

    D. 符合相关环保要求，比总量控制更严的环境保护要求

17. 环境保护措施技术经济论证的技术主要包括（　　）。

    A. 合理性   B. 实用性

    C. 可靠性   D. 先进适用性

18. 袋式除尘器的清灰方式主要有（　　）。

    A. 脉冲清灰   B. 逆气流清灰

    C. 自缴式清灰   D. 机械振打清灰

19. 下列选项中，通常可采取（　　）方法处理电镀废水。

    A. 氧化还原法   B. 混凝

    C. 活性污泥   D. 离子交换

20. 敏感目标噪声防治自身防护措施主要有（　　）。

    A. 受声者自身增设吸声、隔声等措施

    B. 合理布局噪声敏感区中的建筑物功能

    C. 受声者所在区域设置隔声措施

    D. 调整建筑物的空间大小

21. 绿化面积指标的确定取决于（　　）。

    A. 立地条件所容许的最大绿化量

    B. 水土保持需求的绿化量

    C. 建设项目破坏的植被量和相应补偿的植被面积

    D. 建设项目自身绿化美化需求和城市规划应达到的绿化指标

22. 氮氧化物的控制方法主要有（　　）。

A. 吸收法　　　　　　　　　　B. 催化还原法

C. 固体吸附法　　　　　　　　D. 洁净燃烧技术

23. 环境的使用价值通常包含（　　　　）。

A. 间接使用价值　　　　　　　B. 直接使用价值

C. 选择价值　　　　　　　　　D. 非使用价值

24. 下列选项中，具有完善的理论基础，能对环境价值有一个正确度量的环境评价价值方法是（　　　　）。

A. 成果参照法　　　　　　　　B. 调查评价法

C. 隐含价格法　　　　　　　　D. 人力资本法

25. 环境影响经济损益分析时，对环境影响的筛选，一般情况从下列（　　　　）方面筛选。

A. 影响小或不重要

B. 影响是否不确定或过于敏感

C. 影响是否是内部的或已被控抑

D. 影响能否被量化和货币化

26. 建设项目竣工环境保护验收重点的依据主要包括（　　　　）。

A. 国家相关的产业政策及清洁生产要求项目

B. 国家法律法规、行政规章及规划确定的敏感区

C. 项目可研、批复以及设计文件确定的项目建设规模、内容、工艺方法及与建设项目有关的各项环境设施

D. 环境影响评价文件及其批复规定应采取的各项环境保护措施，以及污染物排放、敏感区域保护、总量控制要求

27. 建设项目竣工环境保护验收时，生态调查的主要内容包括（　　　　）。

A. 建设项目已采取的生态保护、水土保护措施实施效果

B. 建设项目在施工、运行期落实环境影响评价文件、工程设计文件以及各级环境保护行政主管部门批复文件所提生态保护措施的情况

C. 开展公众意见调查，了解公众对项目各期环境保护工作的满意度，对当地经济、社会、生活的影响

D. 针对建设项目已产生的环境破坏或潜在的环境影响提出补救措施或应急措施

28. 涉及如下（　　　　）领域的环境保护设施或设备均应进行运行效率监测。

A. 各种废气处理设施的处理效率

B. 各种废水处理设施的处理效率

C. 用于处理其他污染物的处理设施的处理效率

D. 工业固（液）体废物处理处置设施的处理效率

29. 建设项目竣工环境保护验收监测与调查中，清洁生产调查工作的主要任务是调查环评文件和批复文件所要求的清洁生产指标落实情况，如（　　　　）。

A. 固体废物资源化利用率

B. 单位产品消耗新鲜水量及废水回用率

C. 单位产品污染物产生量指标

D. 单位产品能耗指标及清洁能源替代要求

30. 当调查对象为自然资源时，生态环境影响调查前期工作中应选用的方法有（　　　　）。

A. 环评报告调研　　　　　　　B. 区域资源统计调查

C. 区域资源分布资料调研   D. 经济统计年鉴调研

31. 对于固体废物二次污染监测点位的选择，可采取以下（   ）方法。

A. 分层采样法   B. 系统采样法

C. 权威采样法   D. 简单随机采样法

32. 下列选项属于自然环境调查的基本内容的是（   ）。

A. 地形地貌   B. 地理位置

C. 气候与气象   D. 地表水环境

33. 大气污染源调查中，面源调查内容包括（   ）。

A. 各主要污染物正常排放量   B. 面源初始排放高度

C. 矩形面源与正东方向逆时针的夹角   D. 近圆形面源的中心点坐标

34. 地面气象观测资料的常规调查项目包括（   ）。

A. 干球温度   B. 降水类型

C. 低云量   D. 水平能见度

35. 水文调查和水文测量包括的内容有（   ）。

A. 降雨调查工作内容：需要预测建设项目的面源污染时，应调查历年的降雨资料

B. 河流水文调查和水文测量应根据评价等级和河流规模规定工作内容，主要有：
丰水期、平水期、枯水期的划分；河段的平直及弯曲；过水断面面积、坡度、
水位、水深、河宽、流量、流速及其分布、水温、糙率及泥沙含量等

C. 湖泊、水库的工作内容：湖泊、水库的面积和形状，附有平面图；丰水期、平
水期、枯水期的划分；流入、流出的水量；水力滞留时间或交换周期；水量的
调度和储量；水深；水文分层情况及水流状况等

D. 感潮河口的工作内容：除与河流相同的内容外，还需调查感潮河段的范围，涨
潮、落潮及平潮时的水位、水深、流向、流速及其分布；横断面形状、水面坡
度、河潮间隙、潮差和历时等

36. 影响地表水环境的污染物的分类，按污染物性质可分为（   ）。

A. 热效应   B. 水体酸碱度

C. 持久性污染物   D. 非持久性污染物

37. 以下属于复杂风场的是（   ）。

A. 海陆风   B. 山谷风

C. 城市热岛环流   D. 河流风

38. 下列选项中说法正确的是（   ）。

A. 遥感的数据记录方式有三种

B. 遥感是指通过任何不接触被观测物体的手段来获取信息的过程和方法，包括航
天遥感、航空遥感、船载遥感、雷达以及照相机摄制的图像

C. 遥感为景观生态学研究和应用提供的信息包括：地形、地貌、地表水体植被类
型及其分布、土地利用类型及其面积、生物量分布、土壤类型及其水体特征、
群落蒸腾量、叶面积指数及叶绿素含量等

D. 数据记录方式：以胶片记录，主要用于航空摄影；以计算机兼容磁带数据格式
记录，主要用于航天遥感

39. 大气环境影响评价的工作任务是为（   ）提供科学依据或指导性意见。

A. 项目的厂址选择

B. 排污口设置

C. 大气污染防治措施制定以及其他有关的工程设计

D. 项目实施环境监测

40. 大气污染源调查中，体源调查内容包括（   ）。
    A. 体源中心点坐标
    B. 体源所在位置的海拔高度
    C. 体源排放速率、排放工况
    D. 初始横向和垂直扩散参数

41. 下列对于河流简化不正确的描述是（   ）。
    A. 评价等级为三级时，江心洲、浅滩等均可按无江心洲、浅滩的情况对待
    B. 河流的断面宽深比≤20时，可视为矩形河流
    C. 大中河流中，预测河段弯曲较大（如其最大弯曲系数≥1.3）时，可视为平直
       河流
    D. 江心洲位于充分混合段，评价等级为一级时，可以按无江心洲对待

42. 零维水质模型的应用条件是（   ）。
    A. 河流为恒定流动
    B. 废水连续稳定排放
    C. 河流充分混合段
    D. 持久性污染物

43. 声音的三要素是指（   ）。
    A. 声压
    B. 介质
    C. 声源
    D. 接收器

44. 工业废水处理方法中的物理化学法是利用物理化学作用来去除废水中溶解物质和胶
体物质，包括（   ）。
    A. 气提
    B. 吹脱
    C. 电解絮凝
    D. 沉淀

45. 生态影响评价的范围主要根据（   ）确定。
    A. 敏感生态目标
    B. 评价区域与周边环境的生态完整性
    C. 项目建设范围
    D. 区域人类活动范围

46. 在稳定状态下，湖泊总磷的浓度与下列（   ）因子有关。
    A. 湖水深度
    B. 年出湖水量
    C. 湖泊水体积
    D. 输入与输出磷

47. 以下关于景观美学评价说法正确的是（   ）。
    A. 对景观实体的客观评价可按景观实物单体、群体、景点或景区整体等不同层次
       进行
    B. 人文景观美学评价中，景观稀有性是主要评价指标
    C. 生态美是景观美的一大主题
    D. 一般景观美学评价中，以主观观感评价为主，客观美学评价为辅

48. 垃圾填埋场水环境影响预测与评价的主要工作内容有（   ）。
    A. 正常排放对地表水的影响
    B. 正常排放对地下水的影响
    C. 非正常渗漏对地表水的影响
    D. 非正常渗漏对地下水的影响

49. 城市垃圾填埋场产生的气体主要为（   ）。
    A. 二氧化碳
    B. 氨气
    C. 硫化物
    D. 甲烷

50. 垃圾填埋场场址选择评价的重点是场地的（   ）。
    A. 工程区位条件
    B. 土壤自净能力
    C. 水文地质条件
    D. 工程地质条件

模拟试卷（一）参考答案

一、单项选择题

1. B	2. A	3. B	4. B	5. D	6. B	7. D	8. C
9. D	10. B	11. B	12. D	13. A	14. C	15. B	16. A
17. D	18. B	19. A	20. A	21. D	22. B	23. B	24. C
25. C	26. B	27. A	28. B	29. B	30. B	31. D	32. B
33. B	34. C	35. B	36. B	37. A	38. C	39. C	40. A
41. B	42. B	43. D	44. A	45. A	46. C	47. C	48. A
49. A	50. B						

二、不定项选择题

1. ABCD	2. BCD	3. ABD	4. ABCD	5. BC	6. ABD
7. ABCD	8. ABC	9. ACD	10. AC	11. ABCD	12. ABCD
13. ACD	14. ABCD	15. ABCD	16. ACD	17. ABCD	18. ABD
19. ABD	20. AB	21. ABCD	22. ABCD	23. ABC	24. ABC
25. ABCD	26. ABCD	27. ABCD	28. ABCD	29. ABCD	30. BCD
31. ABCD	32. ABCD	33. ABD	34. AC	35. ABCD	36. ABCD
37. ABC	38. BCD	39. ABCD	40. ABCD	41. BCD	42. ABCD
43. BCD	44. AB	45. AB	46. ABCD	47. ABC	48. AD
49. AD	50. BCD				

模拟试卷（二）

一、单项选择题 （本题型共 50 题，每题 1 分，共 50 分）

1. 对于建设项目环境影响评价，国家根据建设项目对环境的影响程度，实施分类管理，建设项目对环境可能造成轻度影响的，应编制（ ）。

A. 环境影响报告表
B. 环境影响报告书
C. 环境影响登记表
D. 环境影响登记书

2. 环境影响评价是一种过程，这种过程的重点在于（ ）。

A. 采用的评价标准
B. 评价任务的编制依据
C. 拟建项目地区的环境现状
D. 在决策和开发建设活动前，体现环评的预防功能

3. 下列选项中不属于工程概况内容范围的是（ ）。

A. 污染物排放总量建议指标
B. 物料与能源消耗定额
C. 工程一般特征简介
D. 项目组成

4. 下列选项中可作为改扩建项目和技术改造项目评价后需要的污染物最终排放量的是（ ）。

A. 改扩建与技术改造项目按计划实施的自身污染物排放量
B. 改扩建与技术改造前现有的污染物实际排放量
C. 实施治理措施和评价规定措施后能够实现的污染物削减量
D. 以上各项代数和

5. 下列选项中，不属于总图布置方案分析内容的是（ ）。

A. 根据气象、水文等自然条件分析工厂与车间布置的合理性
B. 分析环境敏感点（保护目标）处理措施的可行性
C. 分析厂区与周围的保护目标之间所定防护距离的安全性
D. 分析与处理工艺有关技术经济参数的合理性

6. 下列选项中不属于废水用量指标的是（ ）。

A. 单位产品 COD 排放量
B. 单位产品废水用水量
C. 污水回用率
D. 工业用水重复利用率

7. 某企业年新鲜工业用水 0.9 万吨，无监测排水流量，排污系数取 0.7，废水处理设施进口 COD 浓度为 500mg/L，排放 COD 浓度为 100mg/L。该企业排放 COD（ ）kg。

A. 900
B. 630000
C. 630
D. 6300

8. 下列公式中，用来计算投入的物料在生产过程中发生化学反应时的总物料衡算公式的是（ ）。

A. $\sum G_{投入} = \sum G_{产品} + \sum G_{流失}$

B. $Q + A = H + P + L$

C. $AD = BD - (aD + bD + cD + dD)$

D. $\sum G_{排放} = \sum G_{投入} - \sum G_{回收} - \sum G_{处理} - \sum G_{转化} - \sum G_{产品}$

9. 在清洁生产分析中，我国采用较多的方法是（　　　　）。

    A. 分值评定法　　　　　　　　　　　　B. 指标对比法

    C. 类比法　　　　　　　　　　　　　　D. 收集资料法

10. 下列选项中不属于耗水量的是（　　　　）。

    A. 地下水取水量　　　　　　　　　　　B. 产品含水量

    C. 水处理用水量　　　　　　　　　　　D. 间接冷却水系统补充水量

11. 某电厂监测烟气流量为 $200m^3/h$（标态），烟尘进治理设施前浓度为 $1200mg/m^3$，排放浓度为 $200mg/m^3$，未监测二氧化硫排放浓度，年运转 300 天，每天 20h；年用煤量为 300t，煤含硫率为 1.2%，无脱硫设施。该电厂烟尘去除量是（　　　　）t。

    A. 1200　　　　　　B. 120　　　　　　C. 14400　　　　　　D. 1440

12. 生命周期全过程评价是针对（　　　　）而言的。

    A. 产品　　　　　B. 过程　　　　　C. 污染产生　　　　　D. 污染物排放

13. 大气污染源排放的污染物按存在形态分为颗粒物污染物和气态污染物，其中粒径小于（　　　　）的污染物亦可划为气态污染物。

    A. $5\mu m$　　　　　B. $10\mu m$　　　　　C. $15\mu m$　　　　　D. $20\mu m$

14. 某建设项目 COD 的排放浓度为 $30mg/L$，排放量为 $36000m^3/h$，排入地表水的 COD 执行 $20mg/L$，地表水上游 COD 的浓度是 $18mg/L$，其上游来水量为 $50m^3/s$，去水量为 $40m^3/s$，则其 *ISE* 为（　　　　）。

    A. 4　　　　　B. 3　　　　　C. 3.75　　　　　D. 2.85

15. 采用石灰石、生石灰或消石灰的乳浊液为吸收剂吸收烟气中的 SO_2 的方法称为（　　　　）。

    A. 氨法　　　　　B. 回收石膏法　　　　　C. 磷铵肥法　　　　　D. 钙法

16. 污泥处理过程的一般顺序是（　　　　）。

    A. 浓缩→调节→稳定→脱水→压缩

    B. 压缩→稳定→调节→脱水→浓缩

    C. 浓缩→稳定→调节→脱水→压缩

    D. 压缩→调节→稳定→脱水→浓缩

17. 制定风险防范措施时，厂区周围工矿企业、车站、码头、交通干道等应设置（　　　　）。

    A. 环境防护距离和防火间距　　　　　B. 卫生防护距离和防火间距

    C. 空间防护距离　　　　　　　　　　D. 安全防护距离和防火间距

18. 在坡度为（　　　　）的坡地整地造林，抚育幼林，垦覆油茶、油桐等经济林木，都必须采取水土保持措施。

    A. 5°以上　　　　　B. 15°以上　　　　　C. 25°以上　　　　　D. 任何角度

19. 下列说法错误的是（　　　　）。

    A. 碱性废水的投药中和主要是采用工业硫酸

    B. 在生物处理设备后设沉淀池，可分离生物污泥，使处理水得到澄清

    C. 在生物处理前设初沉池，可减轻后续处理设施的负荷，保证生物处理设施功能的发挥

    D. 中和主要是指对酸、碱废水的处理，废酸碱水的互相中和，在中和后不平衡时，考虑采用药剂中和

20. 一般传统的二级处理过程大致可以去除原污水中总氮量的（　　　　）。

    A. 5%　　　　　B. 14%　　　　　C. 26%　　　　　D. 55%

21. 在环境影响评价实践中，最常用的环境价值评估方法是（　　　　）。

　　A. 生产力损失法　　B. 调查评价法　　C. 反响评估法　　D. 成果参照法

22. 成果参照法、隐含价格法、旅行费用法、调查评价法在环境影响经济评价中的共同特点是（　　　　）。

　　A. 基于费用或价格的评估方法

　　B. 基于人力资本评估方法

　　C. 基于购买意愿衡量的评估方法

　　D. 基于标准的环境价值评估方法

23. 费用效益分析法的角度是从（　　　　）出发分析某一项目的经济净贡献的大小。

　　A. 小区　　　　　　B. 功能区　　　　　C. 全社会　　　　　D. 厂商

24. 费用效益分析法中的经济净现值是用（　　　　）将项目计算期内各年的净收益折算到建设起点的现值之和。

　　A. 金融贴现率　　　B. 银行贴现率　　　C. 环境贴现率　　　D. 社会贴现率

25. 环境影响经济评价的方法中，用于评估森林公园、风景名胜区、旅游胜地的环境价值的常用方法是（　　　　）。

　　A. 恢复或重置费用法　　　　　　　　B. 隐含价格法

　　C. 调查评价法　　　　　　　　　　　D. 旅行费用法

26. 森林具有平衡碳氧、涵养水源等功能，这是环境的（　　　　）。

　　A. 社会价值　　　　B. 经济价值　　　C. 直接使用价值　　D. 间接使用价值

27. 建设项目竣工环境保护验收时，对有明显生产周期的建设项目，废气的采样和测试一般为2～3个生产周期，每个周期（　　　　）。

　　A. 1～2次　　　　　B. 1～3次　　　　　C. 2～4次　　　　　D. 3～5次

28. 机场项目竣工环境保护验收时，户外噪声监测点应在户外平坦开阔之地，且传声器应高于（　　　　）以内振动地面（　　　　）m。

　　A. 1.2　　　　　　　B. 1　　　　　　　　C. 2　　　　　　　　D. 1.5

29. 建设项目竣工环境保护验收时，噪声监测因子是（　　　　）。

　　A. A声级　　　　　B. 总声级　　　　　C. 倍频带声压级　　D. 等效连续A声级

30. 下列关于高速公路交通噪声监测技术要求的有关说法，不正确的是（　　　　）。

　　A. 24h连续交通噪声测量，每小时测量一次，每次测量不少于20min，连续测2天

　　B. 噪声敏感区域和噪声衰减测量，连续测量2天，每天测量4次

　　C. 噪声敏感区域和噪声衰减测量，昼、夜间各测两次，分别在车流量最小时段和高峰时段

　　D. 在公路两侧距路肩小于或等于200m范围内选取至少5个有代表性的噪声敏感区域，分别设点进行监测

31. 在进行气体监测分析时，被测排放物的浓度应在仪器测试量程的有效范围，即仪器量程的（　　　　）。

　　A. 25%～75%　　　B. 25%～80%　　　C. 30%～70%　　　D. 30%～80%

32. 建设项目竣工环境保护验收时，高速公路噪声监测应在公路垂直方向距路肩（　　　　）设点进行噪声衰减测量。

　　A. 10m、20m、40m、80m、160m

　　B. 15m、30m、60m、120m、150m

　　C. 20m、40m、60m、80m、120m

　　D. 30m、60m、90m、120m、180m

33. 自然环境调查时，当地形地貌与建设项目密切相关时，除应比较详细地叙述地形地貌全部或部分内容外，还应附建设项目周围地区的（　　　）。

　　A. 区位图　　　　　　B. 土地利用现状图　　C. 地形图　　　　D. 地理位置图

34. 当进行农业与土地利用现状调查时，调查的内容包括可耕地面积，粮食作物与经济作物构成及产量，农业总产值以及土地利用现状；若建设项目需进行土壤与生态环境影响评价，则应附（　　　）。

　　A. 农业区划图　　　B. 土壤粒径分布图　　　C. 土地利用图　　　D. 水土流失图

35. 关于大气污染源，下列说法正确的是（　　　）。

　　A. 按污染物的排放形式可分为连续源、瞬时源、间歇源

　　B. 面源包括无组织排放源和数量多、源强源高都不大的点源

　　C. 凡不通过排气筒或通过 25cm 高度以下排气筒的排放，均属无组织排放

　　D. 按污染源的几何高度可分为电源、面源和线源

36. 下列关于山谷风的说法，错误的是（　　　）。

　　A. 山谷风是发生在山区的山风和谷风的总称

　　B. 山谷风是由于山坡和山谷受热不均而产生的

　　C. 白天风是从山谷近地面吹向山坡，晚上风从山坡近地面吹向山谷

　　D. 白天风是从山坡近地面吹向山谷，晚上风从山谷近地面吹向山坡

37. 所谓逆温是指气温随海拔高度（　　）的现象。

　　A. 增加　　　　　　B. 不变　　　　　　C. 减少　　　　　D. 没有规律

38. 每期监测时间，大气环境三级评价项目全期至少监测（　　　）。

　　A. 3 天　　　　　B. 4 天　　　　　C. 5 天　　　　　D. 6 天

39. 河口与一般河流相比，最显著的区别是（　　　）。

　　A. 受潮汐影响大　　　　　　　　B. 是大洋与大陆之间的连接部

　　C. 有比较明确的形态　　　　　　D. 容量大，不易受外界影响

40. 当建设项目污水排放量为 30000m³/d 时，中型湖泊一级评价时，每（　　　）km² 布设一个取样位置。

　　A. 0.5～1.5　　　B. 2～4　　　　C. 1～2.5　　　D. 1.5～3.5

41. 按大气污染物产生的来源，可以将大气污染源分为（　　　）。

　　A. 固定源和流动源　　　　　　　B. 点源和面源

　　C. 连续源和瞬时源　　　　　　　D. 自然污染源与人为污染源

42. 在确定大气环境影响评价的工作等级时，根据项目的初步工程分析结果，选择（　　　）种主要污染物，分别计算每一种污染物的最大地面浓度占标率。

　　A. 3～5　　　　　B. 2～3　　　　C. 2～5　　　　　D. 1～3

43. 水环境评价方法中一般水质因子的计算公式是（　　　）。

　　A. $S_{DO,j} = 10 - 9\dfrac{DO_j}{DO_s}$　　　　　　B. $S_{pH,j} = \dfrac{7.0 - pH_j}{7.0 - pH_{sd}}$

　　C. $S_{DO,j} = \dfrac{|DO_f - DO_j|}{DO_f - DO_s}$　　　　　D. $S_{i,j} = \dfrac{c_{i,j}}{c_{s,j}}$

44. 确定土壤背景值时，剔除污染样品的方法是（　　　）。

　　A. 样品中某元素含量的可疑值与该元素含量的平均值的偏差大于平均偏差的 2 倍，即认为该样品被污染，应剔除

　　B. 样品中某元素含量的可疑值与该元素含量的平均值的偏差大于平均偏差的 3 倍，即认为该样品被污染，应剔除

C. 样品中某元素含量的可疑值与该元素含量的平均值的偏差大于平均偏差的 4 倍，即认为该样品被污染，应剔除

D. 样品中某元素含量的可疑值与该元素含量的平均值的偏差大于平均偏差的 5 倍，即认为该样品被污染，应剔除

45. 一、二级评价应选择《环境影响评价技术导则——大气环境》推荐模式清单中的（   ）进行大气环境影响预测工作。

A. 定量预测模式　　B. 定性预测模式　　C. 估算模式　　　　D. 进一步预测模式

46. 大气环境影响二级评价项目监测时，（   ）。

A. 应进行二期（冬季、夏季）监测

B. 可取一期不利季节进行监测，必要时应作二期监测

C. 必要时可作一期监测

D. 可不作监测

47. 对于持久性污染物（连续排放），沉降作用明显的河段适用的水质模式是（   ）。

A. 河流稀释混合模式　　　　　　　　B. Streeter-Phelps 模式

C. 河流二维稳态模式　　　　　　　　D. 河流一维稳态模式

48. 在计算从室内向室外传播噪声衰减时，会使用到（   ），当该声压级难以测量时，将使用（   ）计算。

A. A 声级　倍频带声压级　　　　　　B. 倍频带声压级　总声压级

C. A 声级　等效连续 A 声级　　　　　D. 倍频带声压级　A 声级

49. 一般情况下，"年轻"填埋场的渗滤液 BOD_5/COD 的比值（   ）。

A. 较高　　　　　B. 中等　　　　　C. 较低　　　　　D. 没关系

50. 垃圾填埋场大气环境影响预测及评价的主要内容是（   ）。

A. 渗滤液对环境的影响

B. 大气环境恶化对经济的影响

C. 机械噪声、振动对环境的影响

D. 释放气体对环境的影响

二、不定项选择题（本题型共 50 题，每题 2 分，共 100 分）

1. 按照评价对象分，环境影响评价可以分为（   ）。

A. 大气环境影响评价　　　　　　　　B. 生态环境影响评价

C. 规划环境影响评价　　　　　　　　D. 建设项目环境影响评价

2. 下列选项属于环境影响后评价工作内容的是（   ）。

A. 对环境质量现状进行评价

B. 验证环境影响评价结论的正确可靠性

C. 检查对减少环境影响的措施的落实程度和效果

D. 判断评价提出的环保措施的有效性

3. 建设项目环境影响评价工作程序中，在完成对建设项目环境影响和公众参与后，应做的工作包括（   ）。

A. 环境影响评价文件的编制

B. 编制环境影响评价大纲

C. 提出环境保护措施与建议

D. 给出关于建设项目环境可行性的评价结论

4. 下列说法正确的是（　　　　）。

A. 对于新建项目污染物排放量统计，须按废水和废气污染物分别统计各种污染物排放总量

B. 对于新建项目污染物排放量统计，废水和废气污染物可统一计算污染物排放总量

C. 固体废弃物应按国家规定统计一般固体废物即可

D. 固体废弃物按国家规定统计一般固体废物和危险废物

5. 下列选项中属于工程分析作用的是（　　　　）。

A. 为环境的科学管理提供依据

B. 为环保设计提供优化建议

C. 为各专题预测评价提供基础数据

D. 作为项目决策的依据

6. 下列属于环境影响报告书中清洁生产分析编写原则的是（　　　　）。

A. 报告书中必须给出关于清洁生产的结论

B. 报告书中必须给出采取清洁生产方案的建议

C. 建设项目对清洁生产指标的描述应真实客观

D. 所有项目的环评报告书均应单列"清洁生产分析"一章或节

7. 对于技改扩建项目污染物源强，统计污染物排放量的过程中，需要算清新老污染源的"三本账"，具体是指（　　　　）。

A. 技改扩建前污染物排放量
B. 技改扩建完成后污染物排放量

C. 废气、废渣和废水排放量
D. 技改扩建项目污染物排放量

8. 地面气象观测资料的选择调查项目包括（　　　　）。

A. 风速
B. 海平面气压

C. 相对湿度
D. 湿球温度

9. 事故风险源项分析的定量分析法有（　　　　）。

A. 危险指数法
B. 加权法

C. 因素法
D. 事故树法

10. 运行期工程对生态影响的途径分析，主要包括工程运行改变了（　　　　），以及由此而影响了自然资源状况。

A. 环境功能
B. 土地的利用状况

C. 区域空间格局
D. 水体的利用状况

11. 下列选项中，属于建设项目环境影响识别的一般技术要求的是（　　　　）。

A. 项目涉及的环境保护要求

B. 项目涉及的当地环境特性

C. 项目类型、规模等特性

D. 识别主要的环境敏感区和环境敏感目标

12. 下列选项属于水环境水质调查参数的是（　　　　）。

A. 常规水文参数
B. 常规水质参数

C. 特征水质参数
D. 其他方面参数

13. 下列选项中，不属于国家"十五"期间规定的水环境污染物总量控制指标的是（　　　　）。

A. 汞
B. BOD_5
C. 氨氮
D. pH

14. 电除尘器的主要优点是（　　　　）。

A. 除尘效率高
B. 压力损失少

C. 能耗少   D. 抗高温和腐蚀

15. 在噪声传播途径上降低噪声，可采用下列（　　　　）设计原则，使高噪声敏感设备尽可能远离噪声敏感区。

    A. 利用自然地形物   B. 合理布局

    C. 改革工艺和操作方法   D. 增设吸声、声屏障

16. 下列选项属于绿化方案编制基本原则的有（　　　　）。

    A. 生态绿化   B. 因地制宜

    C. 采用乡土物种   D. 因土种植

17. 下列属于从声源上降低噪声的方法有（　　　　）。

    A. 在工程设计中改进生产工艺和加工操作方法，降低工艺噪声

    B. 在工程设计和设备选型时尽量采用符合要求的低噪声设备

    C. 对声源采用隔振、减振降噪或消声降噪措施

    D. 在生产管理和工程质量控制中保持设备良好运转状态，不增加不正常的运行噪声

18.《中华人民共和水土保持法》规定："在（　　　　）地区修建铁路、公路、水土程，开办矿山企业、电力企业和其他大中型工业企业，在建设项目环境影响报告书中，必须有水行政主管部门同意的水土保持方案。"

    A. 丘陵区   B. 风沙区

    C. 平原区   D. 山区

19. 下列环境评价价值的方法能够用于评估环境污染对健康影响的是（　　　　）。

    A. 人力资本法   B. 医疗费用法

    C. 生产力损失法   D. 旅行费用法

20. 在费用效益分析法中，判断项目的可行性，重要的判断指标是（　　　　）。

    A. 费用利润率   B. 成本利润率

    C. 经济净现值   D. 经济内部收益率

21. 环境影响经济损益分析时，对环境影响的筛选，下列（　　　　）情况可以不考虑做损益分析。

    A. 项目设计时已被控抑的环境影响

    B. 难以定量化的环境影响

    C. 环境影响本身是否发生具有不确定性

    D. 小的、轻微的环境影响

22. 下列有关环境影响的经济损益分析的叙述内容，正确的有（　　　　）。

    A. 环境影响的经济损益分析，也称为环境影响的经济评价

    B. 对建设项目的负面环境影响，估算出的是环境成本

    C. 对建设项目的正面环境影响，估算出的是环境效益

    D.《中华人民共和国环境影响评价法》中明确规定要对建设项目的环境影响进行经济损益分析

23.《建设项目竣工环境保护验收管理办法》明确将建设项目分为（　　　　）。

    A. 以健康安全影响为主的项目

    B. 以可持续发展影响为主的项目

    C. 以污染排放为主的项目

    D. 以生态影响为主的项目

24. 建设项目竣工环境保护验收时，下列属于环境保护管理检查内容的是（　　　　）。

A. 清洁生产

B. 工业固体废物处理设施的处理效率

C. 施工期、试运行期扰民现象的调查

D. 事故风险的环保应急计划

25. 建设项目竣工环境保护验收调查报告中应包括的内容大体上应有（　　　）。

　　A. 环保措施的落实情况　　　　　　　B. 工程的实际环境影响

　　C. 生态补救的措施建议　　　　　　　D. 公众意见调查

26. 当调查对象为生态问题时，生态环境影响调查施工期工作中应选用的方法有（　　　）。

　　A. 公众走访咨询　　　　　　　　　　B. 生态恢复工程核查

　　C. 环评措施执行情况核查　　　　　　D. 施工现场勘察

27. 不同类型建设项目的不同专题中，均应包括的内容有（　　　）。

　　A. 调查情况　　　　　　　　　　　　B. 环境影响评估结论

　　C. 调查结果分析　　　　　　　　　　D. 存在问题及对策建议

28. 下列属于社会环境调查基本内容的是（　　　）。

　　A. 人口　　　　　　　　　　　　　　B. 土地利用

　　C. 人群健康状况　　　　　　　　　　D. 动植物与生态

29. 污染气象调查内容包括（　　　）。

　　A. 常规气象资料　　　　　　　　　　B. 不利气象资料

　　C. 高空气象资料　　　　　　　　　　D. 地面气象资料

30. 以下大气污染源中属于点源的是（　　　）。

　　A. 道路机动车排放源　　　　　　　　B. 集气筒

　　C. 垃圾填埋场扬尘　　　　　　　　　D. 烟囱

31. 下列选项中，有关水环境现状调查和监测过程中调查时间的确定原则，说法正确的是（　　　）。

　　A. 评价等级不同，对调查时期的要求也有所不同

　　B. 根据当地水文资料确定河流、湖泊、水库的丰水期、平水期、枯水期，同时确定最能代表这三个时期的季节和月份

　　C. 冰封期较长的水域，且作为生活饮用水、食品加工用水的水源或渔业用水时，应调查冰封期的水质水文情况

　　D. 当被调查的范围内面源污染严重，丰水期水质劣于枯水期时，一、二级评价的各类水域应调查丰水期，若时间允许，三级也应调查丰水期

32. 下列选项中关于非点源调查说法正确的是（　　　）。

　　A. 调查原则：一般采用实测的方法，不进行资料收集

　　B. 调查内容：工业类非点源污染源、其他非点源污染源

　　C. 污染源资料的分析整理：对收集到的和实测的污染源资料进行检查，找出相互矛盾和错误之处

　　D. 污染源采样分析方法：按《污水综合排放标准》（GB 8978—1996）的规定执行

33. 需要调查的水质因子种类分别是（　　　）。

　　A. 常规水质因子　　　　　　　　　　B. 其他方面因子

　　C. 特殊水质因子　　　　　　　　　　D. 微环境水质因子

34. 以下关于噪声级说法正确的是（　　　）。

A. 对突发噪声往往需要测量最大 A 声级 L_{Amax} 及其持续时间，脉冲噪声应同时测量 A 声级和脉冲周期

B. A 声级一般用来评价噪声源，对特殊噪声源在测量 A 声级的同时还需要测量其频率特性

C. 计权等效连续感觉噪声级用于评价航空噪声

D. 等效连续 A 声级即将某一段时间内连续暴露的不同 A 声级变化，用能量平均的方法以 A 声级表示该段时间内的噪声大小

35. 下列有关大气污染现状监测周期和频次要求说法正确的是（　　）。

A. 一级评价项目不得少于两期（夏季、冬季）

B. 二级评价项目可取一期不利季节，必要时也应作两期

C. 三级评价项目必要时可作一期监测

D. 每期监测时间，一级评价项目至少应取得有季节代表性的七天有效数据

36. 下列公式和参数定义正确的是（　　）。

A. 均值法计算公式：$c = \sqrt{\dfrac{c_{极}^2 + c_{均}^2}{2}}$

B. 一般水质因子单项指数法：$S_{i,j} = \dfrac{c_{i,j}}{c_{s,j}}$

C. DO 单项指数法：

当 $DO_j \geqslant DO_s$，$S_{DO,j} = \dfrac{|DO_f - DO_j|}{DO_f - DO_s}$

当 $DO_j < DO_s$，$S_{DO,j} = 10 - 9\dfrac{DO_j}{DO_s}$

D. pH 值单项指数法：

当 $pH_j \leqslant 7.0$，$S_{pH,j} = \dfrac{7.0 - pH_j}{7.0 - pH_{sd}}$

当 $pH_j > 7.0$，$S_{pH,j} = \dfrac{pH_j - 7.0}{pH_{su} - 7.0}$

37. 下列选项中，关于湖泊和水库说法正确的是（　　）。

A. 水库和人工湖泊是有区别的

B. 湖泊和水库均有深水型和浅水型之分

C. 湖泊和水库的水面形态都有宽阔型和窄条型

D. 湖泊的定义是：内陆低洼地区蓄积着停止流动或慢流动而不与海洋直接联系的天然水体

38. 下列说法正确的是（　　）。

A. 海湾是海洋凸入陆地的那部分水域

B. 湾口开阔、水深，形状呈喇叭形的海湾属于闭塞型海湾

C. 闭塞型海湾是指海口的宽度和水深相对浅窄，水交换和水更新的能力差的海湾

D. 根据海湾的形状、湾口的大小和神情以及通过湾口与外海的水交换能力可以把海湾分为闭塞型和开敞型两类

39. 下列选项中，对于区域环评，大气环境现状监测点布设不正确的是（　　）。

A. 主导风向较明显时，在评价区域的主导风上风向范围内设置的点位可以多一些

B. 主导风向较明显时，在评价区域的主导风下风向范围内设置的点位可以多

一些

C. 监测点位可不用包括评价范围内的环境敏感区和关心点

D. 工业较集中的城区、工矿区和交通频繁区、人口稠密区、污染物超标区监测点的数目可少设一些

40. 对于典型日，可选取（   ）。

A. 初步估算污染严重的几天

B. 现状监测的一天或几天

C. 对保护目标影响严重的一天或几天

D. 与风玫瑰相似的一天或几天

41. 大气环境影响评价的工程程序分为三个阶段，以下属于第一阶段工作的是（   ）。

A. 气象特征调查　　　　　　　　B. 气象观测资料调查与分析

C. 编制工作方案　　　　　　　　D. 评价因子筛选

42. 以下对水污染物迁移与转化的过程描述正确的是（   ）。

A. 化学过程主要指污染物在水中发生的理化性质变化等化学变化

B. 水体中污染物的迁移与转化包括物理过程、化学转化过程和生物降解过程

C. 混合稀释作用只能降低水中污染物的浓度，不能减少其总量

D. 物理过程作用主要是污染物在水中稀释自净和生物降解过程

43. 下列关于垃圾填埋场产生的气体，说法错误的有（   ）。

A. 垃圾填埋场产生的微量气体很小，成分也不多

B. 城市垃圾填埋场产生的气体主要为甲烷和二氧化碳

C. 城市垃圾填埋场产生的气体主要为氮气和氨气

D. 接受工业废物的垃圾填埋场产生的气体中可能含有微量挥发性有毒气体

44. 下列方法中可以预测湖泊中的营养盐符合预测模型的是（   ）。

A. Vollenweider 负荷模型　　　　B. S-P 模型

C. 湖泊水质箱模型　　　　　　　D. Dillon 负荷模型

45. 对于等声级线图绘制正确的说法是（   ）。

A. 等声级线的间隔不大于 10dB

B. 对于 WECPNL，一般应有 70dB、75dB、80dB、85dB 的等值线

C. 对于 L_{eq}，一般需对应项目所涉及的声环境功能区的昼夜间标准值要求

D. 对于 L_{eq}，最低可画到 35dB，最高可画到 75dB 的等声级线

46. 废水处理按处理程度可分为 3 类：一级、二级和三级处理。一级处理是指（   ）。

A. 废水中去除呈悬浮状态的固体、呈分层或乳化状态的油类污染物

B. 预处理

C. 采用物理处理法

D. 去除废水中呈胶体和溶解状态的有机污染物

47. 以下（   ）生态因子可作为生态影响评价工作级别划分的依据。

A. 物种多样性　　　　　　　　　B. 优势度

C. 敏感地区　　　　　　　　　　D. 荒漠化

48. 在稳定状态下，湖泊总磷的浓度与下列（   ）因子有关。

A. 湖水深度　　　　　　　　　　B. 年出湖水量

C. 湖泊水体积　　　　　　　　　D. 输入与输出磷

49. 景观美学影响评价应依据具体的（　　）进行。

    A. 景观特点   B. 功能要求

    C. 环境特点   D. 建设项目影响的时空特点

50. 废物填埋场渗滤液的来源有（　　）。

    A. 降水（包括降雨和降雪）直接落入填埋场

    B. 处置在填埋场中的废物中含有部分水

    C. 地表水、地下水进入填埋场

    D. 直接向填埋场中倾倒的水

模拟试卷（二）参考答案

一、单项选择题

1. A	2. D	3. A	4. D	5. D	6. D	7. C	8. D
9. B	10. A	11. A	12. A	13. C	14. B	15. D	16. C
17. D	18. A	19. A	20. C	21. D	22. D	23. C	24. D
25. D	26. D	27. D	28. A	29. D	30. C	31. C	32. C
33. C	34. C	35. B	36. D	37. A	38. C	39. A	40. C
41. D	42. D	43. D	44. C	45. D	46. B	47. D	48. D
49. A	50. D						

二、不定项选择题

1. CD	2. BCD	3. ACD	4. AD	5. ABCD	6. ABCD
7. ABD	8. BCD	9. ABCD	10. BCD	11. ABCD	12. BCD
13. ABD	14. ABCD	15. ABD	16. ABCD	17. ABD	18. ABD
19. AB	20. CD	21. ABCD	22. ABCD	23. CD	24. ABCD
25. ABC	26. ACD	27. ABCD	28. ABC	29. CD	30. BD
31. ABCD	32. BCD	33. ABC	34. ABCD	35. ABCD	36. BCD
37. BCD	38. ACD	39. ACD	40. ABCD	41. ACD	42. ABC
43. AC	44. AD	45. CD	46. ABC	47. ACD	48. ABCD
49. ABCD	50. ABC				

模拟试卷（三）

一、单项选择题（本题型共 50 题，每题 1 分，共 50 分）

1. 对于建设项目环境影响评价，国家根据建设项目对环境的影响程度，实施分类管理，建设项目对环境可能造成很小影响的，应编制（　　　）。

A. 环境影响报告表　　　　　　　　　　B. 环境影响报告书

C. 环境影响登记表　　　　　　　　　　D. 环境影响登记书

2. 下列选项中，关于环境影响评价大纲，正确的是（　　　）。

A. 可以替代环境影响报告书的文件

B. 环境影响报告书的总体设计和行动指南

C. 对于建设项目，只需将环境影响评价大纲上报环境保护主管部门即可

D. 主要针对环境影响登记表

3. 下列选项中不属于新水用量指标的是（　　　）。

A. 单位产品循环用水量　　　　　　　　B. 单位产品新水用水量

C. 间接冷却水循环用水量　　　　　　　D. 工业用水重复利用率

4. 不属于污染物分析内容的是（　　　）。

A. 清洁生产水平分析　　　　　　　　　B. 非正常排放源强统计及分析

C. 无组织排放源强统计及分析　　　　　D. 污染源分布及污染物源强核算

5. 物料衡算法能进行工程分析的依据是（　　　）。

A. 市场经济规律　　　　　　　　　　　B. 自然要素循环定律

C. 能量守恒定律　　　　　　　　　　　D. 质量守恒定律

6. 某企业年投入物料中的某污染物总量为 9000t，进入回收产品中的某污染物总量为 2000t，经净化处理掉的某污染物总量为 500t，生产过程中被分解、转化的某污染物总量为 100t，某污染物的排放量为 5000t，则进入产品中的某污染物总量为（　　　）t。

A. 14000　　　　　　B. 1400　　　　　　C. 6400　　　　　　D. 5400

7. 下列公式用来计算闪蒸蒸发量的是（　　　）。

A. $Q = FW_T/t_1$

B. $Q = C_d A \rho \sqrt{\dfrac{2(p-p_0)}{\rho} + 2gh}$

C. $Q = \dfrac{a \times p \times M}{R \times T_0} \times u^{(2-n)/(2+n)} \times r^{(4+n)/(2+n)}$

D. $Q = Y C_d A \rho \sqrt{\dfrac{MK}{RT_G}\left(\dfrac{2}{K+1}\right)^{\frac{K+1}{K-1}}}$

8. 污染源分析过程中，生活污水排放量一般按人均用水量乘以用水人数的（　　　）计算。

A. 60%　　　　　　B. 70%　　　　　　C. 80%　　　　　　D. 100%

9. 在分析依托设施的可行性时，如废水经简单处理后排入区域废水处理厂，需分析污水处理厂的工艺是否与项目（　　　）相符，是否还有足够处理能力等。

A. 规模   B. 水质特征

C. 水文特征   D. 工艺

10. 拟建项目与环境之间的相互作用关系是（   ）。

A. ［拟建项目］+［环境］→{变化的环境}

B. ［拟建项目］+［活动］→{变化的环境}

C. ［拟建项目］+［环境］→{活动}

D. ［拟建项目］+［要素］→{变化的环境}

11. 下列选项中，环境影响识别的任务是（   ）。

A. 预测不利的环境影响，采取各种减缓措施

B. 系统地检查各种"活动"与环境要素之间的关系，识别可能的环境影响

C. 区分、筛选出显著的、可能影响项目决策和管理的、需要进一步评价的主要环境影响（或问题）

D. 根据拟建项目的特征和拟选厂址周围的环境状况预测环境变化

12. 干法排烟脱硫是用（   ）去除烟气中二氧化硫的方法。

A. 固态吸附剂或固体吸收剂   B. 固态吸附剂或液态吸收剂

C. 固体吸收剂   D. 固态吸附剂

13. 一般情况，选择性催化还原法比非选择性催化还原法的排烟脱氮处理成本（   ）。

A. 高   B. 基本一样

C. 低   D. 无法比较

14. 环境风险事故应急救援关闭程序与恢复措施包括规定应急状态终止程序，事故现场善后处理，恢复措施，（   ）解除事故警戒及善后措施。

A. 100~200m 区域内   B. 特定区域内

C. 尽可能大的区域   D. 邻近区域

15. 下列说法错误的是（   ）。

A. 浮选过程包括气泡产生、气泡与颗粒附着以及上浮分离等连续过程

B. 浮选法主要用于处理废水中靠自然沉降或上浮难以去除的浮油或相对密度接近于1的悬浮颗粒

C. 废水中的重金属离子、某些非重金属可采用化学沉淀处理过程去除，碱土金属不可以采用化学沉淀处理过程去除

D. 化学沉淀处理是向废水中投加某些化学药剂（沉淀剂），使其与废水中溶解态的污染物直接发生化学反应，形成难溶的固体生成物，然后进行固液分离，除去水中污染物

16. 对于 UASB，其典型的设计负荷是（   ）kg COD/($m^3 \cdot$ d)。

A. 1~5   B. 4~15   C. 10~15   D. 50~100

17. 对于各级评价项目，常规气象观测资料均应调查评价范围（   ）以上的主要气候统计资料。

A. 5 年   B. 10 年   C. 15 年   D. 20 年

18. 环境的非使用价值只能使用（   ）来评估。

A. 机会成本法   B. 成果参照法

C. 影子工程法   D. 调查评价法

19. 调查评价法通过构建模拟市场来揭示人们对某种环境物品的支付意愿（WTP），从而评价环境价值，其应用的关键在于（   ）。

A. 抽样调查和结果分析　　　　　　B. 受到严格检验的实施步骤

C. 问题提问方式选择　　　　　　　D. 模拟市场的设计与操作

20. 下列关于常用三组环境价值评估方法的叙述，正确的是（　　）。

A. 第Ⅰ组方法已广泛应用于对非市场物品的价值评估

B. 第Ⅱ组方法包含有医疗费用法、人力资本法、机会成本法等六种方法

C. 第Ⅱ组方法理论评估出的是以支付意愿衡量的环境价值

D. 第Ⅲ组方法包含有反向评估法和影子工程法

21. 某处因噪声污染需安装隔音设施，花费 80 万元，那么噪声污染的环境影响损失是 80 万元，则此种环境影响经济评价的方法是（　　）。

A. 隐含价格法　　　　　　　　　　B. 恢复或重置费用法

C. 机会成本法　　　　　　　　　　D. 防护费用法

22. 费用效益分析法中的经济净现值是反映建设项目对国民经济所做贡献的（　　　　　）指标。

A. 绝对量　　　　　B. 环境　　　　　C. 经济　　　　　D. 相对量

23. 通过分析和预测一个或多个不确定性因素的变化所导致的项目可行性指标的变化幅度，判断该因素变化对项目可行性的影响程度，此种分析法是（　　）。

A. 敏感分析性　　　　　　　　　　B. 环境价值法

C. 反向评估法　　　　　　　　　　D. 影子工程法

24. 建设项目竣工环境保护验收时，对大气有组织排放的点源，应对照行业要求，考核（　　　　　）。

A. 最高允许排放浓度

B. 最高允许排放速率

C. 最高允许排放浓度和最高浓度点浓度值

D. 监控点与参照点浓度差值和周界外最高浓度点浓度值

25. 建设项目竣工环境保护验收时，验收水质监测采样过程中应采集不少于（　　　　　）的平行样。

A. 5%　　　　　　B. 10%　　　　　C. 15%　　　　　D. 20%

26. 建设项目竣工环境保护验收时，废弃物无组织排放，一氧化碳的监控点设在单位周界外（　　）范围内浓度最高点。

A. 5m　　　　　　B. 10m　　　　　C. 15m　　　　　D. 20m

27. 建设项目竣工环境保护验收时，电磁辐射的监测频次是在正常工作时段上，每个监测点监测（　　）。

A. 1 次　　　　　B. 2 次　　　　　C. 3 次　　　　　D. 4 次

28. 建设项目竣工环境保护验收时，对工业企业而言，噪声监测点一般设在工业企业单位法定厂界外（　　　　　）、高度（　　　　　）处。

A. 0.5m　1m　　B. 1m　1.2m　　C. 1m　1.5m　　D. 1.2m　1.5m

29. 生态影响型建设项目不包括（　　　　　）。

A. 水利　　　　　B. 房地产　　　　C. 交通　　　　　D. 油田

30. 自然环境调查时，地理位置的调查应包括建设项目所处的经、纬度，行政区位置和交通位置，并附（　　　　　）。

A. 平面图　　　　　　　　　　　　B. 地形图

C. 城市总体规划图　　　　　　　　D. 地质现状图

31. 区域最大地面浓度点的预测网格设置，应依据计算出的网格点浓度分布而定，在高

浓度分布区，计算点间距应（　　　　）。

    A. ≥30m   B. ≤30m   C. ≥50m   D. ≤50m

32. 某厂有一台链条炉（烟气中的烟尘占灰分量的80%），装有湿式除尘器，除尘效率为80%，用煤量为1.8t/h，煤的灰分含量为25%，含硫率2%。该锅炉SO_2的排放量是（　　　　），烟尘的排放量是（　　　　）。

    A. 16000mg/s 20kg/h   B. 16000mg/s 20g/s

    C. 32000mg/s 10kg/h   D. 32000mg/s 10g/s

33. 下列关于城市热岛环流的说法，正确的是（　　　　）。

    A. 近地面，风从郊区吹向城市，高空则从城市吹向郊区

    B. 白天风从城市近地面吹向郊区，晚上风从郊区近地面吹向城市

    C. 市区的污染物通过近地面吹向郊区

    D. 城市热岛环流是由于城乡湿度差异形成的局地风

34. 距污染源中心点（　　　　）内的地形高度（不含建筑物）低于排气筒高度时，定义为简单地形。

    A. 2km   B. 5km   C. 10km   D. 15km

35. 最大地面浓度占标率P_i的计算公式为$P_i = C_i/C_{0i} \times 100\%$，其中$C_{0i}$一般选用《环境空气质量标准》中（　　　　）取样时间的二级标准的浓度限值。

    A. 日平均   B. 月平均   C. 年平均   D. 1h平均

36. （　　　　）评价可不进行大气环境影响预测工作，直接以估算模式的计算结果作为预测与分析依据。

    A. 一级   B. 二级   C. 三级   D. 四级

37. 大气环境影响监测每期监测时间，至少应取得有季节代表性的（　　　　）天有效数据，采样时间应符合监测资料的统计要求。

    A. 3   B. 5   C. 7   D. 10

38. 河口与一般河流最显著的区别是（　　　　）。

    A. 河口的流量较小   B. 河口的流速较慢

    C. 河口的河宽较大   D. 河口受到潮汐的影响

39. 水文测量的测点一般应（　　　　）水质调查的取样位置（或断面）。

    A. 少于   B. 等于或少于   C. 等于或多于   D. 多于

40. 河口水质的取样，在预测水温时，要测日平均水温，一般可采用每隔（　　　　）测一次的方法求平均水温。

    A. 1~2h   B. 2~4h   C. 4~6h   D. 视情况而定

41. 按污染源排放形式，可以将大气污染源分为（　　　　）。

    A. 固定源和流动源   B. 连续源和瞬时源

    C. 高架源、中架源和低架源   D. 有组织排放源和无组织排放源

42. 对于大气环境影响一级评价项目，评价范围大于（　　　　）条件下，须调查地面气象观测资料和常规高空气象探测资料。

    A. 50km   B. 100km   C. 150km   D. 200km

43. 大气环境影响预测的内容包括：

① 全年逐时或逐次小时气象条件下，环境空气保护目标、网格点处的地面浓度和评价范围内的最大地面小时浓度；

② 全年逐日气象条件下，环境空气保护目标、网格点处的地面浓度和评价范围内的最大地面日平均浓度；

③ 长期气象条件下，环境空气保护目标、网格点处的地面浓度和评价范围内的最大地面年平均浓度；

④ 非正常排放情况，全年逐时或逐次小时气象条件下，环境空气保护目标的最大地面小时浓度和评价范围内的最大地面小时浓度；

⑤ 对于施工期超过一年的项目，并且施工期排放的污染物影响较大，还应预测施工期间的大气环境质量。

其中二级评价项目的预测内容包括（　　　　）。

  A. ①②③④⑤ B. ①②③④ C. ①②③⑤ D. ②③④⑤

44. 湖水、水库运动方式分为（　　　　）两种。

  A. 波动与荡漾 B. 波动与振动 C. 振动与前进 D. 增减水与波动

45. 下列选项中，关于水环境现状调查和监测说法不正确的是（　　　　）。

  A. 工作范围：包括资料收集、现场调查以及必要的环境监测

  B. 调查范围：包括受建设项目影响较显著的地表水区域

  C. 现状调查包括的两方面为：资料收集和现场调查

  D. 目的：掌握评价范围内水体污染源、水文、水质和水体功能利用等方面的环境背景情况，为地表水环境现状和预测评价提供基础资料

46. 当面源面积（　　　　）时，面源扩散模式可按点源扩散模式计算，但需对扩散参数进行修正。

  A. $S<1km^2$ B. $S\leq1km^2$ C. $S<2km^2$ D. $S\leq2km^2$

47. 《环境影响评价技术导则——大气环境》中列出了大气环境影响评价预测模式，其中推荐模式原则上采取（　　　　）形式发布。

  A. 通知   B. 公告   C. 报纸   D. 互联网

48. 一均匀稳态河段，河宽 $B=100m$，平均水深 $H=2m$，流速 $u=0.5m/s$，平均底坡 $i=0.0005$。一个拟建项目以岸边和河中心两种方案排放污水的完全混合距离分别是（　　　　）。

  A. 26374.7m，6593.7m   B. 6593.7m，26374.7m

  C. 7903.6m，17394.7m   D. 17394.7m，7903.6m

49. 有一列 500m 火车正在运行。若距铁路中心线 600m 处测得声压级为70dB，距铁路中心线 1200m 处有居民楼，则该居民楼的声压级是（　　　　）dB。

  A. 68   B. 70   C. 60   D. 64

50. 通常水土流失方程式 $A=R\cdot K\cdot L\cdot S\cdot C\cdot P$ 中，P 表示（　　　　）。

  A. 单位面积多年平均土壤侵蚀量

  B. 土壤可蚀性因子，根据土壤的机械组成、有机质含量、土壤结构及渗透性确定

  C. 植被和经营管理因子，与植被覆盖度和耕作期相关

  D. 水土保持措施因子，主要有农业耕作措施、工程措施、植物措施

二、不定项选择题（本题型共50题，每题2分，共100分）

1. 进行环境影响评价时需要遵循的原则包括（　　　　）。

  A. 符合国家资源综合利用的政策

  B. 符合污染物达标排放和区域环境质量的要求

  C. 符合流域、区域功能区划、生态保护规划和城市发展总体规划，布局合理

  D. 符合国家的产业政策、环保政策和法规

2. 下列选项中，关于环境影响评价大纲说法正确的是（　　　　）。

A. 环境影响评价大纲应该在开展评价工作之后完成

B. 编制环境影响评价大纲前，应先完成对环境现状的调查

C. 环境影响评价大纲是检查报告书内容和质量的主要判据

D. 环境影响评价大纲是具体指导环境影响评价的技术文件

3. 关于环境要素，正确的是（   ）。

A. 是由于人类活动引起环境恶化所导致的灾害

B. 通常是指自然环境要素

C. 也称为环境基质

D. 是构成人类环境整体的各个独立的、性质不同的而又服从整体演化规律的基本物质成分

4. 工程分析中常用的物料衡算有（   ）。

A. 总物料衡算法   B. 水量衡算

C. 有毒有害元素物料衡算   D. 有毒有害物料衡算

5. 绘制污染工艺流程时，应注意包括（   ）。

A. 涉及产生污染物的装置和工艺过程

B. 不产生污染物的过程和装置

C. 有化学反应的工序的主要化学反应式和副反应式

D. 在总平面布置图上标出污染源的准确位置

6. 下列属于环境影响报告书中清洁生产编写原则的是（   ）。

A. 应从清洁生产的角度对整个环境影响评价过程的有关内容加以补充和完善

B. 清洁生产指标数值的确定要有充分的依据

C. 清洁生产指标项的确定要符合指标选取原则

D. 报告书中必须给出采取清洁生产方案的建议

7. 环保措施方案分析的内容包括（   ）。

A. 分析依托设施的可行性

B. 分析环保设施投资构成及其在总投资中所占的比例

C. 分析环保措施方案以及所选工艺和设备的先进水平和可靠程度

D. 分析建设项目可研阶段环保措施方案的技术经济可行性

8. 环境风险分析主要包括（   ）。

A. 化学性风险   B. 生物性风险

C. 物理性风险   D. 自然灾害风险

9. 总图布置方案分析的工作内容包括（   ）。

A. 分析污染物排放总量建议指标

B. 分析厂区与周围的保护目标之间所定防护距离的安全性

C. 根据气象、水文等自然条件分析工厂和车间布置的合理性

D. 分析环境敏感处置措施的可行性

10. 清洁生产的废气产生指标具体包括（   ）。

A. 单位产品废气产生量指标

B. 单位产品主要大气污染物产生量指标

C. 万元产品主要大气污染物产生量指标

D. 万元产品 SO_2 产生量指标

11. 下列选项中，影响液体泄漏速率的因素有（   ）。

A. 裂口面积   B. 环境压力

C. 容器内介质压力　　　　　　　　　　D. 液体泄漏系数

12. 下列清洁生产分析中的指标，需定量的指标有（　　　　）。

　　A. 能耗指标　　　　　　　　　　　　B. 物耗指标

　　C. 单位产品废水排放量指标　　　　　　D. 新水用量指标

13. 下列区域属于《建设项目环境保护分类管理名录》规定的环境敏感区的是（　　　　）。

　　A. 红树林　　　　　　　　　　　　　B. 沙尘暴源区

　　C. 荒漠中的绿洲　　　　　　　　　　D. 重要湿地

14. 环境影响识别的技术方法有（　　　　）。

　　A. 叠图法　　　　　　　　　　　　　B. 网络法

　　C. 矩阵法　　　　　　　　　　　　　D. 清单法

15. 下列选项中，被划入"轻度影响"的项目的特征是（　　　　）。

　　A. 污染因素单一而且污染物种类少、产生量小或毒性较低的建设项目

　　B. 所有流域开发、开放区建设、城市新区建设和旧区改建等区域性开发活动或建设项目

　　C. 基本不对环境敏感区造成影响的小型建设项目

　　D. 对地形、地貌、水文、土壤、生物多样性等有一定的影响，但不改变生物系统结构和功能的建设项目

16. 国家规定的大气环境污染物总量控制指标有（　　　　）。

　　A. 二氧化硫　　　　　　　　　　　　B. 烟尘

　　C. 工业粉尘　　　　　　　　　　　　D. 二氧化氮

17. 除尘器的技术指标有（　　　　）。

　　A. 工作负荷　　　　　　　　　　　　B. 运行成本

　　C. 压力损失　　　　　　　　　　　　D. 使用温度

18. 下列方法或措施中是从声源上降低噪声的是（　　　　）。

　　A. 改进机械设计以降低噪声

　　B. 利用自然地形降低噪声

　　C. 维持设备处于良好的运转状态

　　D. 改革工艺和操作方法以降低噪声

19. 下列说法错误的是（　　　　）。

　　A. 物理法是利用物理作用来分离废水中的悬浮物或乳浊物，常见有格栅、筛滤、离心、氧化还原等方法

　　B. 化学法是利用化学反应来去除废水中的溶解物质或胶体物质，常见有中和、沉淀、焚烧等方法

　　C. 生物处理法是利用微生物代谢作用，使废水中的有机污染物和无机微生物营养物转化为稳定、无害的物质

　　D. 现代废水处理技术，按作用原理可分为物理法、化学法和生物法三大类

20. 废水的三级处理的目的是提高出水质量，使其达到严格的出水标准及污水回用的目的，一般三级处理过程主要去除（　　　　）。

　　A. 氮　　　　　　　　　　　　　　　B. 磷

　　C. 重金属　　　　　　　　　　　　　D. 悬浮物

21. 下列关于脱氮的说法错误的有（　　　　）。

　　A. 折点氯化过程是在二级出水中投加氯，直到残余的全部溶解性的氯达到最低点

（折点），使水中氨氮全部氧化

B. 在传统的处理过程中，无机氮含量经一级处理后，其含量增加50%左右，不受二级（生物）处理的影响

C. 控制氮含量的方法主要有生物硝化-反硝化、折点氯化、选择性离子交换、氨的汽提，不管采用哪种方法，氮的去除率都可超过95%

D. 在生物硝化-反硝化中，无机氮先通过延时曝气氧化成硝酸盐，再经过厌氧环境反硝化转化成氮气，从而去除污水中的氮

22. 下列说法错误的有（　　　　）。

A. 用于处置危险废物的安全填埋场属衰减型填埋场或半封闭型填埋场

B. 燃料系统中有燃料或可燃物质、氧化物及惰性物质

C. 好氧堆肥具有发酵周期长、无害化程度低、卫生条件好、易于机械化操作等特点

D. 燃料是含有碳碳、碳氢及氢氢等高能量化学键的有机物质，这些化学键经氧化后，会放出热能

23. 环境影响经济损益分析时，需要筛选环境影响，下列情况要考虑做损益分析的是（　　　　）。

A. 人们对该环境的认识存在较大的分歧

B. 项目设计时未被控抑的环境影响

C. 能货币化的环境影响

D. 政治上过于敏感的环境影响

24. 下列选项属于环境的总价值的是（　　　　）。

A. 存在价值　　　　　　　　　　　　　B. 直接使用价值

C. 遗赠价值　　　　　　　　　　　　　D. 选择价值

25. 费用效益分析的步骤主要包括（　　　　）。

A. 编制经济现金流量表　　　　　　　　B. 筛选环境影响

C. 量化环境影响　　　　　　　　　　　D. 计算项目的可行性指标

26. 建设项目竣工环境保护验收时，核查验收范围应包括（　　　　）。

A. 核查工程组成、辅助工程、公用部分等

B. 核查周围是否存在环境保护敏感区

C. 核实验收标准

D. 核实该项目环境保护设施建成及环保措施落实情况

27. 建设项目竣工环境保护验收时，下列选项属于污染物达标排放监测内容的是（　　　　）。

A. 建设项目的无组织排放

B. 排放到环境中的各种废气、废水

C. 各种废水、废气处理设施的处理效率

D. 国家规定总量控制污染物指标的污染物排放总量

28. 建设项目竣工环境保护验收调查报告编制的技术要求有（　　　　）。

A. 选用合适的评价判别标准

B. 选取验收调查因子，确定适用的调查方法

C. 正确确定验收调查范围，明确验收调查重点

D. 用适当的分析评价方法分析评价验收调查结果

29. 当调查对象为自然生态时，生态环境影响调查运营期工作中应选用的方法有（　　　　）。

A. 生物多样性影响分析　　　　　　　　B. 格局、功能动态分析

C. 影响区现状勘查　　　　　　　　　　D. 生态防治工程现场核查

30. 环境影响调查与分析工作中，在验收调查结论中必须回答的问题有（　　　　）。
A. 影响性质　　　　　　　　　　　　　B. 影响方式
C. 对策建议　　　　　　　　　　　　　D. 验收意见

31. 下列有关污染物排放总量核算技术要求的表述，正确的有（　　　　）。
A. 某污染物监测结果小于规定监测方法下限时，不参与总量核算
B. 根据排污单位年工作的实际天数计算污染物年排放总量
C. 排放总量核算项目为国家或地方规定实施污染物总量控制的指标
D. 依据实际监测情况，确定某一监测点某一时段内污染物排放总量

32. 大气污染源调查中，线源调查内容包括（　　　　）。
A. 线源几何尺寸　　　　　　　　　　　B. 道路宽度
C. 各种车型的污染物排放速率　　　　　D. 各时段车流量、车型比例

33. 常规高空气象探测资料的调查项目包括（　　　　）。
A. 探空数据层数　　　　　　　　　　　B. 降水类型
C. 相对湿度　　　　　　　　　　　　　D. 气温温度

34. 以下大气污染源中属于体源的是（　　　　）。
A. 焦炉炉体　　　B. 集气筒　　　C. 屋顶天窗　　　D. 烟囱

35. 大气环境影响评价的工作程序分为三个阶段，以下属于第二阶段工作的是（　　　　）。
A. 污染源的调查与核实　　　　　　　　B. 完成环境影响评价文件的编写
C. 大气环境影响预测与评价　　　　　　D. 环境空气敏感区调查

36. 下列说法正确的是（　　　　）。
A. 在河口海湾等近海水域，潮流对污染物的输移和扩散起主要作用
B. 水流的动力条件是污染物在河口海湾中得以输移扩散的决定性因素
C. 潮流是内外海潮波进入沿岸海域和海湾时的变形而形成的浅海特有的潮波运动形态
D. 潮流对于海域内污染物的输运和扩散、海湾的水交换起着非常重要的作用

37. 下列选项中，关于噪声监测布点原则说法正确的是（　　　　）。
A. 布点应覆盖整个评价范围，包括厂界和敏感目标。当敏感目标高于（含）三层建筑时，还应选取不同楼层设置测点
B. 对于噪声起伏较大的情况，应适当减少昼间、夜间时段的测量，以便与相应标准对照
C. 评价范围内没有明显声源且声级较低时，可选择代表性区域布点
D. 评价范围内有明显声源，应根据声源种类采取不同的监测布点原则

38. 关于烟气热释放率，下列说法正确的是（　　　　）。
A. 与现场大气压成正比
B. 与实际排烟率成正比
C. 与烟温（绝对温度）成反比
D. 与风速成反比

39. 大气污染源按照几何形状来划分，可分为（　　　　）。
A. 点源　　　　　B. 线源　　　　　C. 面源　　　　　D. 体源

40. 水环境影响预测条件中应确定的内容有（　　　　）。
A. 筛选拟预测的水质参数
B. 水质模拟参数和边界条件（或初始条件）

C. 选择确定预测方法

D. 拟预测的排污状况

41. 对于连续排放的持久性污染物的横向混合过程所适用的水质模式包括（　　　　）。

    A. 河流二维稳态混合模式

    B. 河流一维稳态模式

    C. 河流二维累积流量模式

    D. 河流二维稳态累积流量衰减模式

42. 预测声环境影响时，需要收集的基础资料包括（　　　　）。

    A. 建设项目的建筑布局　　　　　　　　B. 声源的相关资料

    C. 声波的传播条件　　　　　　　　　　D. 相关的气象参数

43. 国家规定的大气污染物总量控制指标有（　　　　）。

    A. 烟尘　　　　B. 一氧化碳　　　　C. 二氧化硫　　　　D. 二氧化碳

44. 生态现状调查方法包括（　　　　）。

    A. 资料收集法　　　　　　　　　　　　B. 生态监测法

    C. 图形叠置法　　　　　　　　　　　　D. 遥感调查法

45. Carlson 的营养状况指数法预测富营养化，其认为湖泊中总磷与（　　　　）之间存在一定的关系。

    A. 透明度　　　　　　　　　　　　　　B. 年出湖水量

    C. 输入与输出磷　　　　　　　　　　　D. 叶绿素 a

46. 以下关于景观阈值的说法，正确的是（　　　　）。

    A. 景观阈值与植被关系密切

    B. 一般情况下，灌丛的景观阈值高于草本

    C. 景观阈值指景观体对外界干扰的耐受能力、同化能力和恢复能力

    D. 生态系统破碎化程度高的景观阈值高

47. 固体废物填埋场渗滤液的来源有（　　　　）。

    A. 降水　　　　　　　　　　　　　　　B. 地下水

    C. 地表水　　　　　　　　　　　　　　D. 填埋场中的废物含有的水

48. 填埋场中填埋的可降解有机物在（　　　　）假设条件下计算得到填埋场的理论产气量。

    A. 有机物完全降解矿化

    B. 基质和营养物质均衡，满足微生物的代谢需要

    C. 主要降解产物为 CH_4 和 CO_2

    D. 碳元素可用于微生物的细胞合成

49. 垃圾填埋场污染防治措施的主要内容包括（　　　　）。

    A. 除尘脱硫措施

    B. 减震防噪措施

    C. 释放气的导排或综合利用措施以及防臭措施

    D. 渗滤液的治理和控制措施以及填埋场衬里破裂补救措施

50. 生态影响预测一般采取的方法有（　　　　）。

    A. 类比分析法　　　　　　　　　　　　B. 生态机理分析法

    C. 土壤侵蚀预测法　　　　　　　　　　D. 景观生态学法

模拟试卷（三）参考答案

一、单项选择题

1. C	2. B	3. C	4. A	5. D	6. B	7. A	8. C
9. B	10. A	11. B	12. A	13. C	14. D	15. C	16. B
17. D	18. D	19. B	20. A	21. D	22. A	23. A	24. C
25. B	26. B	27. A	28. B	29. B	30. A	31. D	32. B
33. A	34. B	35. D	36. C	37. C	38. D	39. B	40. C
41. D	42. A	43. B	44. C	45. C	46. B	47. D	48. A
49. D	50. D						

二、不定项选择题

1. ABCD	2. BCD	3. BCD	4. ACD	5. ACD	6. ABCD
7. ABCD	8. ACD	9. BCD	10. AB	11. ABCD	12. ABCD
13. ABCD	14. ABCD	15. ACD	16. ABC	17. ACD	18. ACD
19. AD	20. ABD	21. BC	22. AC	23. BC	24. ABCD
25. AD	26. ABD	27. ABD	28. ABCD	29. ABC	30. ABCD
31. ABCD	32. ABCD	33. AD	34. AC	35. AC	36. ABCD
37. ACD	38. ABC	39. ABCD	40. ABD	41. AC	42. ABCD
43. AC	44. ABD	45. AD	46. ABC	47. ABCD	48. ABC
49. BCD	50. ABCD				

模拟试卷（四）

一、单项选择题（本题型共 50 题，每题 1 分，共 50 分）

1. 关于环境现状调查的要求，不正确的是（ ）。

A. 任何级别的评价都必须进行现场勘察

B. 一级评价应给出采样地样方实测等方法测定的生物量数据

C. 二级评价的生物量和物种多样性调查可依据已有资料推断

D. 三级评价可充分借鉴已有资料进行说明

2. 下列选项中不属于环境现状调查方法的是（ ）。

A. 遥感法 B. 类比法

C. 现场调查法 D. 收集资料法

3. 生命周期评价主要是一个产品系统生命周期中的（ ）对环境影响的汇编和评价。

A. 生产工艺、产品包装和销售过程

B. 销售、使用和报废后处理与处置

C. 原材料的堆放、运输和使用过程以及产品生产的过程

D. 原材料的采掘、产品的生产过程、产品的销售和报废后的处理与处置

4. 一家工业企业年耗新水量为 300 万吨，重复利用水量为 150 万吨，其中工艺水回用量 80 万吨，冷却水循环量为 20 万吨，污水回用量 80 万吨；间接冷却水系统补充新水量 45 万吨，工艺水取水量 120 万吨。则该企业的工艺水回用率为（ ）。

A. 40% B. 41.6%

C. 53.3% D. 66.7%

5. 通过全场物料的投入产出分析，核算无组织排放量，此法为（ ）。

A. 现场实测法 B. 类比法

C. 物料衡算法 D. 模拟法

6. 当一个新建项目全部指标的清洁生产水平达到（ ）水平时，尚需做出比较大的调整和改进。

A. 一级 B. 二级

C. 三级 D. 四级

7. 在分析环保设施投资构成及其在总投资中所占的比例时，一般可按水、气、声、固废、绿化等列出环保投资一览表，但对技改扩建项目，一览表还应包括（ ）的环保投资。

A. 以新带老 B. 以老带新

C. 引资 D. 原有

8. 气体泄漏速率计算公式 $Q_G = YC_dA\rho\sqrt{\dfrac{MK}{RT_G}\left(\dfrac{2}{K+1}\right)^{\frac{K+1}{K-1}}}$，其中 K 表示（ ）。

A. 气体的绝热指数 B. 流出系数

C. 气体泄漏系数 D. 气体常数

9. 电厂监测烟气流量为200m³/h（标态），烟尘进治理设施前浓度为1200mg/m³，排放浓度为200mg/m³，未监测二氧化硫排放浓度，年运转300天，每天20h；年用煤量为300t，煤含硫率为1.2%，无脱硫设施。该电厂烟尘排放量是（　　　）kg/a。

　　A. 2400　　　　　　B. 240　　　　　　C. 24000　　　　　　D. 240000

10. 下列内容不属于噪声和放射性分析内容的是（　　　）。

　　A. 成分　　　　　B. 源强　　　　　C. 剂量　　　　　D. 分布

11. 大气环境影响评价中，应根据（　　　）确定项目的大气环境影响评价范围。

　　A. 项目排放污染物的最远影响范围

　　B. 评价等级

　　C. 项目排放污染物的排放量

　　D. 项目排放污染物的排放浓度

12. 采取了减缓措施后，环境影响的表述为（　　　）。

　　A. ［拟建项目］＋［环境］→｛变化的环境｝

　　B. ［拟建项目］＋［活动］→｛变化的环境｝

　　C. （活动）$_i$（要素）$_j$→（影响）$_{ij}$→（预测和评价）→减缓措施→（剩余影响）$_{ji}$

　　D. （活动）$_i$（要素）$_j$→（预测和评价）→减缓措施→（剩余影响）$_{ji}$

13. 某地环境监测部门对该地某项目进行了环保验收监测。该项目位于环境空气质量三类功能区和二氧化硫污染控制区，锅炉年运行小时按8000h，当地政府对该项目锅炉下达的废气污染物总量控制指标为SO_2 27t/a，烟尘19t/a。锅炉环保验收监测结果如下表。

烟囱高度/m		25
烟气量/（m³/h）		11500
锅炉额定蒸发量/（t/h）		7
过量空气系数		3.2
SO_2浓度/（mg/m³）	除尘器前	320
	除尘器后	310
烟尘浓度/（mg/m³）	除尘器前	1200
	除尘器后	200

已知：《锅炉大气污染物排放标准》（GB 13271—2001）中，锅炉过量空气系数为1.8；三类区锅炉烟尘最高允许排放浓度Ⅰ时段为350mg/m³，Ⅱ时段为250mg/m³；SO_2最高允许排放浓度Ⅰ时段为1200mg/m³，Ⅱ时段为900mg/m³。

锅炉房装机总容量/（t/h）	<1	1～<2	2～<4	4～<10	10～<20
烟囱最低允许高度/m	20	25	30	35	40

SO_2排放量和烟尘排放量是否超过当地政府下达的总量控制指标？（　　　）

　　A. SO_2排放量和烟尘排放量均未超过

　　B. SO_2排放量和烟尘排放量均超过

　　C. SO_2排放量超过，烟尘排放量未超过

　　D. SO_2排放量未超过，烟尘排放量超过

14. 为了达到更好的烟（粉）尘的治理效果，采用燃烧技术时，在燃烧过程中供给的空气量要（　　　），使燃料完全燃烧。

A. 更多　　　　　　　　　　　　　B. 一般

C. 更少　　　　　　　　　　　　　D. 没有数量关系

15. 保护生态系统的整体性，是以保护（　　　　）为核心，保护生物的生境。

A. 生物的多样性　　　　　　　　B. 物种

C. 群落　　　　　　　　　　　　D. 生态系统

16. 下列几种活性污泥法中，具有占地大、投资高、运行费用也高的缺点的是（　　　　）。

A. 氧化沟　　　　　　　　　　　B. 完全混合法

C. 阶段曝气法　　　　　　　　　D. 传统活性污泥法

17. 不属于二氧化硫控制方法的是（　　　　）。

A. 燃料脱硫

B. 燃料烟气进行脱硫

C. 采用低硫燃料和清洁能源替代

D. 在锅炉流化燃料过程中向炉内喷入纯碱粉末与二氧化硫发生反应以达到脱硫效果

18. 好氧堆肥堆温较高，一般在（　　　　）℃。

A. 25～35　　　　B. 35～45　　　　C. 35～55　　　　D. 55～65

19. 下列对于费用效益分析的相关表述，有误的是（　　　　）。

A. 费用效益分析是对可研报告中的项目财务分析的扩展和补充

B. 费用效益分析是在财务分析的基础上评价项目、规划、政策的可行性

C. 费用效益分析是从环保的角度，评价项目、规划或政策对整个社会的净贡献

D. 费用效益分析又称国民经济分析、经济分析，是环境影响的经济评价中使用的一个重要的经济评价方法

20. 用复制具有相似环境功能的工程的费用来表示该环境的价值，此法在环境影响经济评价中称（　　　　）。

A. 影子工程法　　　　　　　　　B. 机会成本法

C. 隐含价格法　　　　　　　　　D. 反向评估法

21. 森林具有涵养水源的生态功能，假如一片森林涵养水源量是300万立方米，在当地建造一个300万立方米库容的水库的费用是400万元，那么，用这400万元的建库费用，来表示这片森林的涵养水源的生态价值，此种环境影响经济评价的方法是（　　　　）。

A. 隐含价格法　　　　　　　　　B. 恢复或重置费用法

C. 影子工程法　　　　　　　　　D. 生产力损失法

22. 当项目的经济内部收益率（　　　　）行业基准收益率时，表示该项目是可行的。

A. 小于　　　　　　　　　　　　B. 不小于

C. 大于　　　　　　　　　　　　D. 不大于

23. 费用效益分析法中的经济净现值是用社会贴现率将项目计算期内各年的（　　　　）折算到建设起点的现值之和。

A. 现金流入量　　　　　　　　　B. 息税前利润

C. 净现金流量　　　　　　　　　D. 净收益

24. 理论上，环境影响经济损益分析的步骤是（　　　　）。

A. 量化环境影响→筛选环境影响→评估环境影响的货币化价值→将货币化的环境影响价值纳入项目的经济分析

B. 筛选环境影响→量化环境影响→评估环境影响的货币化价值→将货币化的环境

影响价值纳入项目的经济分析

    C. 筛选环境影响→评估环境影响的货币化价值→量化环境影响→将货币化的环境影响价值纳入项目的经济分析

    D. 筛选环境影响→将货币化的环境影响价值纳入项目的经济分析→量化环境影响→评估环境影响的货币化价值

25. 建设项目竣工环境保护验收时，大气污染物最高允许排放浓度和最高允许排放速率指的是（　　　　）。

    A. 连续 1h 采样平均值

    B. 连续 24h 采样平均值

    C. 连续 24h 采样平均值或 24h 等时间间隔采集样品平均值

    D. 连续 1h 采样平均值或 1h 内等时间间隔采集样品平均值

26. 建设项目竣工环境保护验收时，声级计在测试前后要与标准发生源进行校准，测量前后仪器的灵敏度相差应不大于（　　　　）。

    A. 0.3dB   B. 0.5dB   C. 1.0dB   D. 1.2dB

27. 建设项目竣工环境保护验收时，对非稳定废水连续排放源，采用等时采样方法测试，每个周期依据实际排放情况，按每（　　　　）采样和测试一次。

    A. 1～2h   B. 1～3h   C. 2～4h   D. 3～4h

28. 下列关于建设项目环境保护验收工作中一些具体要求的表述，不正确的是（　　　　）。

    A. 工作中应落实"以新带老"，改进落后工艺和治理老污染源的政策

    B. 对项目所排污染物，国家已有行业污染物排放标准的，应优先执行行业标准

    C. 对建设项目中既是环保设备又是生产环节的装置，不可以工程设计指标作为环保设施的设计指标

    D. 建设项目竣工环境保护验收所执行的环境标准，应以环评阶段执行的标准为验收标准，同时按现行标准进行校核

29. 建设项目竣工环境保护验收时，高速公路噪声监测应在声屏障保护的敏感建筑物外（　　　　）处布设观测点位，进行声屏障的降噪效果测量。

    A. 1m   B. 1.5m   C. 2m   D. 3m

30. 建设项目竣工环境保护验收时，高速公路噪声监测应在公路两侧距路肩小于或等于 200m 范围内选取至少（　　　　）有代表性的噪声敏感区域，分别设点进行监测。

    A. 3个   B. 4个   C. 5个   D. 6个

31. 对于大气污染一级评价项目，小时浓度应至少获取当地（　　　　）小时浓度值。

    A. 8   B. 5   C. 4   D. 3

32. 以下属于地面气象观测资料常规调查项目的是（　　　　）。

    A. 湿球温度   B. 时间   C. 降水量   D. 相对湿度

33. 进行大气环境影响预测时，在计算（　　　　）时，可不考虑 SO_2 的转化。

    A. 1h 平均浓度   B. 日平均浓度   C. 月平均浓度   D. 年平均浓度

34. 大气环境影响评价估算模式是一种（　　　　）预测模式，适用于建设项目评价等级及评价范围的确定工作。

    A. 单源   B. 二源   C. 三源   D. 多源

35. 在确定大气环境影响评价范围时，应以排放源为中心点，以（　　　　）为半径的圆或（　　　　）为边长的矩形作为大气环境影响评价范围。

    A. $D_{10\%}$ $D_{10\%}$ B. $D_{10\%}$ $2D_{10\%}$ C. $2D_{10\%}$ $D_{10\%}$ D. $2D_{10\%}$ $2D_{10\%}$

36. 大气环境影响监测时，一级评价项目，监测点应包括评价范围内有代表性的环境空气保护目标，点位不少于（　　　　）个。

    A. 15　　　　　　　B. 10　　　　　　　C. 6　　　　　　　D. 4

37. 影响地面水环境质量的污染物按排放方式可分为（　　　　）。

    A. 点源和面源

    B. 集中排放和分散排放

    C. 直接进入和间接进入

    D. 持久性污染物和非持久性污染物

38. 河口水样保存、分析的原则与方法依水样的盐度而不同，对水样盐度（　　　　）者，按海湾原则与方法进行。

    A. 不小于2%　　　B. 不大于2%　　　C. 不小于3‰　　　D. 不大于3‰

39. 水质评价方法通常采用单因子指数评价法，推荐采用（　　　　）。

    A. 算术平均法　　B. 幂指数法　　　C. 标准指数法　　D. 加权平均法

40. 根据所调查常规高空气象探测站的实际探测时次确定，一般应至少调查每日（　　　　）的距地面（　　　　）高度以下的高空气象探测资料。

    A. 2次　1500m　　B. 2次　800m　　C. 1次　1500m　　D. 1次　800m

41. 下列选项中，关于非点源调查说法不正确的是（　　　　）。

    A. 调查内容：工业类非点源污染源、其他非点源污染源

    B. 调查原则：一般采用实测的方法，不进行资料收集

    C. 污染源采样分析方法：按《污水综合排放标准》（GB 8978—1996）规定执行

    D. 污染源资料的分析整理：对收集到的和实测的污染源资料进行检查，找出相互矛盾和错误之处

42. 关于河流水质采样取样方式，错误的是（　　　　）。

    A. 三级评价：每个取样点的水样均应分析，不取混合样

    B. 三级评价：原则上只取断面混合水样

    C. 二级评价：需要预测混合过程段水质的场合，每次应将该段内各取样断面中每条垂线上的水样混合成一个水样。其他情况每个取样断面每次只取一个混合水样，即将断面上各处所取水样混合成一个水样

    D. 一级评价：每个取样点的水样均应分析，不取混合样

43. 等效声级贡献值（L_{eqg}）的数学表达式是（　　　　）。

    A. $L_{eqg} = 10\lg\left(\dfrac{1}{T}\sum_i t_i 10^{0.1L_{A_i}}\right)$

    B. $c = \sqrt{\dfrac{c_{级}^2 + c_{均}^2}{2}}$

    C. $\mathrm{WECPNL} = \overline{\mathrm{EPNL}} + 10\lg(N_1 + 3N_2 + 10N_3) - 39.4$

    D. $EQ = \sum\limits_{i=1}^{N} \dfrac{A_i}{N}$

44. 生态价值评价图法中，计算每个网格的生态价值指数的公式是（　　　　）。

    A. $EQ = \sum\limits_{i=1}^{N} \dfrac{A_i}{N}$

    B. $L_{eq} = 10\lg\left[\dfrac{1}{T}\int_0^T 10^{0.1L_A(t)}\,\mathrm{d}t\right]$

    C. $IEV = \sum\limits_{i=1}^{N}(E_i \times R_i \times S_i \times V_i)$

D. $CV = \sum_{i=1}^{N} C_i$

45. 下列不属于法规确定的生态环境保护目标的是（　　　　）。
   A. 学校、医院和人口密集的居民社区
   B. 珍稀、濒危的野生动植物自然分布区域
   C. 具有代表性的各种类型的自然生态系统区域
   D. 具有重大科学文化价值的地质构造、著名溶洞和化石分布区、冰川、火山、温泉等自然遗迹

46. 对连续点源扩散、各种尺度的湍流同时参与扩散过程，扩散速度和范围以峰值浓度轴线为坐标轴，通常用（　　　　）进行计算。
   A. 赫-帕斯奎尔模式　B. 烟团模式　　　C. 萨顿模式　　　　D. 高斯烟羽模式

47. SO_2 转化的半衰期可取（　　　　）。
   A. 1h　　　　　B. 2h　　　　　C. 4h　　　　　D. 8h

48. 一河段的上断面处有一岸边污水排放口稳定地向河流排放污水，其污水特征为：$Q_h = 19440m^3/d$，$COD_{Cr}(h) = 100mg/L$。河流水环境参数值为：$Q_p = 6.0m^3/s$，$COD_{Cr}(p) = 12mg/L$，$u = 0.1m/s$，$K_c = 0.5L/d$。假设污水进入河流后立即与河水均匀混合，在距排污口下游 10km 的某断面处，河水中 COD_{Cr} 浓度是（　　　　）mg/L。
   A. 19.0　　　　B. 8.52　　　　C. 28　　　　D. 7.6

49. 不同评价级别项目生态影响预测内容要求有所不同，如评价级别为 2 级项目，则（　　　　）。
   A. 只做单项预测
   B. 对关键评价因子（如对绿地、珍惜濒危物种、荒漠等）进行预测
   C. 对所有重要评价因子进行单项预测
   D. 除进行单项预测外，还要对区域性全方位的影响进行预测

50. 对生态完整性影响预测采用的技术方法为（　　　　）。
   A. 图形叠置法　　　B. 试验模拟　　　C. 走访调查　　　D. 定点观测

二、不定项选择题（本题型共 50 题，每题 2 分，共 100 分）

1. 下列选项中，属于评价大纲范围的是（　　　　）。
   A. 总则
   B. 环境现状调查
   C. 拟建项目地区环境简况
   D. 建设项目概况和初步工程分析

2. 进行环境现状调查时，需要明确的内容包括（　　　　）。
   A. 评价范围　　　　　　　　　B. 评价时段
   C. 评价等级　　　　　　　　　D. 环境保护目标

3. 环境灾害中，属于气象水文灾害的包括（　　　　）。
   A. 酸雨　　　　　　　　　　　B. 洪涝
   C. 地面沉降　　　　　　　　　D. 沙尘暴

4. 关于物料衡算法，下列说法正确的是（　　　　）。
   A. 运用质量守恒定律核算污染物排放量
   B. 是用于计算污染物排放量的常规和最基本的方法
   C. 生产过程中投入系统的物料总量必须等于产品数量

D. 从理论上讲，该方法用于计算污染物排放量是最精确的

5. 在环评中引入清洁生产，可以（　　　　）。

   A. 提高建设项目的市场竞争力

   B. 降低建设项目的环境责任风险

   C. 提高建设项目的环境可靠性

   D. 减轻建设项目末端处理的负担

6. 下列选项中，可作为清洁生产中的新水用量指标的是（　　　　）。

   A. 万元产值取水量　　　　　　　　　B. 单位产品循环用水量

   C. 工艺水回用率　　　　　　　　　　D. 单位产品新水用量

7. 在建设项目可行性报告中不能满足工程分析的需要时，目前可供选择的方法有（　　　　）。

   A. 专业判断法　　　　　　　　　　　B. 数学模式法

   C. 资料复用法　　　　　　　　　　　D. 物料衡算法

8. 通常在统计技改扩建项目污染物排放量时应算清新老污染源"三本账"，这"三本账"具体包括（　　　　）。

   A. 技改扩建前污染物削减量　　　　　B. 技改扩建前污染物排放量

   C. 技改扩建项目污染物排放量　　　　D. 技改扩建完成后污染物排放量

9. 下列方法属于事故风险源项的定量分析方法的是（　　　　）。

   A. 加权法　　　　　　　　　　　　　B. 故障树分析法

   C. 危险指数法　　　　　　　　　　　D. 事件树分析法

10. 生态影响型项目分析的技术要点一般包括（　　　　）。

    A. 污染源分析　　　　　　　　　　　B. 工程组成完全

    C. 重点工程明确　　　　　　　　　　D. 其他分析

11. 风险排污包括（　　　　）。

    A. 事故排污　　　　　　　　　　　　B. 异常排污

    C. 违章排污　　　　　　　　　　　　D. 间断性排污

12. 新水用量指标包括（　　　　）。

    A. 单位产品循环用水量　　　　　　　B. 单位产品新水用量

    C. 间接冷却水循环率　　　　　　　　D. 工业用水重复利用率

13. 下列区域（　　　　）属于《建设项目环境保护分类管理名录》规定的环境敏感区。

    A. 地质公园　　　　　　　　　　　　B. 天然林

    C. 红树林　　　　　　　　　　　　　D. 文教区

14. 网络法除了具备相关矩阵的发达功能外，还可以识别（　　　　）。

    A. 累计影响　　　　　　　　　　　　B. 综合影响

    C. 直接影响　　　　　　　　　　　　D. 间接影响

15. 大型火电厂和大型水泥厂多采用（　　　　）进行除尘。

    A. 惯性除尘器　　　　　　　　　　　B. 离心力除尘器

    C. 布袋除尘器　　　　　　　　　　　D. 静电除尘器

16. 下列方法中属于固体废物处置常见的预处理方法的是（　　　　）。

    A. 分选　　　　　　B. 压实　　　　　　C. 破碎　　　　　　D. 堆肥

17. 下列选项，关于生态影响补偿的说法正确的是（　　　　）。

    A. 就地补偿建立的新系统要与原系统完全一致

    B. 异地补偿要注意补偿地点和补偿形式与建设地区生态类型和功能的联系

C. 补偿可在当地，也可在异地

D. 异地补偿应在补偿量上与原系统等当量

18. 水土流失生物措施的实施中，最为关键的是（　　　）。

A. 绿化
B. 土地整治
C. 生物入侵
D. 表层土壤的覆盖

19. 废水厌氧生物处理是指在缺氧条件下通过厌氧微生物（包括兼氧微生物）的作用，将废水中的各种复杂有机物分解转化成（　　　）。

A. 氮气
B. 甲烷
C. 一氧化碳
D. 二氧化碳

20. 大气环境影响评价推荐预测模式发布的内容包括（　　　）。

A. 使用说明
B. 执行文件
C. 技术文档
D. 应用案例

21. 建设项目环境影响经济损益评价包括（　　　）。

A. 各环境要素的经济影响评价

B. 建设项目环境影响经济评价

C. 环保措施的经济损益评价

D. 进行环境保护措施的经济论证以选择适宜的环境保护措施

22. 下面列举的环境所具有的各种价值中，属于环境的间接使用价值的是（　　　）。

A. 涵养水源
B. 防风固沙
C. 平衡碳氧
D. 独特景观

23. 环境价值评估方法可分为三组，其中第 I 组方法都有完善的理论基础，是对环境价值（以支付意愿衡量）的正确度量，可称为标准的环境价值评估法，包括有（　　　）。

A. 人力资本法
B. 旅行费用法
C. 机会成本法
D. 成果参照法

24. 建设项目竣工环境保护验收达标的主要依据是（　　　）。

A. 污染物达标排放
B. 环境质量达标
C. 总量控制满足要求
D. 生产安全达标

25. 建设项目竣工环境保护验收时，验收调查评价判别标准主要包括（　　　）。

A. 国家、行业和地方规定的标准和规范

B. 背景或本地标准

C. 废水、废气、噪声监测标准

D. 科学研究已判定的生态效应

26. 下列各项属于建设项目竣工环境保护验收监测与调查的内容范围的有（　　　）。

A. 监测分析评价治理设施处理效果或治理工程的环境效益

B. 检查污染物排放总量控制情况

C. 检查清洁生产考核指标达标情况

D. 监测统计国家规定的总量控制污染物排放指标的达标情况

27. 建设项目竣工环境保护验收调查工作中的验收调查方法有（　　　）。

A. 文件核实法
B. 遥感调查法
C. 公众意见调查法
D. 现场勘察、监测法

28. 总体上，环境影响调查与分析工作中，现况调查与分析的内容主要有（　　　）。

A. 社会影响
B. 人体健康影响
C. 生态影响
D. 污染影响

29. 环境影响调查与分析工作中，编写现况调查和专题调查分析时的基本要求有（   ）。

A. 调查分析结论和建议要具体明确

B. 分别简述各专题的主要调查结果和存在的主要问题

C. 对调查结果进行分析时，应突出调查的重点问题及因子

D. 对调查情况进行说明时，各专题相应的调查因子、调查范围、调查手段、分析方法、评价标准和评估依据，应严格按实施方案的具体要求进行编写

30. 大气污染源调查中，颗粒物粒径分布的调查内容包括（   ）。

A. 颗粒物粒径分级   B. 颗粒物的分级粒径

C. 各级颗粒物的质量密度   D. 各级颗粒物占的质量比

31. 大气环境影响预测的计算点包括（   ）。

A. 环境空气敏感区   B. 预测范围内的网格点

C. 区域最大地面浓度点   D. 区域最小地面浓度点

32. （   ）评价应选择《环境影响评价技术导则——大气环境》推荐模式清单中的进一步预测模式进行大气环境影响预测工作。

A. 一级   B. 二级   C. 三级   D. 四级

33. 下列选项中关于河川径流概念正确的是（   ）。

A. 径流系数 α：某一时段内径流深与相应降雨深 P 的比值

B. 径流深 Y：$Y = \dfrac{QT}{1000F}$（F 为流域面积，单位 km^2）

C. 径流总量 W：在 T 时段内通过河流某一断面的总水量，$W = QT$

D. 流量 Q：单位时间通过河流某一断面的水量，单位为 m^3/s

34. 关于湖泊水库取样次数，说法正确的是（   ）。

A. 在所规定的不同规模湖泊、不同评价等级的调查时期中，每期调查一次，每次调查 3～4 天，至少有一天对所有已选定的水质参数取样分析

B. 在所规定的不同规模湖泊、不同评价等级的调查时期中，每期调查一次，每次调查 7 天，至少有一天对所有已选定的水质参数取样分析

C. 表层溶解氧和水温每隔 6h 测一次，并在调查期内适当检测藻类

D. 表层溶解氧和水温每隔 8h 测一次，并在调查期内适当检测藻类

35. 水环境现状调查和监测过程中，关于调查时间的确定原则下列说法正确的是（   ）。

A. 评价等级不同，对调查时期的要求也有所不同

B. 根据当地水文资料确定河流、湖泊、水库的丰水期、平水期、枯水期，同时确定最能代表这三个时期的季节和月份

C. 冰封期较长的水域，且作为生活饮用水、食品加工用水的水源或渔业用水时，不用调查冰封期的水质水文情况

D. 当被调查的范围内面源污染严重，丰水期水质劣于枯水期时，一、二级评价的各类水域应调查丰水期，若时间允许，三级也应调查丰水期

36. 以下关于湖泊、水库水质的取样方式正确的是（   ）。

A. 小型湖泊、水库：水深大于 10m，一般只取一个混合样

B. 小型湖泊、水库：平均水深小于 10m，每个取样位置取一个水样

C. 大型湖泊、水库：各取样位置上不同深度的水样均不混合

D. 大型湖泊、水库：一般只取大于一个的混合样

37. 有关样地调查收割法中样地面积的确定，下列说法正确的是（　　　　）。
    A. 疏林选用 800m²   B. 森林选用 1000m²
    C. 灌木林选用 500m²   D. 草本群落选用 100m²

38. 空气质量现状调查资料的来源有（　　　　）。
    A. 评价范围内及邻近评价范围的各例行空气质量监测点的近三年与项目有关的监测资料
    B. 收集近两年与项目有关的历史监测资料
    C. 进行现场监测
    D. 咨询有关专家

39. S-P 模型的基本假设包括（　　　　）。
    A. 污染物在河流横断面上完全混合
    B. 氧化和复氧是二级反应
    C. 氧亏的净变化仅是水中有机物耗氧和通过液-气界面的大气复氧的函数
    D. 河流为二维恒定流

40. 水质模型的标定，通常采用的方法包括（　　　　）。
    A. 平均值的比较   B. 参数检验
    C. 回归分析   D. 相对误差

41. 关于采用物理模型法预测地表水水质变化的说法正确的是（　　　　）。
    A. 此方法是依据相似理论，在一定比例缩小的环境模型上进行水质模拟实验，以预测由建设项目引起的水体水质变化
    B. 一般情况下采用此法比较简便，应首先考虑
    C. 该方法能够反映比较复杂的水环境特点，且定量化程度较高，再现性好
    D. 此种方法属于定性或半定量性质

42. 在选择河流水质模型时，必须要考虑的技术性问题有（　　　　）。
    A. 水质模型的空间维数
    B. 水质模型所描述（或所使用）的时间尺度
    C. 获得河流水质监测数据的难易程度
    D. 水质模型中的变量和动力学结构

43. 大气环境影响一级评价项目的预测内容包括（　　　　）。
    A. 全年逐时或逐次小时气象条件下，环境空气保护目标、网格点处的地面浓度和评价范围内的最大地面小时浓度
    B. 长期气象条件下，环境空气保护目标、网格点处的地面浓度和评价范围内的最大地面年平均浓度
    C. 非正常排放情况，全年逐时或逐次小时气象条件下，环境空气保护目标的最大地面小时浓度和评价范围内的最大地面小时浓度
    D. 对于施工期超过一年的项目，并且施工期排放的污染物影响较大，还应预测施工期间的大气环境质量

44. 风蚀强度分级按（　　　　）三项指标划分。
    A. 植被覆盖度（%）   B. 生物量
    C. 年风蚀厚度（mm）   D. 侵蚀模数 [t/(km²·a)]

45. 在进行生态环境影响预测或分析时，需注意的问题有（　　　　）。
    A. 持生态系统为开放性系统观
    B. 持生态系统为地域差异性系统观

C. 持生态系统为静态的系统观

D. 正确处理一般评价和生态环境影响特殊性问题

46. 生态影响评价采用类比法评价拟建工程的环境影响时，应（　　　　）。

A. 选择合适的类比对象

B. 明确类比调查的重点内容

C. 最好选择具有相似生态环境背景的类比对象

D. 选择非同属的一个生物地区

47. 表达水土流失的定量指标有（　　　　）。

A. 侵蚀模数　　　　　　　　　　　　　B. 侵蚀面积

C. 侵蚀量　　　　　　　　　　　　　　D. 侵蚀类型

48. 一般情况，下列属于"年轻"填埋场的渗滤液水质特点的有（　　　　）。

A. pH 值较低　　　　　　　　　　　　B. 色度大

C. BOD_5 及 COD 浓度较低　　　　　D. 各类重金属离子浓度较高

49. 下列关于运行中的垃圾填埋场对环境的主要影响，说法正确的是（　　　　）。

A. 径流填埋区的地表径流可能受到污染

B. 填埋作业及垃圾堆体可能造成滑坡、崩塌、泥石流等地质环境影响

C. 填埋场产生的气体排放可能发生的爆炸对公众安全的威胁

D. 填埋场工人生活噪声对公众产生一定的影响

50. 下列（　　　　）类型的影响更适于采取环境承载力分析方法。

A. 土地利用规划　　　　　　　　　　B. 自然保护区的休闲使用

C. 公共设施的管理　　　　　　　　　D. 野生生物的管理

模拟试卷 (四) 参考答案

一、单项选择题

1. A	2. B	3. D	4. A	5. C	6. C	7. A	8. A
9. B	10. A	11. A	12. C	13. C	14. B	15. A	16. A
17. D	18. D	19. C	20. A	21. C	22. C	23. D	24. B
25. D	26. B	27. C	28. C	29. A	30. C	31. A	32. B
33. A	34. A	35. B	36. B	37. A	38. C	39. C	40. C
41. B	42. A	43. A	44. C	45. A	46. D	47. C	48. B
49. C	50. A						

二、不定项选择题

1. ABCD	2. ABCD	3. ABD	4. ABD	5. ABCD	6. ABCD
7. CD	8. BCD	9. BCD	10. ABCD	11. AB	12. ABCD
13. ABCD	14. BD	15. CD	16. ABC	17. BCD	18. BD
19. BD	20. ABCD	21. BC	22. ABC	23. BD	24. ABC
25. ABD	26. AD	27. ABCD	28. ACD	29. ACD	30. ABCD
31. ABC	32. AB	33. ABCD	34. AC	35. ABD	36. ABC
37. BCD	38. ACD	39. AC	40. ACD	41. AC	42. ABD
43. ABCD	44. ACD	45. ABD	46. ABC	47. ABC	48. ABD
49. ABC	50. ABCD				

模拟试卷（五）

一、单项选择题 （本题型共50题，每题1分，共50分）

1. 下列选项中不属于环境影响预测方法的是（　　　）。

　　A. 遥感法　　　　　　B. 专业判断法　　　　C. 数学模型法　　　D. 类比调查法

2. 下列选项中关于环境影响预测的阶段与时段不正确的是（　　　）。

　　A. 预测工作一般也要与三阶段两时段相对应

　　B. 建设项目环境影响一般分两个时段，即冬、夏两季或丰、枯水期

　　C. 建设项目的环境影响一般分为三个阶段，包括建设阶段、生产运营阶段和服务期满或退役阶段

　　D. 对于大中型项目的事故排放所造成的环境影响，可不列入环境影响预测内容

3. 下列选项，属于清洁生产评价指标中资源能源利用指标的是（　　　）。

　　A. 能耗指标、物耗指标和废物回收利用指标

　　B. 物耗指标、能耗指标和新水用量指标

　　C. 单位产品的物耗和能耗指标

　　D. 单位产品的物耗和能耗指标以及单位产品的新水用量指标

4. 一家工业企业年耗新水量为300万吨，重复利用水量为150万吨，其中工艺水回用量80万吨，冷却水循环量为20万吨，污水回用量80万吨；间接冷却水系统补充新水量45万吨，工艺水取水量120万吨。则该企业的间接冷却水循环利用率为（　　　）。

　　A. 13.3%　　　　　B. 6.7%　　　　　　C. 31.3%　　　　　D. 30.8%

5. 通过对同类工厂正常生产时无组织排放监控点的现场监测，利用面源扩散模式反推确定无组织排放量，此法为（　　　）。

　　A. 物料衡算法　　　B. 类比法　　　　　C. 反推法　　　　　D. 现场实测法

6. 运行期工程对生态影响的途径分析，主要包括工程运行改变了区域空间格局、土地和水体的利用状况，以及由此而影响了（　　　）状况。

　　A. 生态系统　　　　B. 生态景观　　　　C. 自然平衡　　　　D. 自然资源

7. 工程分析时使用的资料复用法，只能在评价等级为（　　　）的建设项目工程分析中使用。

　　A. 一级　　　　　　B. 较高　　　　　　C. 较低　　　　　　D. 以上都可以

8. 下列公式用来计算两相流泄漏速度的是（　　　）

　　A. $Q_G = Y C_d A \rho \sqrt{\dfrac{MK}{RT_G} \left(\dfrac{2}{K+1} \right)^{\frac{K+1}{K-1}}}$　　　B. $Q_L = C_d A \rho \sqrt{\dfrac{2(p-p_0)}{\rho} + 2gh}$

　　C. $Q_2 = \dfrac{\lambda S (T_0 - T_b)}{H \sqrt{\pi \alpha t}}$　　　　　　B. $Q_{LG} = C_d A \sqrt{2 \rho_m (p - p_C)}$

9. 有关风险识别，正确的选项是（　　　）。

　　A. 识别突发性事故产生的危害

　　B. 识别引起建设项目突发性事故的因素

　　C. 识别可能引发重大后果的影响因子

D. 在识别各种环境影响和工程分析的基础上进一步辨别风险影响因子

10. 关于划分环境影响程度的指标，下列表述正确的是（　　　　）。
   A. 轻度不利：外界压力引起某个环境因子的暂时性破坏或受干扰，环境的破坏或干扰能较快地自动恢复或再生，或者其替代与重建比较容易实现
   B. 中度不利：外界压力引起某个环境因子的损害和破坏，其替代或恢复是可能的，但相当困难且可能要付出较高的代价，并需比较长的时间
   C. 非常不利：外界压力引起某个环境因子无法替代、恢复和重建的损失，这种损失是永久的、不可逆的
   D. 极端不利：外界压力引起某个环境因子严重而长期的损害或损失，其代替、恢复和重建非常困难和昂贵，并需很长的时间

11. 《建设项目环境保护分类管理名录》将环境影响划分为（　　　　）。
   A. 重大影响、轻度影响、影响很小三类
   B. 重大影响、轻度影响、轻微影响三类
   C. 重大影响、中度影响、影响很小三类
   D. 重大影响、中度影响、轻微很小三类

12. 一级废水处理的任务主要是（　　　　）。
   A. 去除悬浮物和营养物
   B. 去除废水中悬浮状态的固体、呈分层或乳化状态的油类污染物
   C. 去除溶解性BOD，并部分去除悬浮固体物质
   D. 去除重金属

13. 国家禁止在坡度（　　　）的陡坡开垦种植农作物。
   A. 10°以上　　　B. 15°以上　　　C. 20°以上　　　D. 25°以上

14. 一般三级处理能够去除含氮物质的（　　　　）。
   A. 90%　　　B. 95%　　　C. 98%　　　D. 99%

15. 下列几种厌氧消化工艺中，工艺上与好氧的完全混合活性污泥法相类似的是（　　　）。
   A. 厌氧接触法　　　　　　　　　B. 厌氧流化床法
   C. 普通厌氧消化法　　　　　　　D. 上流式厌氧污泥法

16. 一般消声器可以实现（　　　）的噪声量，若减少通风量还可能提高设计的消声效果。
   A. 5～12dB　　　B. 10～25dB　　　C. 50～70dB　　　D. 70～100dB

17. 下列关于固体废物处置常用的方法表述错误的是（　　　　）。
   A. 卫生填埋及安全填埋，是把废物放置或储存在环境中，使其与环境隔绝的处置方法
   B. 焚烧即以一定的过剩空气量与被处理的有机废物在焚烧炉内进行氧化分解反应，废物中的有毒有害物质在高温中被氧化、分解
   C. 热解技术是在氧分压较低的条件下，利用热能将大分子量的有机物裂解为分子量相对较小的易于处理的化合物或燃料气体、油和炭黑等物质
   D. 堆肥法是利用自然界广泛分布的微生物的新陈代谢作用，在适宜的水分、通气条件下，进行微生物的自身繁殖，从而将可生物降解的有机物向稳定的腐殖质转化

18. 下列关于费用效益分析的内容、具体步骤等方面的叙述，表述不正确的有（　　　）。

A. 费用分析中所使用的价格是反映整个社会资源供给与需求状况的均衡价格

B. 费用效益分析中，补贴和税收被列入企业的收支项目中

C. 费用效益分析的第一步是基于财务分析中的现金流量表（财务现金流量表），编制用于费用效益分析的现金流量表（经济现金流量表）

D. 费用效益分析的第二步是计算项目的可行性指标

19. 用于评估环境污染和生态破坏造成的工农业等生产力的损失的方法称（　　）。

A. 人力资本法　　　B. 旅行费用法　　　C. 生产力损失法　　　D. 医疗费用法

20. 当经济净现值（　　）时，表示该项目的建设能为社会做出贡献，即项目是可行的。

A. 小于1　　　　　B. 大于1　　　　　C. 小于零　　　　　D. 大于零

21. 根据项目的内部收益率或净现值反推，估算出项目的环境成本不超过多少时，该项目才是可行的，此评估方法称（　　）。

A. 反向评估法　　　　　　　　B. 人力资本法

C. 恢复或重置费用法　　　　　D. 隐含价格法

22. 某地水土流失后的治理费用是85万元/km²，那么，该地水土流失的环境影响的损失就是85万元/km²，此计算方法属（　　）。

A. 机会成本法　　　B. 隐含价格法　　　C. 生产力损失法　　　D. 恢复或重置费用法

23. 费用效益分析法中的经济净现值是反映建设项目对国民经济所做贡献的（　　）指标。

A. 绝对量　　　　　B. 相对量　　　　　C. 社会　　　　　D. 经济

24. 建设项目竣工环境保护验收时，对于污水第一类污染物，不分行业和污染排放方式，也不分受纳水体的功能类别，一律在（　　）排放口考核。

A. 单位　　　　　　　　　　　B. 车间

C. 车间或车间处理设施　　　　D. 污水处理设施

25. 建设项目竣工环境保护验收时，对有明显生产周期的建设项目，废气的采样和测试一般为（　　）生产周期，每个周期3～5次。

A. 1～2个　　　　　B. 2个　　　　　C. 2～3个　　　　　D. 4～5个

26. 建设项目竣工环境保护验收时，废弃物无组织排放的监测频次一般不得少于（　　），每天（　　），每次连续1h采样或在1h内等时间间隔采样4个。

A. 1d　2次　　　　　　　　　B. 1d　3次

C. 2d　3次　　　　　　　　　D. 2d　4次

27. 建设项目竣工环境保护验收时，高速公路噪声监测应选择车流量有代表性的路段，在距高速公路路肩（　　），高度大于1.2m范围内布设24h连续测量点位。

A. 50m　　　　　　B. 60m　　　　　C. 70m　　　　　D. 80m

28. 下列各项中，不属于建设项目竣工环境保护验收监测与调查工作中环境保护管理调查所包含内容的是（　　）。

A. 事故风险的环境保护应急计划

B. 环境保护审批手续及环境保护档案资料

C. 环境保护设施运行效果测试和污染物达标排放监测

D. 排污口规范化，污染源在线监测仪的安装、测试情况检查

29. 在森林开采过程中，环境危害方面的调查因子应选择（　　）。

A. "三废"排放　　　　　　　B. 局地气候变化

C. 土地资源退化　　　　　　　D. 交通噪声污染

30. 建设项目竣工环境保护验收时，验收监测数据应经（　　　　）审核。

A. 一级　　　　　B. 二级　　　　　C. 三级　　　　　D. 四级

31. 风频表征（　　　　）受污染的概率。

A. 上风向　　　　B. 下风向　　　　C. 主导风向　　　　D. 次主导风向

32. 影响大气扩散能力的主要动力因子是（　　　　）。

A. 温度层结和湍流　　　　　　　　B. 温度层结和大气稳定度

C. 风和湍流　　　　　　　　　　　D. 风和大气稳定度

33. 对于大气环境影响二级和三级评价项目，小时浓度应至少获取当地（　　　　）浓度值。

A. 8h　　　　　　B. 5h　　　　　　C. 4h　　　　　　D. 3h

34. 温廓线是反映（　　　　）。

A. 温度随高度的变化影响热力水平扩散的能力

B. 温度随高度的变化影响动力水平扩散的能力

C. 温度随高度的变化影响热力湍流扩散的能力

D. 温度随高度的变化影响动力湍流扩散的能力

35. 某地监测 PM_{10} 的浓度是 $0.45mg/m^3$，质量标准是 $0.15mg/m^3$，则超标倍数是（　　　　）。

A. 1 倍　　　　　B. 2 倍　　　　　C. 3 倍　　　　　D. 4 倍

36. 陆架浅水区是指位于大陆架上水深（　　　　）以下，海底坡度不大的沿岸海域，是大洋与大陆之间的连接部。

A. 50m　　　　　B. 100m　　　　　C. 150m　　　　　D. 200m

37. 气温为 23℃ 时，某河段溶解氧浓度为 4.5mg/L，已知该河段属于 Ⅱ 类水体，如采用单项指数法评价，其指数为（　　　　）。（根据《地表水环境质量标准》，Ⅱ 类水体溶解氧标准为不小于 6mg/L）

A. 0.75　　　　　B. 1.58　　　　　C. 2.66　　　　　D. 3.25

38. 以下属于地面气象观测资料选择调查项目的是（　　　　）。

A. 低云量　　　　B. 干球温度　　　　C. 风向　　　　D. 降水类型

39. 进行大气环境影响预测时，对于一般的燃烧设备，在计算小时或日平均浓度时，可以假定 $NO_2/NO_x=$（　　　　）。

A. 1　　　　　　B. 0.9　　　　　　C. 0.75　　　　　D. 0.5

40. 超标倍数的统计计算公式是（　　　　）。

A. $I_i=\dfrac{c_i}{c_{0i}}$　　B. $U_2=U_1\left(\dfrac{Z_2}{Z_1}\right)^p$　　C. $\bar{c}_j=\dfrac{1}{n}\sum\limits_{i=1}^{n}c_{ij}$　　D. $N=\dfrac{c-c_0}{c_0}$

41. 调查点污染源排放特点时，不需要了解的是（　　　　）。

A. 排水总量

B. 排放口在断面上的位置

C. 排放形式，分散排放还是集中排放

D. 排放口的平面位置图（附近污染平面位置图）及排放方向

42. 关于河流水质采样，下列选项不属于垂线上取样点原则的是（　　　　）。

A. 评价三级小河时，不论河水深浅，只在一条垂线上一个点取一个样

B. 水深 1~5m，只在水面下 0.5m 处取一个样

C. 水深不足 1m 时，取样点距水面不应小于 0.5m

D. 在一条垂线上，水深大于 5m，在水面下 0.5m 处及距河底 0.5m 处，各取一个样

43. 计权等效连续感觉噪声级用于评价航空噪声，其计算公式为（　　　　）。

A. $EQ = \sum_{i=1}^{N} \dfrac{A_i}{N}$

B. $c = \sqrt{\dfrac{c_{极}^2 + c_{均}^2}{2}}$

C. $L_{WECPN} = \overline{L_{EPN}} + 10\lg(N_1 + 3N_2 + 10N_3) - 39.4$

D. $L_{eq} = 10\lg\left[\dfrac{1}{T}\int_0^T 10^{0.1L_A(t)}\mathrm{d}t\right]$

44. 生态系统质量的计算式是（　　　　）。

A. $c = \sqrt{\dfrac{c_{极}^2 + c_{均}^2}{2}}$

B. $EQ = \sum_{i=1}^{N} \dfrac{A_i}{N}$

C. $S_{DO,j} = \dfrac{|DO_f - DO_j|}{DO_f - DO_s}$

D. $L_{eq} = 10\lg\left[\dfrac{1}{T}\int_0^T 10^{0.1L_A(t)}\mathrm{d}t\right]$

45. 扩展的生态价值评价法中计算各个栖息地的保护价值的公式是（　　　　）。

A. $IEV = \sum_{i=1}^{N}(E_i \times R_i \times S_i \times V_i)$

B. $EQ = \sum_{i=1}^{N} \dfrac{A_i}{N}$

C. $CV = \sum_{i=1}^{N} C_i$

D. $L_{eq} = 10\lg\left[\dfrac{1}{T}\int_0^T 10^{0.1L_A(t)}\mathrm{d}t\right]$

46. 大气环境影响评价估算模式利用预设的气象条件进行计算，通常其计算结果（　　　　）采用进一步预测模式的计算浓度值。

A. 大于等于　　　　　B. 小于等于　　　　　C. 大于　　　　　D. 小于

47. 某工厂位于平原地区，烟囱的有效源高为80m，NO_2排放量为90kg/h，烟气脱氮效率为75%，在其SW方向1200m处有一风景名胜区。中性条件下，当吹NE风时，烟囱出口处风速为6.0m/s，距源1200m处0.5h取样时间$\sigma_y = 140$，$\sigma_z = 85$。某工厂排放NO_2在风景名胜区的浓度贡献值是（　　　　）mg/m^3。

A. 0.054　　　　　B. 0.018　　　　　C. 0.039　　　　　D. 0.117

48. 河流耗氧系数K_2的单独估算方法常用（　　　　）。

A. 公式计算和经验估值　　　　　B. 室内模拟实验测定

C. 现场实测　　　　　D. 水质数学模型测定

49. 按照水力侵蚀的强度分级，强度侵蚀模数值是（　　　　）。

A. $1000 \sim 2500 t/(km^2 \cdot a)$　　　　　B. $2500 \sim 5000 t/(km^2 \cdot a)$

C. $5000 \sim 8000 t/(km^2 \cdot a)$　　　　　D. $8000 \sim 15000 t/(km^2 \cdot a)$

50. 一般情况，"年老"填埋场的渗滤液的pH（　　　　），BOD_5及COD浓度（　　　　）。

A. 接近中性或弱碱性，较低　　　　　B. 接近中性或弱酸性，较高

C. 接近中性或弱碱性，较高　　　　　D. 接近中性或弱酸性，较低

二、不定项选择题（本题型共50题，每题2分，共100分）

1. 环境现状调查的目的是（　　　　）。

A. 掌握环境质量现状或背景

B. 分析建设项目的建设规模

C. 了解国家或地方政府所颁布的有关法规

D. 为项目投产运行进行环境管理提供基础数据

2. 环境现状调查中，所遵循的一般原则包括（　　　　）。
   A. 调查范围应大于评价区域
   B. 若评价区域边界以外的附近区域遇到重要污染源，可以不必考虑
   C. 根据项目所在地的特点，结合各单项评价的工作等级，确定各环境要素现状调查的范围
   D. 应首先进行现场调查和测试，然后收集现有资料分析

3. 下列环境影响评价术语中，概念正确的是（　　　　）。
   A. 环境自净：进入环境中的污染物，随着时间的变化不断降低和消除的现象
   B. 水土保持：研究水土流失规律和防治水土流失的综合治理措施
   C. 环境灾害：由于人类活动引起环境恶化所导致的灾害，是除自然变异因素外的另一重要致灾原因
   D. 环境区划可以分为环境要素区划、环境状态与功能区划、环境灾害区划等

4. 非正常排污一般包括的内容有（　　　　）。
   A. 工艺设备或环保设施达不到设计规定指标运行时的排污
   B. 工艺设备或环保设施达到设计规定指标运行时的排污
   C. 正常开、停或部分设备检修时排放的污染物
   D. 非正常开、停或部分设备检修时排放的污染物

5. 环保措施方案分析的要点有（　　　　）。
   A. 依托设施的可行性分析
   B. 分析环保设施投资构成及其在总投资中占有的比例
   C. 分析建设项目科研阶段环保措施方案的技术经济可行性
   D. 分析项目采用污染处理工艺，排放污染物达标的可靠性

6. 源项分析的步骤包括（　　　　）。
   A. 划分各功能单元
   B. 估算各功能单元最大可信事故泄漏量和泄漏率
   C. 筛选危险物质，确定环境分析评价因子
   D. 事故源项分析和最大可信事故筛选

7. 环境影响评价与清洁生产之间的结合，意义有（　　　　）。
   A. 从广义上说，清洁生产措施也是一种环保措施
   B. 清洁生产和环评都追求对环境污染的预防
   C. 使环评中的工程分析可以进一步拓展深化，进行清洁生产分析
   D. 环评中对环保措施的分析可按清洁生产的要求进一步延伸

8. 清洁生产分析的方法有（　　　　）。
   A. 物料平衡法　　　　　　　　　　　B. 分值评定法
   C. 资料收集法　　　　　　　　　　　D. 指标对比法

9. 环境管理应该从（　　　　）方面提出要求。
   A. 环境法律法规标准　　　　　　　　B. 相关方环境管理
   C. 废物处理处置　　　　　　　　　　D. 生产过程环境管理

10. 下列清洁生产指标中，必须定量的有（　　　　）。
    A. 产品指标　　　　　　　　　　　　B. 废物回收利用指标
    C. 污染物产生指标　　　　　　　　　D. 资源能源利用指标

11. 生态影响型项目工程分析时，下列（　　　　）应纳入分析中。

A. 运营期   B. 运营后期
C. 建设期   D. 设计方案期

12. 下列选项正确的是（   ）。

A. 拟建项目和环境的相互关系为：

[拟建项目]＝(活动)$_1$,(活动)$_2$,…,(活动)$_m$

[环境]＝(要素)$_1$,(要素)$_2$,…,(要素)$_n$

(活动)$_i$(要素)$_j$→(影响)$_{ij}$

B. 对于建设项目：[拟建项目]＋[环境]→{变化的环境}

C. 采取了减缓措施后，环境影响表述为：

(活动)$_i$(要素)$_j$→(影响)$_{ij}$→(预测和评价)→减缓措施→(剩余影响)$_{ji}$

D. 采取了减缓措施后，环境影响表述为：

(活动)$_i$(要素)$_j$→(预测和评价)→减缓措施→(剩余影响)$_{ji}$

13. 下列选项中，属于环境影响识别的内容有（   ）。

A. 环境影响因子   B. 环境影响程度
C. 环境影响的方式   D. 影响对象（环境因子）

14. 下列选项中，被划入"影响很小"的项目的特征有（   ）。

A. 不对环境敏感区造成影响的小型建设项目

B. 基本不对环境敏感区造成影响的小型建设项目

C. 基本不产生废水、废气、废渣、粉尘、恶臭、噪声、振动、热污染、放射性、电磁波等不利环境影响的建设项目

D. 基本不改变地形、地貌、水文、土壤、生物多样性等，不改变生物系统结构和功能的建设项目

15. 污染物总量控制建议指标应包括（   ）。

A. 项目的一般污染物   B. 项目的特征污染物
C. 地方规定的指标   D. 国家规定的指标

16. 下列选项中，属于湿法排烟脱硫的有（   ）。

A. 钠法   B. 钙法   C. 镁法   D. 氨法

17. 下列选项属于固体废物焚烧处置技术的燃烧系统中的主要成分的有（   ）。

A. 还原物   B. 氧化物   C. 燃料   D. 惰性物质

18. 下列选项属于生态工程施工方案分析与合理化建议的有（   ）。

A. 建立规范化操作程序和制度

B. 合理安排施工次序、季节、时间

C. 施工机械使用

D. 改变落后的施工组织方式，采用科学的施工组织方法

19. 生态影响的补偿形式有（   ）。

A. 就地补偿   B. 精神补偿   C. 物质补偿   D. 异地补偿

20. 下列关于废水处理系统说法正确的有（   ）。

A. 一级沉淀池无法去除溶解性污染物

B. 预处理的目的是保护废水处理厂的后续处理设备

C. 按处理程度，废水处理技术可分为一级、二级和三级处理

D. 二级处理过程可显著去除 BOD_5、悬浮固体物质、氮、磷和重金属

21. 污泥的好氧消化是在好氧菌的作用下，挥发性固态物、病原体以及恶臭减少，而有机固态物将转化为（   ）。

A. NH_3 B. N_2 C. CO_2 D. H_2O

22. 下列有关环境价值评估及其方法的叙述，正确的有（　　　　）。

 A. 第Ⅱ组环境价值评估方法都是基于费用或价格的，它们虽然不等于价值，但据此得到的评价结果，通常可作为环境影响价值的低限值

 B. 第Ⅲ组环境价值评估方法一般在数据不足时采用，有助于项目决策

 C. 除最大支付意愿度量法外，环境价值还可根据人们对某种特定的环境退化而表示的最低补偿意愿来度量

 D. 实际应用中三组环境价值评估方法的选择优先顺序为Ⅲ＞Ⅱ＞Ⅰ

23. 费用效益分析中考察项目对环境影响的敏感性时，可以考虑的指标参数有（　　　　）。

 A. 贴现率   B. 市场边界

 C. 环境影响的价值和持续时间   D. 环境计划执行情况

24. 在进行环境影响经济损益分析时，一般从以下（　　　　）方面来筛选环境影响。

 A. 影响是否有关人体健康   B. 影响是否内部的或已被控抑

 C. 影响是否小的或不重要的   D. 影响能否被量化和货币化

25. 下列属于建设项目竣工环境保护验收的重点的是（　　　　）。

 A. 核实验收标准   B. 核查验收工况

 C. 核查验收范围   D. 核实验收环境管理

26. 下列属于验收调查报告编制的技术总体要求的是（　　　　）。

 A. 选取验收调查因子

 B. 质量保证和质量控制

 C. 正确确定验收调查范围和适用的调查方法

 D. 明确验收调查重点

27. 建设项目竣工环境保护验收时，当生态类建设项目同时满足下列（　　　　）要求时，可以通过工程竣工环保验收。

 A. 目前遗留的环境影响问题能得到有效处理解决

 B. 防护工程本身符合设计、施工和使用要求

 C. 不存在重大的环境影响问题

 D. 环评及批复所提环保措施得到了落实

28. 进行建设项目竣工环境保护验收时应遵循的原则有（　　　　）。

 A. 综合性排放标准与行业标准不交叉执行

 B. 对建设项目实施分类管理和验收公告制度

 C. 污染型建设项目和生态影响型建设项目并重

 D. 污染物排放浓度达标验收和排污总量达标验收并重

29. 建设项目竣工环境保护验收调查工作中常用的分析评价方法有（　　　　）。

 A. 列表清单法   B. 调查分析法   C. 影子工程法   D. 指数法

30. 建设项目竣工环境保护验收监测工作程序分为（　　　　）。

 A. 编制验收监测方案阶段

 B. 现场监测阶段

 C. 准备阶段

 D. 验收监测报告编制阶段，最终以报告书（表）的形式反映

31. 社会环境现状调查的主要内容有（　　　　）。

 A. 人口   B. 交通运输   C. 工业与能源   D. 农业与土地利用

32. 大气环境影响评价推荐预测模式清单包括（　　　　）。

    A. 定量计算模式　　　　　　　　　　B. 估算模式

    C. 进一步预测模式　　　　　　　　　　D. 定性计算模式

33. 确定大气环境影响评价工作等级的同时应说明（　　　　）。

    A. 当地气象条件　　　　　　　　　　B. 估算模式计算参数

    C. 估算模式选项　　　　　　　　　　D. 采用的估算模式

34. 下列选项中公式运用正确的是（　　　　）。

    A. 紊动扩散通量：$P_{x_i} = \mu'_{x_i} c' = -D_t \dfrac{\partial \bar{c}}{\partial x_i}$

    B. 分子扩散：$P_{x_i} = -D_m \dfrac{\partial c}{\partial x_i}$

    C. 横向混合系数：$D_L = \dfrac{0.011 u^2 B^2}{h u^*}$

    D. 剪切断面离散通量：$P_x = \langle \hat{u}_x \hat{c} \rangle = -D_L \dfrac{\partial \langle c' \rangle}{\partial x}$

35. 湖泊、水库水量与总容积是随时间而变的，下列选项关于计算中的标准，正确的是（　　　　）。

    A. 一般以年水量变化的频率为 10% 代表多水年

    B. 一般以年水量变化的频率为 50% 代表中水年

    C. 一般以年水量变化的频率为 75% 代表少水年

    D. 一般以年水量变化的频率为 75% 代表多水年

36. 大气环境影响评价中，应对照各污染物有关的环境质量标准，分析其长期浓度和短期浓度的达标情况。其中长期浓度包括（　　　　）。

    A. 年均浓度　　　　B. 季均浓度　　　　C. 月均浓度　　　　D. 日均浓度

37. 下列选项说法错误的是（　　　　）。

    A. 在海洋和陆地之间，称为小循环

    B. 在海洋或陆地内部进行的，称为大循环

    C. 降落的雨、雪、雹等统称为降水

    D. 地球上的水蒸发为水汽，经上升、输送、冷却、凝结，在适当条件下降落到地面，这种不断的反复过程称为水循环

38. 下列选项中，关于噪声源的数据获得途径说法正确的是（　　　　）。

    A. 首先应当考虑引用已有数据

    B. 有类比测量法和引用已有数据两种途径

    C. 评价等级为一级必须采用类比测量法

    D. 评价等级为二、三级，可引用已有的噪声源噪声级数据

39. 大气环境影响评价预测中，根据预测内容设定预测情景，一般应考虑（　　　　）。

    A. 地形条件　　　　B. 排放方案　　　　C. 预测因子　　　　D. 计算点

40. 大气环境影响评价进一步预测模式是一种多源预测模式，适用于（　　　　）评价工作的进一步预测工作。

    A. 一级　　　　　　B. 二级　　　　　　C. 三级　　　　　　D. 四级

41. 水环境影响预测的条件包括（　　　　）。

    A. 筛选拟预测的水质参数

    B. 水质模型参数和边界条件（或初始条件）

    C. 预测的设计水文条件

D. 拟预测的排污状况

42. 关于水质模型的检验，下列说法错误的有（　　　）。

　　A. 检验模型与标定模型所用的实测资料应一致

　　B. 在模型检验中要求考虑水质参数（速率）的灵敏度分析

　　C. 验证模型计算的结果与现状实测数据是否较好地相符

　　D. 一般的，在模型检验时，需要调整反应速率和第Ⅱ类污染源数值

43. 河流水质模型参数的确定方法有（　　　）。

　　A. 水质数学模型率确定　　　　　　　　B. 现场实测

　　C. 室内模拟实验测定　　　　　　　　　D. 公式计算和经验估值

44. 大气环境影响评价中，要调查评价范围内所有环境空气敏感区，并列表给出环境空气敏感区内（　　　）。

　　A. 主要保护对象的名称　　　　　　　　B. 大气环境功能区划级别

　　C. 与项目的相对距离、方位　　　　　　D. 受保护对象的范围和数量

45. 下列选项中属于生态影响预测要回答的项目实施后的问题有（　　　）。

　　A. 是否带来某些新的生态变化

　　B. 是否使某些原来存在的生态问题向有利的方向发展

　　C. 是否使某些生态影响严重化

　　D. 是否使生态问题发生时间和空间上的变更

46. 固体废物按其污染特性可分为（　　　）。

　　A. 一般废物　　　　B. 工业废物　　　　C. 农业废物　　　　D. 危险废物

47. 固体废物填埋场污染物在衬层和包气带土层中的迁移速度受（　　　）影响。

　　A. 地表径流的运移速度　　　　　　　　B. 土壤堆积容量

　　C. 土壤-水体系中的吸附平衡系数　　　D. 多孔介质的有效空隙度

48. 采用用水量平衡法计算渗滤液产生量时需要使用（　　　）。

　　A. 垃圾产水量　　　　　　　　　　　　B. 年降水量和蒸发量

　　C. 年平均地表温度　　　　　　　　　　D. 填埋场地表面积

49. 累积影响的形式有（　　　）。

　　A. 时间和空间的拥挤影响　　　　　　　B. 最低限度及饱和限度影响

　　C. 复合影响　　　　　　　　　　　　　D. 不可预见影响

50. 生态影响预测包括（　　　）。

　　A. 工程影响因素分析　　　　　　　　　B. 生态环境受体分析

　　C. 景观分析　　　　　　　　　　　　　D. 生态影响效应分析

模拟试卷（五）参考答案

一、单项选择题

1. A	**2.** D	**3.** B	**4.** D	**5.** C	**6.** D	**7.** C	**8.** D
9. D	**10.** B	**11.** A	**12.** B	**13.** D	**14.** B	**15.** A	**16.** B
17. A	**18.** B	**19.** C	**20.** D	**21.** A	**22.** D	**23.** A	**24.** C
25. C	**26.** C	**27.** B	**28.** C	**29.** B	**30.** C	**31.** B	**32.** C
33. C	**34.** C	**35.** B	**36.** D	**37.** D	**38.** D	**39.** B	**40.** D
41. A	**42.** C	**43.** C	**44.** B	**45.** C	**46.** C	**47.** B	**48.** A
49. C	**50.** A						

二、不定项选择题

1. AD	**2.** AC	**3.** ABC	**4.** AC	**5.** ABCD	**6.** ABCD
7. ABCD	**8.** BD	**9.** ABCD	**10.** CD	**11.** ABCD	**12.** ABC
13. ABCD	**14.** ACD	**15.** BD	**16.** ABCD	**17.** BCD	**18.** ABD
19. AD	**20.** ABC	**21.** ACD	**22.** ABC	**23.** ABCD	**24.** BCD
25. ABCD	**26.** ACD	**27.** ABCD	**28.** BCD	**29.** AD	**30.** ABCD
31. ABCD	**32.** BC	**33.** BC	**34.** ABD	**35.** AB	**36.** ABC
37. AB	**38.** BCD	**39.** BCD	**40.** AB	**41.** ABCD	**42.** AD
43. ABCD	**44.** ABCD	**45.** ABCD	**46.** AD	**47.** BCD	**48.** ABD
49. ABC	**50.** ABD				

模拟试卷（六）

一、单项选择题（本题型共50题，每题1分，共50分）

1. 各单项工作环境影响评价划分为（ ）个工作等级。
   A. 2　　　　　　　B. 3　　　　　　　C. 4　　　　　　　D. 5

2. 建设项目环境影响评价工作程序中，第一步工作是（ ）。
   A. 环境现状调查
   B. 确定各单项环境影响评价的工作等级
   C. 环境影响因素识别与评价因子筛选，确定评价重点
   D. 根据国家《建设项目环境保护分类管理名录》，确定环境影响评价文件类型

3. 清洁生产的主要内容为（ ）。
   A. 清洁的分析方法
   B. 清洁的环境、清洁的产品、清洁的消费
   C. 清洁的能源、清洁的生产过程、清洁的产品
   D. 清洁的厂区、清洁的设备

4. 一家工业企业年耗新水量为400万吨，重复利用水量为200万吨，其中工艺水回用量90万吨，冷却水循环量为30万吨，污水回用量80万吨；间接冷却水系统补充新水量50万吨，工艺水取水量120万吨。则该企业的工业水重复利用率为（ ）。
   A. 60%　　　　　　B. 34.3%　　　　　C. 50%　　　　　　D. 33.3%

5. 无组织排放源是指没有排气筒或排气筒高度低于（ ）的排放源排放的污染物。
   A. 10m　　　　　　B. 12m　　　　　　C. 15m　　　　　　D. 18m

6. 生产过程潜在危险性识别是根据建设项目的生产特征，结合物质危险性识别，对项目功能系统划分功能单元，按一定的方法确定潜在的（ ）。
   A. 危险单元　　　　　　　　　　B. 危险单元或重大危险源
   C. 重大危险源　　　　　　　　　D. 危险单元和重大危险源

7. 施工期的工程措施对生态影响途径的分析，主要包括施工人员施工活动、机械设备使用等使植被、地形地貌改变，使土地和水体生产能力及利用方向发生改变，以及由于（ ）的变化使自然资源受到影响。
   A. 生物种群　　　B. 生态系统　　　C. 生态平衡　　　D. 生态因子

8. 在定性分析事故风险源项时，首推（ ）。
   A. 加权法　　　B. 类比法　　　C. 故障树分析法　D. 因素图法

9. 下列公式中，水平衡关系方程是（ ）。其中定义Q为取水量，A为物料带入水量，H为耗水量，P为排水量，L为漏水量。
   A. $Q-A=H+P+L$　　　　　　　B. $Q-A=H-P+L$
   C. $Q+A=H-P+L$　　　　　　　D. $Q+A=H+P+L$

10. 无组织排放是针对有组织排放而言的，主要针对（ ）。
    A. 废水　　　B. 废气　　　C. 废渣　　　D. 粉尘

11. 下列表述错误的是（ ）。

A. 基本不改变地形、地貌、水文、土壤、生物多样性等，不改变生物系统结构和功能的建设项目划入"影响很小"的项目

B. 基本不产生废水、废气、废渣、粉尘、恶臭、噪声、振动、热污染、放射性、电磁波等不利环境影响的建设项目划入"轻度影响"的项目

C. 原料、产品或生产过程中涉及的污染物种类多、数量大或毒性大，难以在环境中降解的建设项目划入"重大影响"的项目

D. 对地形、地貌、水文、土壤、生物多样性等有一定的影响，但不改变生物系统结构和功能的建设项目划入"轻度影响"的项目

12. 在确定大气环境影响评价范围时，当最远距离超过 25km 时，则评价范围为半径（　　）的圆形区域或边长（　　）的矩形区域。

A. 25km　50km
B. 25km　25km
C. 50km　50km
D. 50km　25km

13. 某企业年排废水 600 万吨，废水中氨氮浓度为 20mg/L，排入Ⅲ类水体，拟采用的废水处理方法氨氮去除率为 70%，Ⅲ类水体氨氮浓度的排放标准为 15mg/L。该企业废水氨氮排放总量控制建议指标为（　　）t/a。

A. 120
B. 90
C. 36
D. 12

14. 一级沉淀池通常可去除总悬浮固体的（　　）。

A. 40%～50%
B. 50%～60%
C. 60%～70%
D. 70%～80%

15. 下列几种活性污泥处理工艺中，BOD_5 负荷最小的是（　　）。

A. 改进曝气法
B. 延时曝气法
C. 传统负荷法
D. 高负荷法

16. 下列关于除磷说法错误的是（　　）。

A. 化学沉淀法通常是加入铝盐或铁盐及石灰

B. 废水中磷一般具有正磷酸盐、偏磷酸盐和有机磷三种存在形式

C. 由于大部分磷都溶于污水中，传统的一、二级污水处理仅能去除少量的磷

D. A/O 工艺过程、A^2/O 工艺过程、活性污泥生物-化学沉淀过程、序批式间歇反应器（SBR）等都可以用于除磷

17. 氮的汽提过程需要先将二级处理出水的 pH 值提高到（　　）以上，使铵离子转化为氨，随后对出水进行激烈曝气，以汽提方式将氨从水中去除，再将 pH 值调到合适值。

A. 9
B. 10
C. 11
D. 12

18. 下列不属于从传播途径上降低噪声的是（　　）。

A. 利用天然地形或建筑物（非敏感的）起到屏障遮挡作用

B. 在声源和敏感目标间增设吸声、隔声、消声措施

C. 在生产管理和工程质量控制中保持设备良好运转状态，不增加不正常运行噪声

D. 合理安排建筑物功能和建筑物平面布局，使敏感建筑物远离噪声源，实现"闹静分开"

19. 建筑上，一般材料隔声效果可以达到（　　）。

A. 5～12dB
B. 15～40dB
C. 50～70dB
D. 70～100dB

20. 下列关于费用效益分析中判断项目可行性时所用判定指标的说法有误的是（　　）。

A. 当项目的经济内部收益率大于行业基准内部收益率时，表明该项目是不可行的

B. 经济净现值是反映项目对国民经济所做贡献的绝对量指标

C. 当经济净现值大于零时，表示该项目的建设能为社会做出净贡献，是可行的

D. 经济内部收益率是反映项目对国民经济所做贡献的绝对量指标

21. 恢复或重置费用法、人力资本法、生产力损失法、影子工程法的共同特点是（　　　）。

A. 基于支付意愿衡量的评估方法　　　B. 基于标准的环境价值评估方法

C. 基于费用或价格的评估方法　　　　D. 基于人力资本的评估方法

22. 将货币的环境影响价值纳入项目的经济分析时，关键是将估算出的环境影响价值纳入（　　　）。

A. 经济现金流量表　　　　　　　　　B. 财务现金流量表

C. 环境现金流量表　　　　　　　　　D. 社会现金流量表

23. 常用的环境承载能力分析的方法中，一般选取的指标与承载力的大小成（　　　）关系。

A. 正比　　　　　B. 反比　　　　　C. 指数　　　　　D. 没有关系

24. 费用效益分析中使用的价格是（　　　）。

A. 实际价格　　　B. 社会价格　　　C. 市场价格　　　D. 均衡价格

25. 建设项目的竣工环境保护验收时，对于清净下水排放口，除非行业排放标准有要求，原则上应执行（　　　）。

A. 恶臭污染物排放标准　　　　　　　B. 污水综合排放标准

C. 地表水环境质量标准　　　　　　　D. 工业污水排放标准

26. 建设项目竣工环境保护验收时，对于计算昼夜等效声级，需要将夜间等效声级加上（　　　）再计算。

A. 5dB　　　　　B. 8dB　　　　　C. 10dB　　　　　D. 15dB

27. 建设项目竣工环境保护验收时，固体废物监测对可以得到标准样品或质量控制样品的项目，应在分析的同时做（　　　）的质控样品分析。

A. 5%　　　　　B. 10%　　　　　C. 15%　　　　　D. 20%

28. 建设项目竣工环境保护验收时，对型号、功能相同的多个小型环境保护设施，废气无组织排放的监测随机抽测设施比例不小于同样设施总数的（　　　）。

A. 40%　　　　　B. 50%　　　　　C. 60%　　　　　D. 70%

29. 建设项目竣工环境保护验收时，高速公路噪声敏感区域和噪声衰减测量，应连续测量（　　　），每天测量（　　　），昼夜间各2次。

A. 1天　2次　　　B. 2天　4次　　　C. 3天　2次　　　D. 2天　8次

30. 旅游资源开发过程中应严重关注的生态问题是（　　　）。

A. 视觉景观重建　　　　　　　　　　B. 生态功能改变

C. 土地资源占用　　　　　　　　　　D. 水土流失危害

31. 核查建设项目竣工环境保护验收应执行的标准，应以（　　　）为验收标准，同时按照现行标准进行校核。

A. 项目立项时执行的标准　　　　　　B. 环评阶段执行的标准

C. 按照竣工日期的标准　　　　　　　D. 都可以

32. 大气环境影响评价进一步预测模式是一种（　　　）预测模式，适用于一、二级评价工作的进一步预测工作。

A. 单源　　　　　B. 二源　　　　　C. 三源　　　　　D. 多源

33. 大气环境影响评价范围的直径或边长一般不应小于（　　　）。

A. 2km　　　　　B. 5km　　　　　C. 8km　　　　　D. 10km

34. 大气环境影响监测时，二级评价项目，监测点应包括评价范围内有代表性的环境空气保护目标，点位不少于（　　　）个。

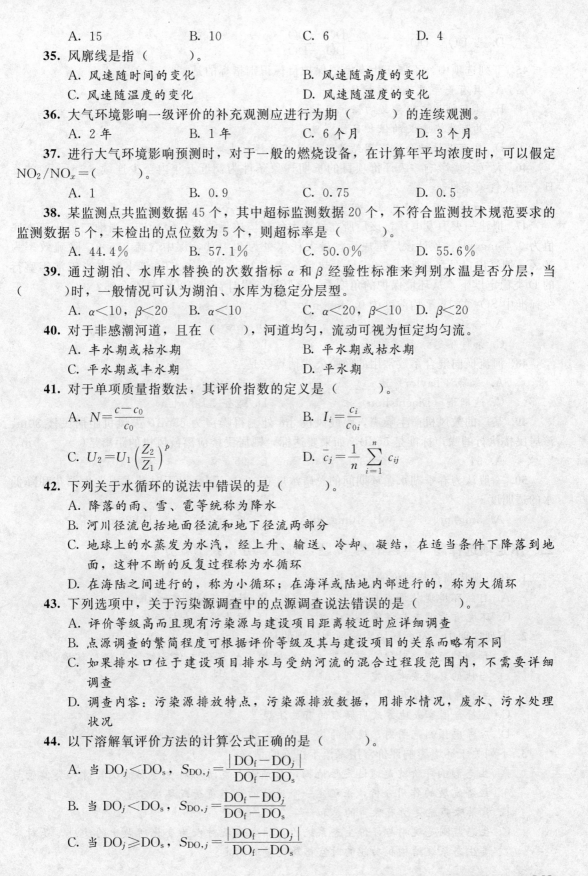

A. 15　　　　　　B. 10　　　　　　C. 6　　　　　　D. 4

35. 风廓线是指（　　　　）。

　　A. 风速随时间的变化　　　　　　　　B. 风速随高度的变化

　　C. 风速随温度的变化　　　　　　　　D. 风速随湿度的变化

36. 大气环境影响一级评价的补充观测应进行为期（　　　　）的连续观测。

　　A. 2 年　　　　　B. 1 年　　　　　C. 6 个月　　　　　D. 3 个月

37. 进行大气环境影响预测时，对于一般的燃烧设备，在计算年平均浓度时，可以假定 $NO_2/NO_x=$（　　　　）。

　　A. 1　　　　　B. 0.9　　　　　C. 0.75　　　　　D. 0.5

38. 某监测点共监测数据 45 个，其中超标监测数据 20 个，不符合监测技术规范要求的监测数据 5 个，未检出的点位数为 5 个，则超标率是（　　　　）。

　　A. 44.4%　　　　　B. 57.1%　　　　　C. 50.0%　　　　　D. 55.6%

39. 通过湖泊、水库水替换的次数指标 α 和 β 经验性标准来判别水温是否分层，当（　　　　）时，一般情况可认为湖泊、水库为稳定分层型。

　　A. $\alpha<10$，$\beta<20$　　B. $\alpha<10$　　　　C. $\alpha<20$，$\beta<10$　　D. $\beta<20$

40. 对于非感潮河道，且在（　　　　），河道均匀，流动可视为恒定均匀流。

　　A. 丰水期或枯水期　　　　　　　　B. 平水期或枯水期

　　C. 平水期或丰水期　　　　　　　　D. 平水期

41. 对于单项质量指数法，其评价指数的定义是（　　　　）。

　　A. $N=\dfrac{c-c_0}{c_0}$　　　　　　　　　B. $I_i=\dfrac{c_i}{c_{0i}}$

　　C. $U_2=U_1\left(\dfrac{Z_2}{Z_1}\right)^p$　　　　　　　D. $\bar{c}_j=\dfrac{1}{n}\sum\limits_{i=1}^{n}c_{ij}$

42. 下列关于水循环的说法中错误的是（　　　　）。

　　A. 降落的雨、雪、雹等统称为降水

　　B. 河川径流包括地面径流和地下径流两部分

　　C. 地球上的水蒸发为水汽，经上升、输送、冷却、凝结，在适当条件下降落到地面，这种不断的反复过程称为水循环

　　D. 在海陆之间进行的，称为小循环；在海洋或陆地内部进行的，称为大循环

43. 下列选项中，关于污染源调查中的点源调查说法错误的是（　　　　）。

　　A. 评价等级高而且现有污染源与建设项目距离较近时应详细调查

　　B. 点源调查的繁简程度可根据评价等级及其与建设项目的关系而略有不同

　　C. 如果排水口位于建设项目排水与受纳河流的混合过程段范围内，不需要详细调查

　　D. 调查内容：污染源排放特点，污染源排放数据，用排水情况，废水、污水处理状况

44. 以下溶解氧评价方法的计算公式正确的是（　　　　）。

　　A. 当 $DO_j<DO_s$，$S_{DO,j}=\dfrac{|DO_f-DO_j|}{DO_f-DO_s}$

　　B. 当 $DO_j<DO_s$，$S_{DO,j}=\dfrac{DO_f-DO_j}{DO_f-DO_s}$

　　C. 当 $DO_j\geqslant DO_s$，$S_{DO,j}=\dfrac{|DO_f-DO_j|}{DO_f-DO_s}$

D. 当 $DO_j \geqslant DO_s$，$S_{DO,j} = \dfrac{DO_f - DO_j}{DO_f - DO_s}$

45. 下列选项中，不属于生态敏感保护目标识别指标的是（　　）。

A. 具有美学意义的保护目标

B. 具有科学文化意义的保护目标

C. 具有生态意义的保护目标

D. 具有保障社会安定团结意义的保护目标

46. 大气环境影响一级评价项目的长期气象条件为：近五年内至少连续（　　）的逐日、逐次气象条件。

A. 五年　　　　　B. 四年　　　　　C. 三年　　　　　D. 二年

47. 拟建一火力发电厂，该厂所在城市大气环境质量执行二级标准。当地二氧化硫本底值为 $0.45mg/m^3$，预计该厂建成后，最大耗煤量为 $8.4t/h$，煤中含硫 3.6%，除硫效率为 60%，烟气出口处风速为 $4m/s$，最大热释放率为 $13500kJ/s$，$\Delta T \geqslant 35K$，在当年常年盛行的 D 类稳定度下，从环境保护的角度看，该厂烟囱设计高度 $100m$ 是否合适？（　　）（二级标准中 SO_2 的 $1h$ 平均浓度为 $0.5mg/m^3$，$P_1 = 3.47$）

A. 合适　　　　　　　　　　　B. 不合适

C. 条件不够，无法判断　　　　　D. 基本合适

48. 河流横向混合系数常用的经验公式估算法是（　　）。

A. 泰勒（Taylor）法　　　　　　B. 费希尔（Fischer）法

C. 迪斯逊（Diachishon）法　　　　D. 鲍登（Bowden）法

49. 某厂的鼓风机产生噪声，距鼓风机 $3m$ 处测得噪声为 $85dB$，鼓风机距居民楼 $30m$，该居民楼执行的噪声标准是 $55dB$，如果要达标，则居民楼应离鼓风机的距离是（　　）m。

A. 64　　　　　B. 80　　　　　C. 95　　　　　D. 110

50. 一般认为春季湖水循环期间的总磷浓度在（　　）以下时基本不发生藻花和降低水的透明度。

A. $5mg/m^3$　　　B. $10mg/m^3$　　　C. $15mg/m^3$　　　D. $20mg/m^3$

二、不定项选择题（本题型共 50 题，每题 2 分，共 100 分）

1. 环境现状调查与评价的内容主要有（　　）。

A. 自然环境现状调查与评价　　　B. 社会环境调查与评价

C. 环境质量调查与评价　　　　　D. 污染源调查与评价

2. 下列选项中，符合环境影响预测原则的是（　　）。

A. 预测的范围、时段、内容及方法应按相应的评价工作等级、工程与环境的特征、当地的环境要求而定

B. 主要靠收集现有资料进行类比

C. 应符合国家或地方政府颁布的有关法规

D. 应考虑预测范围内，规划的建设项目可能产生的环境影响

3. 下列关于环境影响评价常用术语不正确的是（　　）。

A. 生态影响评价就是通过定性地揭示与预测人类活动对生态影响及其对人类健康与经济发展的作用分析，来确定一个地区的生态负荷或环境容量

B. 背景噪声就是所有噪声的总和

C. 生态监测是观测与评价生态系统的自然变化及对人为变化所做出的反应，是对各类生态系统结构和功能的时空格局变量的测定

D. 水质监测是指采用物理、化学和生物学的分析技术，对地表水、地下水、工业和生活污水、饮用水等水质进行分析测定与评价的分析过程

4. 生产工艺与装备要求是清洁生产分析指标之一，直接影响到该项目投入生产后清洁生产的水平，它可以从（　　　　）方面体现出来。

    A. 工艺技术　　　　　　　　　　　　B. 经济性

    C. 设备　　　　　　　　　　　　　　D. 装置规模

5. 下列选项属于清洁生产指标选取原则的有（　　　　）。

    A. 一致性原则

    B. 满足政策法规要求和符合行业发展趋势

    C. 容易量化

    D. 从产品生命周期全过程考虑

6. 泄漏液体的蒸发分为（　　　　）。

    A. 热量蒸发　　　　　　　　　　　　B. 持续蒸发

    C. 质量蒸发　　　　　　　　　　　　D. 闪蒸蒸发

7. 下列情况属于非正常排污的有（　　　　）。

    A. 开、停车排污　　　　　　　　　　B. 其他非正常工况排污

    C. 部分设备检修排污　　　　　　　　D. 正常生产排污

8. 对于用装置流程图的方式说明生产过程的建设项目，同时应在工艺流程中表明污染物的（　　　　）。

    A. 产生量　　　　　　　　　　　　　B. 产生位置

    C. 处理方式　　　　　　　　　　　　D. 污染物的种类

9. 下列选项中，属于《建设项目环境风险评价技术导则》（HJ/T 169—2004）中所规定的事故风险源项分析内容的有（　　　　）。

    A. 生产过程潜在危险性识别　　　　　B. 危险化学品的泄漏量

    C. 最大可信事故的发生概率　　　　　D. 物质危险性识别

10. 原辅材料的选取具体可从（　　　　）方面做定性分析。

    A. 生态影响　　　　　　　　　　　　B. 可再生性

    C. 可回收利用性　　　　　　　　　　D. 毒性

11. 总图布置方案分析的内容包括（　　　　）。

    A. 分析厂区的区位优势的合理性

    B. 根据气象、水文等条件分析工厂和车间布置的合理性

    C. 分析厂区与周围环境保护目标之间所定卫生防护距离和安全防护距离的保证性

    D. 分析对周围环境敏感点处置措施的可行性

12. 按照拟建项目的"活动"对环境要素的作用属性，环境影响可以划分为（　　　　）。

    A. 直接影响、间接影响　　　　　　　B. 长期影响、短期影响

    C. 可逆影响、不可逆影响　　　　　　D. 有利影响、不利影响

13. 拟建项目的"活动"阶段划分包括（　　　　）。

    A. 建设前期　　　　　　　　　　　　B. 建设期

    C. 运行期　　　　　　　　　　　　　D. 服务期满后

14. 下列选项中，被划入"重大影响"的项目特征的是（　　　　）。

    A. 容易引起跨行政区环境影响纠纷的建设项目

    B. 可能造成生态系统结构重大变化、重要生态功能改变或生物多样性明显减少的建设项目

C. 可能对脆弱生态系统产生较大影响或可能引发和加剧自然灾害的建设项目

D. 原料、产品或生产过程中涉及的污染物种类多、数量大或毒性大，难以在环境中降解的建设项目

15. 下列选项中，属于干法排烟脱硫的是（　　　　）。

　　A. 活性炭法　　　　　　　　　　　　B. 催化氧化法

　　C. 镁法　　　　　　　　　　　　　　D. 石灰粉吹入法

16. 下列废水处理法属于物理法的有（　　　　）。

　　A. 格栅　　　　　　　　　　　　　　B. 过滤

　　C. 中和　　　　　　　　　　　　　　D. 混凝

17. 下列选项属于环境风险应急计划区规定的危险目标的有（　　　　）。

　　A. 紧急区　　　　　　　　　　　　　B. 环境保护目标

　　C. 贮罐区　　　　　　　　　　　　　D. 装置区

18. 下列选项属于建设项目的水土流失预防措施的有（　　　　）。

　　A. 合理选择弃渣土场

　　B. 合理确定施工期，避免雨季和大风季节造成土壤流失

　　C. 加强施工期的水土保持监理工作

　　D. 通过科学合理的设计和施工方案减少土地占用和植被破坏

19. 下列选项属于工程治理措施的有（　　　　）。

　　A. 湖泊工程　　　　　　　　　　　　B. 土地治理工程

　　C. 泥石流防治工程　　　　　　　　　D. 防洪排水和防风固沙工程

20. 常用的消毒剂有（　　　　）。

　　A. 臭氧　　　　　　　　　　　　　　B. 紫外线

　　C. 氯气　　　　　　　　　　　　　　D. 二氧化氯

21. 对二级处理出水中的悬浮物的去除方法主要有（　　　　）。

　　A. 纳滤　　　　　　　　　　　　　　B. 硅藻土过滤

　　C. 化学絮凝后汽提　　　　　　　　　D. 化学絮凝后沉淀

22. 下列有关几种常用环境价值评估方法特点的描述，正确的有（　　　　）。

　　A. 调查评价法可用于评估几乎所有的环境对象

　　B. 反向评估法不是直接评估环境影响的价值，而是根据项目的内部收益率或净现值反推，推算出的环境成本不超过多少时，该项目才是可行的

　　C. 恢复或重置法用于评估水土流失、重金属污染、土地退化等造成的损失

　　D. 医疗费用法用于评估几乎所有的环境对象

23. 作为实践中最常用的环境价值评估方法，成果参照法的应用形式有（　　　　）。

　　A. 进行 Meta 分析

　　B. 进行类比分析

　　C. 直接参照单位价值

　　D. 参照已有案例研究的评估函数，代入要评估的项目区变量

24. 隐含价格法可用于评估大气质量改善的环境价值，也可用于评估大气污染、水污染、环境舒适性和生态系统环境服务功能等的环境价值，其应用条件是（　　　　）。

　　A. 建立环境质量需求方程

　　B. 建立隐含价格方程

　　C. 房地产价格在市场中自由形成

　　D. 可获得完整的、大量的市场交易记录及长期的环境质量记录

25. 建设项目竣工环境保护验收监测与调查标准的选用原则包括（　　　　）。

A. 地方环境保护行政主管部门有关环境影响评价执行标准的批复以及下达的污染物排放总量控制指标

B. 建设项目环保初步设计中确定的环保设施设计指标

C. 环境监测方法应选择与环境质量标准、排放标准相配套的方法

D. 国家、地方环境保护行政主管部门对建设项目环境影响评价批复的环境质量标准和排放标准

26. 建设项目环境保护管理的两项基本制度是（　　　　）。

A. 建设项目环境影响评价制度

B. 建设项目环境保护"三同时"制度

C. 建设项目竣工环境保护验收监测制度

D. 建设项目竣工环境保护验收调查制度

27. 环境保护管理检查工作中的环境保护监测计划应包括（　　　　）。

A. 监测计划　　　　　　　　　　　　B. 监测机构设置

C. 人员配置　　　　　　　　　　　　D. 仪器设备

28. 验收调查过程中，通常将建设项目的生态影响分类为（　　　　）。

A. 生态影响　　　　　　　　　　　　B. 环境危害

C. 景观影响　　　　　　　　　　　　D. 资源影响

29. 建设项目的工况应根据下列（　　　　）进行计算。

A. 原材料消耗量　　　　　　　　　　B. 建设项目的产品产量

C. 所有工程的产品产量　　　　　　　D. 环境保护处理设施的负荷

30. 目前国家实施总量控制的污染物，除固体废物和工业粉尘外，还包括（　　　　）。

A. 二氧化硫　　　　　　　　　　　　B. COD

C. 氨氮　　　　　　　　　　　　　　D. 二噁英

31. 进行地质调查时，一般只需要根据现有资料，选择（　　　　）内容。

A. 当地地层情况

B. 物理与化学风化情况

C. 地壳构造的基本形式

D. 当地已探明或已开采的矿产资源情况

32. 以下关于大气环境影响监测的说法中正确的是（　　　　）。

A. 一级评价项目应进行二期（春季、秋季）监测

B. 二级评价项目可取一期不利季节进行监测

C. 二级评价项目必要时应作二期监测

D. 三级评价必要时可作一期监测

33. 大气环境影响评价进一步预测模式可基于评价范围的（　　　　），模拟单个或多个污染源排放的污染物在不同平均时限内的浓度分布。

A. 污染物背景值　　　　　　　　　　B. 评价等级

C. 气象特征　　　　　　　　　　　　D. 地形特征

34. 湖泊、水库的水量平衡关系式为 $W_入 = W_出 + W_损 \pm \Delta W$，下列参数定义正确的是（　　　　）。

A. $W_入$ 为湖泊、水库的时段内来水总量，包括湖、库面降水量，水汽凝结量，入湖、库地表径流与地下径流量

B. $W_出$ 为湖泊、水库的时段内出水量，包括湖、库的地表径流与地下径流量与工农

业及生活用水量等

　　C. $W_{损}$为时段内湖泊、水库的水面蒸发与渗漏等损失总量

　　D. ΔW为时段内湖泊、水库的蓄水量的增减量

35. 关于河流水质采样垂线上取样点的确定原则正确的是（　　　　）。

　　A. 评价三级小河时，不论河水深浅，只在一条垂线上一个点取一个样

　　B. 水深不足1m时，取样点距水面不应小于0.3m，距河底也不应小于0.3m

　　C. 水深为1～5m，只在水面下0.5m处取一个样

　　D. 在一条垂线上，水深大于5m，在水面下0.5m处及距河底0.5m处各取样一个

36. 下列选项说法正确的是（　　　　）。

　　A. 风场是指局地大气运动的流场

　　B. 从气象台站获得的风速资料有三种表达方式

　　C. 风速是指空气在单位时间内移动的水平距离

　　D. 风速统计量包括对多年气象资料的风速按不同月份和不同季节每一天时间进行平均

37. 下列选项中，关于植物的样方调查正确的是（　　　　）。

　　A. 确定样地大小：一般草本的样地在$1m^2$以上

　　B. 确定样地大小：灌木林样地在$10m^2$以上

　　C. 确定样地大小：乔木林样地在$1000m^2$以上

　　D. 确定样地数目：用种与面积和关系曲线确定样地数目

38. 下列选项中，说法不正确的是（　　　　）。

　　A. 水中溶解氧在温跃层以下比较多甚至可接近饱和

　　B. 温跃层以上的区域溶解氧较低，成为缺氧区

　　C. 水深较浅的湖泊水库水温常呈垂向分层型

　　D. 通常水温的垂向分布有三个层次，上层温度较高，下层温度较低，中间为过渡层，一般称为跃水层

39. 以下关于大气污染源的调查与分析方法，正确的是（　　　　）。

　　A. 对于新建项目可通过类比调查、物料衡算或设计资料确定

　　B. 对于评价范围内在建项目的污染源调查，可使用已批准的环境影响报告书中的资料

　　C. 对于评价范围内未建项目的污染源调查，可使用前一年度例行监测资料或进行实测

　　D. 对于分期实施的工程项目，可利用前期工程最近3年内的验收监测资料、年度例行监测资料或进行实测

40. 气象观测资料的调查要求与（　　　　）有关。

　　A. 项目的评价等级　　　　　　　　　　B. 地形复杂程度

　　C. 水平流场是否均匀一致　　　　　　　D. 污染物排放是否连续稳定

41. 下列使用二维稳态混合模式的情况有（　　　　）。

　　A. 需要评价的河段小于河流中达到横向均匀混合的长度

　　B. 大中型河流，横向浓度梯度明显

　　C. 持久性污染物完全混合段

　　D. 非持久性污染物完全混合段

42. 下列有关氧垂曲线的描述正确的有（　　　　）。

　　A. 临界氧亏点的亏氧量称为最大亏氧值

B. 在临界氧亏点左侧，耗氧大于复氧，水中的溶解氧逐渐减少

C. 在临界氧亏点时，耗氧和复氧平衡

D. 在临界氧亏点右侧，耗氧大于复氧，水中的溶解氧逐渐减少

43. 以下对潮汐河口和海湾水体的输移过程的特点描述正确的是（　　　　）。

A. 水平输移相对于垂向输移，是较小的

B. 在浅水或受风和波浪影响很大的水体，在描述水动力学特性和水质组分的输移时，将其作为二维系统来处理

C. 在很多时候，水平输移是可以忽略的

D. 在横向输移忽略时，可以用一维模型来描述纵向水动力学特性和水质组分的输移

44. 一般利用水质模型进行预测评价的污染物可以分为（　　　　）。

A. 持久性污染物　　　　　　　　　B. 非持久性污染物

C. 酸和碱　　　　　　　　　　　　D. 废热

45. 风速与高度的变化可用 $u = u_1(z/z_1)^n$ 表示，其中 n 与（　　　　）有关。

A. 气温　　　　　　　　　　　　　B. 大气湍流

C. 地形条件　　　　　　　　　　　D. 大气稳定度

46. 采用侵蚀模式预测水土流失时，常用方法包括（　　　　）。

A. 已有资料调查法　　　　　　　　B. 数学模型法

C. 物理模型法　　　　　　　　　　D. 水文手册查算法

47. 生态影响评价的类比调查分析包括（　　　　）。

A. 统计性分析　　　　　　　　　　B. 替代方案类比分析

C. 综合性类比分析　　　　　　　　D. 单因子类比分析

48. 固体废物可以通过下列（　　　　）途径危害人类健康。

A. 大气环境　　　　　　　　　　　B. 水环境

C. 声环境　　　　　　　　　　　　D. 土壤环境

49. 以下方法可以用来计算大气环境容量的有（　　　　）。

A. 修正的 A-P 法　　　　　　　　　B. 类比分析法

C. 模拟法　　　　　　　　　　　　D. 线性优化法

50. 下列有关水质影响预测因子的说法错误的是（　　　　）。

A. 水质预测因子选取的数目一般应多于水环境现状调查的水质因子数目

B. 水质影响预测的因子，应根据对建设项目的工程分析和受纳水体的水环境状况、评价工作等级、当地环境管理的要求进行筛选和确定

C. 水质预测因子应能反映拟建项目废水排放对地表水体的主要影响和纳污水体受到污染影响的特征

D. 在建设期、运行期、服务期满后必须采取相同的水质预测因子

模拟试卷（六）参考答案

一、单项选择题

1. B	2. D	3. C	4. D	5. C	6. D	7. D	8. B
9. D	10. B	11. A	12. A	13. C	14. B	15. B	16. B
17. C	18. C	19. B	20. A	21. C	22. A	23. A	24. D
25. B	26. C	27. B	28. B	29. B	30. A	31. B	32. D
33. B	34. C	35. B	36. B	37. C	38. C	39. B	40. B
41. B	42. D	43. C	44. B	45. C	46. C	47. A	48. A
49. C	50. B						

二、不定项选择题

1. ABCD	2. AD	3. AB	4. ACD	5. BCD	6. ACD
7. ABC	8. BD	9. BC	10. ABCD	11. BCD	12. ABCD
13. ABCD	14. ABCD	15. ABD	16. AB	17. BCD	18. ABCD
19. ABCD	20. ABCD	21. ABCD	22. ABCD	23. ACD	24. CD
25. ABCD	26. AB	27. ABCD	28. ABCD	29. ABD	30. ABC
31. ABCD	32. BCD	33. CD	34. ABCD	35. ABCD	36. ACD
37. ABD	38. ABC	39. AB	40. ABCD	41. AB	42. ABC
43. BD	44. ABCD	45. CD	46. ABCD	47. ABCD	48. ABD
49. ACD	50. AD				

模拟试卷（七）

一、单项选择题（本题型共 50 题，每题 1 分，共 50 分）

1. 下列选项中关于环境影响预测的范围，不正确的是（　　　）。
    A. 预测点的数量应大于现状监测点的数量
    B. 预测点的位置应覆盖现状监测点
    C. 预测范围应大于或等于现状调查的范围
    D. 预测点还应根据工程和环境特征以及环境功能要求而设定

2. 环境影响评价的工作等级是指（　　　）。
    A. 环境现状分析过程中的工作深度
    B. 环境预测过程中的工作深度
    C. 评价过程中各单项工作专题的工作深度
    D. 编制环境影响评价和各工作专题的工作深度

3. 目前，国内较多采用的清洁生产评价方法是（　　　）。
    A. 保证率法　　　B. 质量指标法　　　C. 分值评定法　　　D. 指标对比法

4. 最大可信事故是指在所有可预测的概率（　　　）的事故中，对环境（或健康）危害最严重的重大事故。
    A. 为零　　　　B. 不为零　　　　C. 小于1　　　　D. 等于1

5. 运行期工程对生态影响的途径分析，主要包括施工人员施工活动、机械设备使用等使（　　　）改变，使土地和水体生产能力及利用方向发生改变。
    A. 生态景观　　　B. 生态系统　　　C. 生境　　　　D. 自然资源

6. 电厂检测烟气流量为 $200m^3/h$（标态），烟尘进治理设施前浓度为 $1200mg/m^3$，排放浓度为 $200mg/m^3$，未监测二氧化硫排放浓度，年运转 300 天，每天 20h；年用煤量为 300t，煤含硫率为 1.2%，无脱硫设施。该电厂二氧化硫排放速度是（　　　）g/s。
    A. 0.27　　　　B. 26.7　　　　C. 56.7　　　　D. 0.567

7. 用经验排污系数法进行工程分析，属于（　　　）。
    A. 数学模式法　　　B. 物料衡算法　　　C. 类比法　　　　D. 资料复用法

8. 关于环境背景值，正确的说法是（　　　）。
    A. 一般低于环境本底值
    B. 一般高于环境本底值
    C. 环境各种要素在自身形成和发展过程中，还没有受到外来污染影响下形成的化学元素组分的正常含量
    D. 环境中的水、土壤、大气、生物等要素，所含的化学元素的正常含量

9. 对于新建项目污染物排放量的统计方法应以（　　　）为核算单元，对于泄漏和放散量部分，原则上要实测。
    A. 车间　　　　B. 单位或车间　　　C. 工段　　　　D. 车间或工段

10. 进行大气环境影响评价因子的识别时，采用等标排放量公式，空气质量标准 C_{0i} 在《环境空气质量标准》和《工业企业设计卫生标准》中都没有，但是毒性大的，可选

择（　　　　）。

  A. 日平均容许浓度限值   B. 日平均容许浓度限值的 2 倍

  C. 日平均容许浓度限值的 3 倍   D. 日平均容许浓度限值的 4 倍

11. 地质的调查主要是调查与建设项目排水水质有关的（　　　　）污染物。

  A. 易积累   B. 易中毒   C. 易传染   D. 易挥发

12. 水环境影响评价中，水质参数 ISE 值越大，则说明（　　　　）。

  A. 拟建项目对河流中该项水质参数的影响越小

  B. 拟建项目对河流中该项水质参数的影响越大

  C. 拟建项目对河流中该项水质参数的影响无关

  D. 拟建项目对河流中该项水质参数有一定影响

13. 对于以线源为主的城市道路等项目，大气环境影响评价范围可设定为线源中心两侧各（　　　　）的范围。

  A. 50m   B. 100m   C. 200m   D. 500m

14. 曝气池的主要作用是（　　　　）。

  A. 去除重金属   B. 去除有机污染物

  C. 去除无机污染物   D. 去除油类

15. 在噪声传播途径上降低噪声，可以合理布局声源，使声源（　　　　）和将声源设置于（　　　　）。

  A. 远离建筑物 室内   B. 远离敏感目标 地下或半地下室内

  C. 远离建筑物结构 室外   D. 接近敏感目标 室内

16. 一级沉淀池通常可去除 BOD_5 的（　　　　）。

  A. 5%～15% B. 15%～25% C. 25%～35% D. 35%～45%

17. 下列几种活性污泥法中，具有污泥膨胀引起的污泥流失、硝化问题导致 pH 值降低以及出水悬浮物增高缺点的是（　　　　）。

  A. 氧化沟   B. 完全混合法 C. 延时曝气法 D. 传统活性污泥法

18.《火电厂大气污染物排放标准》和《水泥厂大气污染物排放标准》均要求烟尘排放浓度小于（　　　　）mg/m^3。

  A. 10   B. 30   C. 50   D. 100

19. 下列关于环境噪声污染防治对策的一般原则说法错误的是（　　　　）。

  A. 以城市规划为先，避免产生环境噪声污染影响

  B. 关注环境敏感人群的保护，体现"以人为本"

  C. 管理手段和技术手段相结合控制环境噪声污染

  D. 以声音的三要素为出发点控制环境噪声的影响，以从声源上降低噪声和受体保护两方面为主

20. 下列各项参数指标中，不属于财务分析敏感指标的有（　　　　）

  A. 生产成本   B. 税费豁免

  C. 环境计划执行情况   D. 产品价格

21. 通过影响房地产市场价格的各种因素构建环境经济价值方程，得出环境经济价值的方法是（　　　　）。

  A. 影子工程法 B. 机会成本法 C. 隐含价格法 D. 防护费用法

22. 在可能的情况下，下列环境影响经济评价的方法中，（　　　　）方法为首选考虑。

  A. 反向评估法、机会成本法

  B. 医疗费用法、机会成本法、影子工程法、隐含价格法

C. 隐含价格法、旅行费用法、调查评价法、成果参照法

D. 人力资本法、医疗费用法、生产力损失法、恢复或重置费用法、影子工程法

23. 当项目的经济内部收益率（　　　）行业基准收益率时，表示该项目是可行的。

A. 大于　　　　B. 等于　　　　C. 大于或等于　　　　D. 小于

24. 通过构建模拟市场来揭示人们对某种环境物品的支付意愿，从而评价环境价值的方法是（　　　）。

A. 生产力损失法　　B. 调查评价法　　C. 影子工程法　　D. 人力资本法

25. 森林具有涵养水源的生态功能，假如一片森林涵养水源量是 $250 \times 10^4 \mathrm{m}^3$，在当地建造一个 $250 \times 10^4 \mathrm{m}^3$ 库容的水库的费用是 380 万元，那么，用这 380 万元的建库费用，来表示这片森林的涵养水源的生态价值，此种环境影响经济评价的方法是（　　　）。

A. 影子工程法　　　　　　　　B. 成果参照法

C. 恢复或重置费用法　　　　　D. 履行费用法

26. 建设项目竣工环境保护验收时，对于评价监测结果，污水综合排放标准的值是按污染物的（　　　）来评价的。

A. 小时浓度值　　B. 日均浓度值　　C. 月均浓度值　　D. 季均浓度值

27. 建设项目竣工环境保护验收时，对连续生产稳定、污染物排放稳定的建设项目，废气的采样和测试一般不少于（　　　）次。

A. 5　　　　　　B. 4　　　　　　C. 3　　　　　　D. 2

28. 建设项目竣工环境保护验收时，对生产稳定且污染物排放有规律的废水排放源，以生产周期为采样周期，采样不得少于（　　　）周期，每个周期 3～5 次。

A. 1 个　　　　　B. 2 个　　　　　C. 3 个　　　　　D. 4 个

29. 建设项目竣工环境保护验收时，水环境质量测试一般为（　　　）天，每天 1～2 次。

A. 1　　　　　　B. 2　　　　　　C. 1～3　　　　　D. 2～3

30. 下列关于建设项目竣工环境保护验收监测的质量保证和质量控制的有关叙述，有误的是（　　　）。

A. 监测数据要经过二级审核

B. 所用监测仪器在检定有效期内

C. 水质监测的采样过程中，应采集不少于 10% 的平行样

D. 参加竣工验收监测采样和测试的人员，按国家有关规定持证上岗

31. 建设项目竣工环境保护验收时，厂界噪声监测频次一般不少于连续（　　　）昼夜。

A. 1 个　　　　　B. 2 个　　　　　C. 3 个　　　　　D. 4 个

32. 吹某一方向的风的次数，占总的观测统计次数的百分比，称为该风向的（　　　）。

A. 风频　　　　　B. 风玫瑰图　　　C. 联合频率　　　D. 风场

33. 在风玫瑰图中出现 $C=34\%$，其表达的意思是（　　　）。

A. 主导风频率为 34%　　　　　B. 静风频率为 34%

C. 小风频率为 34%　　　　　　D. 静风联合频率为 34%

34. 大气环境影响监测时，三级评价项目，若评价范围内已有例行监测点位，或评价范围内有近（　　　）的监测资料，且其监测数据有效性符合有关规定，并能满足项目评价要求的，可不再进行现状监测，否则，应设置（　　　）个监测点。

A. 5 年　2～5　　B. 5 年　2～4　　C. 3 年　2～5　　D. 3 年　2～4

35. 二级评价的补充观测可选择有代表性的季节进行连续观测，观测期限应在（　　　）以上。

    A. 1 年　　　　　　　B. 6 个月　　　　　C. 3 个月　　　　　　D. 2 个月

36. 大气环境影响预测中，在计算机动车排放 NO_2 和 NO_x 比例时，可以假定 $NO_2/NO_x=$（　　　）。

    A. 1　　　　　　　　　　　　　　　　B. 0.9

    C. 0.75　　　　　　　　　　　　　　D. 根据不同车型的实际情况而定

37. 已知某居民点环境空气中 NO_2 的日平均浓度为 $0.12mg/m^3$，若根据单项质量指数法进行评价（二级标准），则可判断该点环境空气（　　　）。

    A. 超标　　　　　　　　　　　　　　B. 未超标

    C. 不能确定　　　　　　　　　　　　D. 重度污染

38. 产生河流紊动混合的主要因素是（　　　）。

    A. 风力　　　　　　　B. 水利坡度　　　　C. 温度差异　　　　D. 密度差异

39. 公式 $M=C\sqrt{RI}$、$Q=VA$ 是下列（　　　）水体的方程式。

    A. 人工水库　　　　　　　　　　　　B. 感潮河流

    C. 非感潮，恒定均匀河流　　　　　　D. 非感潮，非恒定均匀河流

40. 中型湖泊取样点的布设，当平均水深不小于 10m 时，（　　　）。

    A. 水面下 0.5m 处一个取样点

    B. 水面下 0.5m 和斜温层以下 0.5m 各设一个取样点

    C. 水面下 0.5m 处和距河底 0.5m 处各设一个取样点

    D. 水面下 0.5m 和斜温层以下距河底 0.5m 以上处各设一个取样点

41. 下列选项中，关于复杂地形风，概念不正确的是（　　　）。

    A. 山谷风可将夜间积累的地面的高浓度烟气导向高空，引起山谷熏烟污染

    B. 城市热岛环流可以将城市四周的冷空气向城区辐合补充

    C. 海陆风主要有两种类型：海陆风环流引起的污染；局地气团变性引起的污染

    D. 过山气流层的厚度及影响距离取决于地形和当时的风向、风速和大气稳定度

42. 湖泊、水库水量与总容积是随时间而变的，关于计算中的标准，正确的是（　　　）。

    A. 一般以年水量变化的频率为 10% 代表为多水年

    B. 一般以年水量变化的频率为 20% 代表为多水年

    C. 一般以年水量变化的频率为 30% 代表为中水年

    D. 一般以年水量变化的频率为 10% 代表为少水年

43. 关于河流水质采样，不符合断面上的取样垂线确定原则的是（　　　）。

    A. 大河、中河，河宽小于 50m，在取样断面上各距岸边 1/3 水面宽处，设一条取样垂线，共两条垂线

    B. 大河、中河，河宽小于 80m，在取样断面上各距岸边 1/3 水面宽处，设一条取样垂线，共两条垂线

    C. 小河：在取样断面的主流线上设一条取样垂线

    D. 特大河由于水面较宽，在取样断面上的取样垂线应适当增加

44. 内梅罗法的计算公式是（　　　）。

    A. $\bar{c}_j=\dfrac{1}{n}\sum\limits_{i=1}^{n}c_{i,j}$　　　　　　　　B. $I_i=\dfrac{c_i}{c_{0i}}$

C. $S_{i,j} = \dfrac{c_{i,j}}{c_{s,j}}$ D. $c = \sqrt{\dfrac{c_{极}^2 + c_{均}^2}{2}}$

45. 下列属于环境噪声现状调查目的的选项是（   ）。

    A. 为管理决策部门提供环境噪声现状情况

    B. 为环境噪声现状评价和预测评价提供基础资料

    C. 评级范围内现有的噪声源种类、数量及相应的噪声级

    D. 掌握评价范围内环境噪声现状、噪声敏感目标和人口分布情况

46. 下列扩散参数的计算公式中针对面源扩散模式的是（   ）。

    A. $\sigma_y = \gamma_1 X^{\alpha_1} + \dfrac{\sigma_y}{4.3}, \ \sigma_z = \gamma_2 X^{\alpha_2} + \dfrac{\overline{H}}{2.15}$

    B. $\sigma_y = \gamma_1 x^{\alpha_1}, \ \sigma_z = \gamma_2 x^{\alpha_2}$

    C. $\sigma_y = \gamma_1 X^{\alpha_1} + \dfrac{\sigma_y}{4.3}, \ \sigma_z = \gamma X^{\alpha_z} + \dfrac{\alpha_z}{4.3}$

    D. $\sigma_y = \gamma_{01} T, \ \sigma_z = \gamma_{02} T$

47. 在某城市建一座焚烧炉，其排气筒高 32m，排气筒上出口内径为 1m，实际排烟率为 11.28m^3/s，排气筒出口处的烟气温度为 177℃，当年气象台观测近年来该高度处的平均气温为 10℃，地面平均风速为 4m/s，气压为 1006hPa，常年盛行稳定度为 D 级，则烟气的抬升高度是（   ）m。

    A. 13.56   B. 9.26   C. 10.45   D. 16.67

48. Streeter-Phelps 模式研究的是（   ）。

    A. DO 和 COD 间的关系   B. COD 和 BOD 间的关系

    C. DO 和 BOD 间的关系   D. 溶解氧的浓度

49. 室内吊扇工作时，测得噪声声压 $p = 0.002$Pa；电冰箱单独开动时声压级是 46dB，两者同时开动时的合成声压级是（   ）dB。

    A. 46   B. 47   C. 45   D. 48

50. 混合系数的经验公式单独估算法是（   ）

    A. 实验室测定法   B. Kol 法

    C. 泰勒（Taylor）法   D. 丘吉尔经验式

二、不定项选择题（本题型共 50 题，每题 2 分，共 100 分）

1. 环境影响预测的方法主要有（   ）。

    A. 物理模型法   B. 专业判断法

    C. 类比调查法   D. 数学模型法

2. 建设项目环境影响预测一般分为两个时段，指的是（   ）。

    A. 丰、枯水期   B. 冬、夏两季

    C. 春、秋两季   D. 施工时段和运营时段

3. 对于环境影响预测的内容，正确的是（   ）。

    A. 环境影响预测必须考虑污染物在环境中的污染途径

    B. 环境影响预测，既要考虑建设项目对自然环境的影响，也要考虑对社会和经济的影响

    C. 预测的内容应依据评价工作等级、工程与环境特征及当地环保要求而定

    D. 预测过程中不涉及对人体、生物及资源的危害程度

4. 清洁生产分析的指标有（   ）。

A. 产品指标   B. 生产工艺与装备要求

C. 污染物产生指标   D. 自然能源利用指标

5. 当建设项目可行性报告等文件不能满足工程分析的需要时，可供选择的方法有（   ）。

    A. 类比法   B. 数学模式法

    C. 资料复用法   D. 物料衡算法

6. 下列方法属于事故风险源项定性分析方法的有（   ）。

    A. 加权法   B. 类比法

    C. 因素图法   D. 事件树分析法

7. 在清洁生产分析中，（   ）指标不需要定量。

    A. 产品指标   B. 污染物产生指标

    C. 资源能源利用指标   D. 废物回收利用指标

8. 生态影响型项目工程分析的基本内容包括（   ）。

    A. 施工规划   B. 主要污染物与源强分析

    C. 工程概况   D. 生态环境影响源分析

9. 下列选项，在污染型项目的工程概况中，需要根据工程组成和工艺给出的是（   ）。

    A. 主要原料和辅料的名称   B. 主要原料和辅料年总耗量和来源

    C. 主要原料和辅料单位产品消耗量   D. 污染源分布

10. 环境影响评价的工艺流程图和工程设计工艺流程图有所不同，主要关心的是（   ）。

    A. 产生污染物的具体部位   B. 污染物的种类和数量

    C. 不产生污染物的工艺设备   D. 不产生污染物的工艺工程

11. 建设项目工业取水量包括（   ）。

    A. 工艺用水量   B. 生活用水量

    C. 锅炉给水量   D. 间接冷却水量

12. 一般泄漏事故有（   ）。

    A. 毒性气体泄漏   B. 毒性液体泄漏

    C. 可燃液体泄漏   D. 易燃易爆气体泄漏

13. 环境敏感区包括（   ）。

    A. 社会关注区   B. 生态敏感与脆弱区

    C. 需特殊保护地区   D. 厂矿企业工作区

14. 清单法分类的类型有（   ）。

    A. 描述型清单   B. 综合型清单

    C. 简单型清单   D. 分级型清单

15. 烟尘的治理技术主要通过（   ）来实现。

    A. 采用除尘技术   B. 改进燃烧技术

    C. 加强环境管理   D. 提高员工环保素质

16. 污泥的处置方法主要有（   ）。

    A. 热解   B. 焚烧

    C. 卫生填埋   D. 安全填埋

17. 环境风险预案分级响应条件包括预定预案的（   ）。

    A. 级别和类别   B. 级别及分级响应程序

C. 分级和分类响应程序　　　　　　　　　D. 类别及分类响应程序

18. 下列选项关于生物治理措施的叙述不正确的有（　　　　）。

A. 乔灌草结合的模式是生物治理措施的主要模式

B. 植被工程应考虑防止生物入侵的问题

C. 人工再植被或植被重建工程首先要因地制宜，符合当地的生态条件

D. 恢复植被的生态环境功能应考虑生态环境效益

19. 下列物质可通过化学沉淀的方法去除的有（　　　　）。

A. 砷　　　　　　　B. 镁　　　　　　　C. 铅　　　　　　　D. 铜

20. 下列除尘技术能达到《火电厂大气污染物排放标准》和《水泥厂大气污染物排放标准》要求的烟尘排放浓度小于 $50mg/m^3$ 排放限值的有（　　　　）。

A. 电除尘　　　　　　　　　　　　　　B. 洗涤除尘

C. 布袋除尘　　　　　　　　　　　　　D. 重力除尘

21. 费用效益分析与财务分析的不同主要体现在（　　　　）。

A. 分析的角度不同　　　　　　　　　　B. 使用的价格不同

C. 对项目的外部影响的处理不同　　　　D. 对税收、补贴等项目的处理不同

22. 在费用效益分析之后，通常需要做一个敏感性分析，分析的内容有（　　　　）。

A. 分析项目的可行性对项目环境计划执行情况的敏感性

B. 分析项目的可行性对贴现率选择的敏感性

C. 分析项目的可行性对环境成本变动幅度的敏感性

D. 分析估算出的环境影响价值纳入经济现金流量表后对项目的敏感性

23. 成果参照法、隐含价格法、旅行费用法、调查评价法在环境影响经济评价中的共同特点是（　　　　）。

A. 有完善的理论基础　　　　　　　　　B. 基于支付意愿衡量的评估方法

C. 基于标准的环境价值评估方法　　　　D. 基于费用或价格的评估方法

24. 建设项目竣工环境保护验收时，对大气有组织排放的点源，应对照行业要求，考核（　　　　）。

A. 最高允许排放速率　　　　　　　　　B. 周界外最高浓度点浓度值

C. 最高允许排放浓度　　　　　　　　　D. 监控点与参照点浓度差值

25. 在核查建设项目环境管理资料档案时应进行的内容包括（　　　　）。

A. 环境保护组织机构　　　　　　　　　B. 各项环境管理规章制度

C. 日常监测计划　　　　　　　　　　　D. 施工期环境监理资料

26. 以下属于非正常工况下污染物排放的是（　　　　）。

A. 点火开炉

B. 污染物排放控制措施达不到应有效率

C. 设备检修

D. 工艺设备运转异常

27. 在交通运输项目验收调查时，应特别关注的生态影响问题有（　　　　）。

A. 水土流失危害　　　　　　　　　　　B. 农业生产损失

C. 视觉景观重建　　　　　　　　　　　D. 土地资源占用

28. 下列关于振动监测技术要求的具体表述，正确的是（　　　　）。

A. 对冲击振动，取每次冲击过程中的最大示数为评价量

B. 对无规振动，每个测点等间隔地读取瞬时示数，采样间隔不大于5s，连续测量时间不小于1000s

C. 对稳态振源，每个测点测量一次，取 10s 内的平均示数为评价量

D. 必要时，振动监测点位可置于建筑物室内地面中央

29. 下列关于各环境要素环境质量监测技术要求的说法，正确的有（　　　）。

A. 环境空气质量测试一般不少于 5 天

B. 水环境质量测试一般为 1~3 天，每天 1~2 次

C. 城市环境电磁辐射监测中，若 24h 昼夜监测，其频次不得少于 10 次

D. 环境噪声测试一般不少于 3 天

30. 大气污染源排污概况调查的内容包括（　　　）

A. 在满负荷排放下，按分厂或车间逐一统计各有组织排放源和无组织排放源的主要污染物排放量

B. 对改、扩建项目应给出现有工程排放量、扩建工程排放量，以及现有工程经改造后的污染物预测削减量，并按上述三个量计算最终排放量

C. 对于毒性较大的污染物还应估计其非正常排放量

D. 对于周期性排放的污染源，应给出周期性排放系数

31. 关于下列概念，说法正确的是（　　　）。

A. 风场是指局地大气运动的流场

B. 风速是指空气在单位时间内移动的垂直距离

C. 风频指某风向占总观测统计次数的百分比

D. 风向玫瑰图是统计所收集的多年地面气象资料中 16 个风向出现的频率

32. 对于区域环评，下列大气环境质量现状监测点的布设原则，正确的是（　　　）。

A. 主导风向较明显时，在评价区域的主导风上风向范围内设置的点位可少一些

B. 主导风向较明显时，在评价区域的主导风下风向范围内设置的点位可多一些

C. 监测点位可以不包括评价范围内的环境敏感区和关心点

D. 工业较集中的城区、工矿区和交通频繁区、人口稠密区，污染物超标区监测点的数目可多设一些

33. 按照成因分类，湖流可以分为（　　　）。

A. 梯度流　　　　　　　　　　　B. 惯性流

C. 混合流　　　　　　　　　　　D. 风成流

34. 河口水质的取样断面布设原则是（　　　）。

A. 应根据感潮段的实际情况决定

B. 排污口拟建于河口感潮段内

C. 其上游取样断面的布设原则与河流相同

D. 其下游应设置取样断面的数目与位置，应根据感潮段的实际情况决定

35. 下列选项中，关于非点源调查说法正确的是（　　　）。

A. 调查内容：工业类非点源污染源、其他非点源污染源

B. 调查原则：一般采用实测的方法，不进行资料收集

C. 污染源采样分析方法：按《污水综合排放标准》（GB 8978—1996）规定执行

D. 污染源资料的分析整理：对收集到的和实测的污染源资料进行检查，找出相互矛盾和错误之处

36. 常规气象观测资料包括（　　　）。

A. 正常状况气象观测资料　　　　B. 非正常状况气象观测资料

C. 常规地面气象观测资料　　　　D. 常规高空气象探测资料

37. 下列选项中说法正确的是（　　　）。

A. 计权等效连续感觉噪声级用于评价一般噪声

B. A 声级一般用来评价噪声源，对特殊噪声源在测量 A 声级的同时还需要测量其频率特性

C. 等效连续 A 声级是将某一段时间内连续暴露的不同 A 声级变化，用能量平均的方法以 A 声级表示该段时间的噪声大小

D. 对突发噪声往往需要测量最大 A 声级 L_{Amax} 及其持续时间，脉冲噪声应同时测量 A 声级和脉冲周期

38. 下列选项中，关于河口的概念正确的是（　　　）。
A. 河口是位于陆地与大洋之间的水域
B. 河口与一般河流最显著的区别是河口的水面较开阔
C. 河口是指入海河流受到潮汐作用的一段河段，又称为感潮河段
D. 相比一般河流，河口较易受到潮汐的影响

39. 计算日平均浓度的方法主要有（　　　）。
A. 保证率法 　　　　　　　　　B. 典型日法
C. 换算法 　　　　　　　　　　D. 虚点源法

40. 筛选预测水质因子的依据有（　　　）
A. 项目敏感性 　　　　　　　　B. 评级等级
C. 当地环保要求 　　　　　　　D. 工程分级

41. 复杂风场一般是由于（　　　），形成局地风场或局地环流。
A. 地表的地理特征 　　　　　　B. 地形特征
C. 气象特征 　　　　　　　　　D. 土地利用不一致

42. 下列关于河流中污染物横向扩散的说法正确的有（　　　）。
A. 由于主流在横、垂方向上的流速分布不均匀而引起的在流动方向上的溶解态或颗粒态质量的分散混合
B. 通过示踪实验确定横向扩散系数
C. 利用包含流速、河宽、水深、河床粗糙系数来计算横向扩散系数
D. 在流动的横向方向上，溶解态或颗粒态物质的混合，通常用横向扩散系数来表示

43. 水生生态调查一般包括（　　　）。
A. 浮游生物 　　　　　　　　　B. 底栖生物
C. 鱼类资源 　　　　　　　　　D. 初级生产力

44. 下列因子是通用水土流失方程式 $A = R \cdot K \cdot L \cdot S \cdot C \cdot P$ 中的计算因子的有（　　　）。
A. 土壤可蚀性因子，根据土壤的机械组成、有机质含量、土壤结构及渗透性确定
B. 气象因子
C. 坡长因子
D. 水土保持措施因子，主要有农业耕作措施、工程措施、植物措施

45. 以下指标属于景观敏感度判别指标的有（　　　）。
A. 景观尺度 　　　　　　　　　B. 景观历史
C. 视角或相对坡度 　　　　　　D. 景观醒目程度

46. 下列关于固体废物致人疾病途径的说法，正确的有（　　　）。
A. 固体废物焚烧产生的二次污染物可使人致病
B. 固体废物的堆肥产品通过农作物可使人致病

C. 污水处理厂的污泥作为肥料通过农作物可使人致病

D. 处置、堆存、填埋固体废物可以通过地下水的间接饮用使人致病

47. 下列关于运行中的垃圾填埋场对环境的主要影响，说法正确的有（　　　）。

A. 填埋场渗滤液泄漏或处理不当对地下水及地表水造成污染

B. 填埋场产生的气体排放会污染大气，并对公众健康有一定的危害

C. 填埋场机械噪声对公众有一定的危害

D. 填埋场垃圾中的塑料袋、纸张以及尘土等在未来得及覆土压实的情况下可能飘出场外，造成环境污染和景观破坏

48. 在使用示踪试验测定法确定混合系数时，所采用的示踪剂应满足（　　　）。

A. 具有在水体中不沉降、不降解、不产生化学反应的特征

B. 经济

C. 使用量少

D. 测定简单准确

49. 累积影响评价的方法有（　　　）。

A. 情景分析法
B. 叠图法/GIS

C. 系统流图法
D. 专家咨询法

50. 下列有关水质影响预测因子的说法错误的是（　　　）。

A. 水质预测因子选取的数目一般应多于水环境现状调查的水质因子数目

B. 水质影响预测的因子，应根据对建设项目的工程分析和受纳水体的水环境状况、评价工作等级、当地环境管理的要求进行筛选和确定

C. 水质预测因子应能反映拟建项目废水排放对地表水体的主要影响和纳污水体受到污染影响的特征

D. 在建设期、运行期、服务期满后各阶段可以根据具体情况确定各自的水质预测因子

模拟试卷（七）参考答案

一、单项选择题

1. C	2. D	3. D	4. B	5. C	6. A	7. C	8. C
9. D	10. A	11. A	12. B	13. C	14. B	15. B	16. C
17. C	18. C	19. D	20. C	21. C	22. C	23. A	24. B
25. A	26. B	27. C	28. B	29. C	30. A	31. B	32. A
33. B	34. D	35. D	36. D	37. A	38. D	39. C	40. D
41. A	42. A	43. B	44. D	45. C	46. A	47. A	48. C
49. B	50. C						

二、不定项选择题

1. ABCD	2. AB	3. ABC	4. ABCD	5. ACD	6. ABC
7. AD	8. ABCD	9. ABC	10. AB	11. ABCD	12. ABCD
13. ABC	14. ACD	15. AB	16. BC	17. B	18. A
19. ABCD	20. AC	21. ABCD	22. ABC	23. AC	24. AC
25. ABCD	26. ABCD	27. ABCD	28. ABD	29. BC	30. ABCD
31. ABD	32. ABD	33. ABCD	34. AB	35. ACD	36. CD
37. BCD	38. ACD	39. ABC	40. BCD	41. AD	42. BD
43. ABCD	44. ACD	45. CD	46. ABCD	47. ABCD	48. ABD
49. ABCD	50. BCD				

模拟试卷（八）

一、单项选择题（本题型共 50 题，每题 1 分，共 50 分）

1. 环境遥感的定义是（　　）。

A. 用遥感技术对生产环境进行研究的技术和方法总称

B. 用遥感技术对人类生活进行研究的各种技术总称

C. 用遥感技术对人类生活和生产环境以及环境各要素的现状、动态变化发展趋势进行研究的各种技术和方法的总称

D. 利用光学电子仪器从高空对环境进行监测的技术

2. 清洁生产的一项重要内容就是对产品的要求，因为产品的（　　）均会对环境造成影响。

A. 生产、销售和使用过程

B. 生产和使用过程以及回收

C. 生产、使用过程和报废后的处理处置

D. 销售、使用过程和报废后待处理处置

3. 某企业年烧柴油 200t，重油 300t，柴油燃烧排放系数 $1.2 \times 10^4 \mathrm{m}^3$（标）/t，重油燃烧排放系数 $1.5 \times 10^4 \mathrm{m}^3$（标）/t，则废气排放量为（　　）$\times 10^4 \mathrm{m}^3$。

A. 690　　　　　B. 660　　　　　C. 6600　　　　　D. 6900

4. 指标评价法作为清洁生产评价的方法之一，如果没有标准可参考，可与国内外（　　）清洁生产指标作比较。

A. 同类产品　　　B. 同类装置　　　C. 相同产品　　　D. 以上都不是

5. 总图布置方案分析时，需参考国家有关防护距离规范，分析厂区与周围环境保护目标之间所定防护距离的可靠性，合理布置建设项目的各构筑物及生产设施，给出（　　）。

A. 总图的地形图

B. 总图各车间布局平面图

C. 总图布置方案外环境关系图

D. 总图布置方案与内环境关系图

6. 下列公式中用来计算液体泄漏速率的是（　　）。

A. $Q_G = Y C_d A \rho \sqrt{\dfrac{MK}{RT_G}\left(\dfrac{2}{K+1}\right)^{\frac{K+1}{K-1}}}$

B. $Q_L = C_d A \rho \sqrt{\dfrac{2(p-p_0)}{\rho} + 2gh}$

C. $Q_2 = \dfrac{\lambda S(T_0 - T_b)}{H\sqrt{\pi \alpha t}}$

D. $Q_{LG} = C_d A \sqrt{2\rho_m (p - p_C)}$

7. 工程分析的方法较为简便，但所得数据的准确性很难保证，只能在评价等级较低的建设项目工程分析中使用，此法是（　　）。

A. 类比法　　　B. 资料复用法　　　C. 物料衡算法　　　D. 专业判断法

8. 施工期的工程措施对生态影响的途径分析，主要包括施工人员施工活动、机械设备使用等使（　　）改变，使土地和水体生产能力及利用方向发生改变。

A. 地形地貌　　　B. 植被、声环境　　　C. 植被、地形地貌　　　D. 大气、地形地貌

9. 车辆扬尘量的估算方法一般采用（　　）。

A. 现场实测法　　　　B. 资料收集法　　　　C. 类比法　　　　D. 遥感法

10. 水环境影响评价水质参数计算公式 $ISE = \dfrac{c_{pi}Q_{pi}}{(c_{si} - c_{hi})Q_{hi}}$ 中 Q_{hi} 是指（　　　　）。

  A. 含水污染物 i 的废水排放量　　　　B. 含水污染物的废水排放总量
  C. 河流中游来水流量　　　　D. 河流上游来水流量

11. 二级评价项目的长期气象条件为：近（　　　　）年内的至少连续（　　　　）年的逐日、逐次气象条件。

  A. 五　三　　　　B. 五　二　　　　C. 三　二　　　　D. 三　一

12. 某企业建一台 20t/h 蒸发量的燃煤蒸汽锅炉，最大耗煤量 2000kg/h，引风机风量为 30000m³/h，全年用煤量 5000t，煤的含硫量 1.5%，排入大气 80%，SO_2 的排放量标准 900mg/m³。该企业达标排放脱硫效率应大于（　　　　）。

  A. 52.6%　　　　B. 60.7%　　　　C. 43.8%　　　　D. 76%

13. 以下（　　　　）属于厌氧生物处理法。

  A. 活性污泥法　　　　B. 氧化沟法　　　　C. UASB　　　　D. 接触氧化法

14. 一级沉淀池通常可去除可沉降颗粒物的（　　　　）。

  A. 60%～65%　　　　B. 70%～75%　　　　C. 80%～85%　　　　D. 90%～95%

15. 下列关于生物膜法水处理工艺说法错误的是（　　　　）。

  A. 生物膜法有滴滤池、塔滤池、接触氧化池及生物转盘等形式
  B. 好氧生物转盘系统大多由 3～5 级串联模式运行，在其后设沉淀池
  C. 生物转盘处理工艺不能达到二级处理水质，若设置多组转盘可以改善处理效果
  D. 生物膜法处理废水就是使废水与生物膜接触进行固、液相的物质交换，利用膜内微生物将有机物氧化，使废水得到净化

16. 一般人工设计的声屏障最多可以达到（　　　　）的实际降噪效果。

  A. 5～12dB　　　　B. 15～40dB　　　　C. 50～70dB　　　　D. 70～100dB

17. 下列关于防止环境噪声污染的技术措施说法错误的是（　　　　）。

  A. 对于振动、摩擦、撞击等引发的机械噪声，一般采取减振、隔声措施
  B. 对某些用电设备产生的电磁噪声，一般应尽量使设备安装远离人群，一是保障电磁安全，二是利用距离衰减降低噪声影响
  C. 对以空气柱振动引发的空气动力性噪声的治理，一般采取减振、隔声措施
  D. 针对环境保护目标采取的环境噪声污染防治技术工程措施，主要是以隔声、吸声为主的屏蔽性措施，使保护目标免受噪声影响

18. 环境影响的经济损益分析中，最关键的一步是（　　　　）。

  A. 环境影响的筛选
  B. 环境影响的价值评估
  C. 环境影响的量化
  D. 将环境影响的货币化价值纳入项目的经济分析

19. 环境影响经济评价的方法中，用于评估森林公园、风景名胜区、旅游胜地的环境价值的常用方法是（　　　　）。

  A. 影子工程法　　　　B. 旅行费用法　　　　C. 隐含价格法　　　　D. 恢复或重置费用法

20. 费用效益分析中使用的价格是（　　　　）。

  A. 均衡价格　　　　B. 市场价格　　　　C. 预期价格　　　　D. 使用价格

21. 某一环境人们现在不使用，但人们希望保留它，以便将来用在其他项目上，环境的这种价值是（　　　　）。

A. 存在价值　　　　B. 选择价值　　　　C. 直接使用价值　　D. 间接使用价值

22. 森林具有平衡碳氧、涵养水源等功能，这是环境的（　　　）。

A. 直接使用价值　　B. 非使用价值　　　C. 存在价值　　　　D. 间接使用价值

23. 在标准的环境价值评估方法中，（　　　）方法在环境影响经济评价中最常用而且最经济。

A. 影子工程法　　　B. 反向评估法　　　C. 成果参照法　　　D. 防护费用法

24. 建设项目竣工环境保护验收时，对于评价监测结果，大气综合排放标准的值是按污染物的（　　　）来评价的。

A. 最高排放浓度　　B. 日均浓度值　　　C. 小时浓度值　　　D. 季均浓度值

25. 验收调查报告的核心内容是（　　　）。

A. 环保措施落实情况的调查　　　　　　B. 环境影响调查与分析
C. 补救对策措施的投资估算　　　　　　D. 施工期环境影响回顾

26. 建设项目竣工环境保护验收时，二氧化硫、氮氧化物、颗粒物、氟化物的监控点设在无组织排放源（　　　）浓度最高点，相对应的参照点设在排放源（　　　）。

A. 上风向 2～50m　　下风向 2～50m
B. 下风向 2～50m　　上风向 2～50m
C. 上风向 10～50m　下风向 10～50m
D. 下风向 10～50m　上风向 10～50m

27. 建设项目竣工环境保护验收时，对非稳定废水连续排放源，一般应采用加密的等时间采样和测试方法，一般以每日开工时间或 24h 为周期，不少于（　　　）周期。

A. 1 个　　　　　　B. 2 个　　　　　　C. 3 个　　　　　　D. 4 个

28. 建设项目竣工环境保护验收时，环境空气质量测试一般不少于（　　　）天。

A. 1　　　　　　　B. 2　　　　　　　C. 3　　　　　　　D. 4

29. 下列关于建设项目竣工环境保护验收调查报告编制技术要求的叙述，有误的是（　　　）。

A. 具体工作中，应针对不同的调查对象，采取相应的验收调查方法
B. 验收调查中关注的主要生态问题有生物多样性损失、生态格局破坏等
C. 验收调查范围一般应比建设项目环境影响评价文件中的评价范围适度放大
D. 验收调查因子原则上应根据项目所处区域环境特点和项目的环境影响性质确定

30. 大型火力发电（热电）厂排气出口颗粒物每点采样时间不少于（　　　）。

A. 2min　　　　　　B. 3min　　　　　　C. 5min　　　　　　D. 6min

31. 影响大气扩散能力的主要热力因子是（　　　）。

A. 温度层结和湍流　　　　　　　　　　B. 温度层结和大气稳定度
C. 风和湍流　　　　　　　　　　　　　D. 风和大气稳定度

32. 大气环境污染源调查中，对于三级评价，应调查分析（　　　）。

A. 项目污染源
B. 评价范围内与项目排放污染物有关的其他在建项目
C. 已批复环境影响评价文件的未建项目等污染源
D. 如有区域替代方案，还应调查评价范围内所有的拟替代的污染源

33. 环境空气质量监测点周围空间应开阔，采样口水平线与周围建筑物的高度夹角小于（　　　）；监测点周围应有（　　　）采样捕集空间，空气流动不受任何影响。

A. 30°　180°　　　B. 45°　30°　　　C. 30°　270°　　　D. 45°　270°

34. 主导风向指风频最大的风向角的范围，风向角范围一般为（　　　）的夹角。

A. 22.5°～45°　　　B. 22.5°～60°　　　C. 30°～45°　　　D. 30°～60°

35. 大气环境影响评价中预测模式中的 AERMOD 模式适用于评价范围（　　　）的一级、二级评价项目。

A. ≤25km　　　B. ≤50km　　　C. ≥25km　　　D. ≥50km

36. 下列关于海陆风说法错误的是（　　　）。

A. 海陆风是由海陆热量反应差异造成的

B. 白天下层气流由海洋吹向陆地

C. 夜间下层气流由海洋吹向陆地

D. 夜间上层气流由海洋吹向陆地

37. 监测时间和频率的确定，主要考虑当地的气象条件和人们的生活、工作规律。三级评价项目可作（　　　）期监测。

A. 一　　　　　B. 二　　　　　C. 三　　　　　D. 四

38. 径流系数是指（　　　）。

A. 某一时段内径流深与相应降雨深的比值

B. 在 T 时段内通过河流某一断面的总水量

C. 径流总量平铺在全流域面积上的水层厚度

D. 流域出口断面流量与流域面积的比值

39. 径流模数的计算公式是（　　　）。

A. $Y=\dfrac{QT}{1000F}$　　　B. $W=QT$　　　C. $M=\dfrac{1000Q}{F}$　　　D. $M=C\sqrt{RI}$

40. 非点源（面源）调查基本上采用（　　　）的方法。

A. 实测　　　B. 搜集资料　　　C. 委托监测　　　D. 引用历史数据

41. （　　　）能代表建设项目将来排水的水质特征。

A. 底质因子　　　B. 常规水质因子　　　C. 特殊水质因子　　　D. 其他方面的因子

42.《环境影响评价技术导则——大气环境》中的大气环境防护距离计算模式是基于（　　　）开发的计算模式，此模式主要用于确定无组织排放源的大气环境防护距离。

A. AERMOD 模式　　B. 估算模式　　　C. ADMS 模式　　　D. CALPUFF 模式

43. 下列水体混合公式运用不正确的是（　　　）。

A. 剪切离散：$P_x=\langle \hat{u}_x\hat{c}\rangle=-D_L\dfrac{\partial\langle c'\rangle}{\partial x}$

B. 紊动扩散：$P_{x_i}=\mu'_{x_i}c'=-D_t\dfrac{\partial\bar{c}}{\partial x_i}$

C. 分子扩散：$P_{x_i}=-D_m\dfrac{\partial c}{\partial x_i}$

D. 横向混合系数：$D_L=\dfrac{0.011u^2B^2}{hu^*}$

44. 下列选项中，说法错误的是（　　　）。

A. 污染物（污染因子）：输入的物质和能量

B. 污染源调查应以收集现有资料为主

C. 污染源的定义：凡对环境质量可能造成影响的物质输入

D. 在改扩建项目时，对项目改、扩建以前的污染源应详细了解，常需现场调查或测试

45. 下列选项中说法错误的是（　　　）。

A. 分类结果的后处理包括：非监督分类、监督分类和特殊分类

B. 分类精度评价，通常采用选取有代表性的检验区的方法，检验区的类型包括：监督分类的训练区、指定的同质检验区和随机选取检验区

C. 常见的数据与处理方法：大气校正、几何纠正、光谱比值、主成分、植被成分、毛状转换、条纹消除和质地分析等

D. 遥感影像分类包括：非监督分类、监督分类和特殊分类

46. 大气环境影响预测的计算点不包括（　　）。

    A. 预测范围的边界点　　　　　　　　B. 预测范围内的网格点

    C. 区域最大地面浓度点　　　　　　　D. 环境空气敏感区

47. 某建设项目污水排放量为 $300m^3/h$，COD_{Cr} 200mg/L，石油类 20mg/L，氰化物 10mg/L，六价铬 6mg/L。污水排入附近一条小河，河水流量为 $5000m^3/h$，对应污染物的检测浓度分别为 COD_{Cr} 10mg/L，石油类 0.4mg/L，氰化物 0.1mg/L，六价铬 0.03mg/L。则根据 ISE 计算结果，水质参数排序正确的是（　　　　）。（注：河流执行 IV 类水体标准，COD_{Cr} 20mg/L，石油类 0.5mg/L，总氰化物 0.2mg/L）

    A. 石油类＞氰化物＞COD_{Cr}＞六价铬

    B. 六价铬＞COD_{Cr}＞石油类＞氰化物

    C. 六价铬＞石油类＞氰化物＞COD_{Cr}

    D. COD_{Cr}＞氰化物＞石油类＞六价铬

48. 在进行水环境影响预测时，应优先考虑使用（　　　　），在评价工作级别较低，评价时间短，无法取得足够的参数、数据时，可用（　　　　）。

    A. 物理模型法、类比分析法　　　　　B. 数学模式法、物理模型法

    C. 类比分析法、数学模式法　　　　　D. 专业判断法、数学模式法

49. 潮汐河流中，最重要的输移是（　　　　），因此，可以用一维模型来描述质量的输移。

    A. 横向输移　　　B. 纵向输移　　　C. 水平输移　　　D. 混合输移

50. 垃圾填埋场的环境质量现状评价方法一般是根据监测值与各种标准，采用（　　　）方法。

    A. 极值评判　　　　　　　　　　　　B. 单因子评判

    C. 多因子评判　　　　　　　　　　　D. 单因子和多因子评判

二、不定项选择题（本题型共50题，每题2分，共100分）

1. 下列选项中属于环境影响评价方法的是（　　　）。

    A. 矩阵法　　　　　B. 网络法　　　　　C. 列表清单法　　　　　D. 图形重叠法

2. 环境影响评价的方法正在不断改进的过程中，目前我们要注意将环境影响评价提高到新的水平层面，具体包括（　　　）。

    A. 静态的考虑开发行为对环境生态的影响

    B. 考虑综合参数之间的联系

    C. 孤立地处理单个环境参数

    D. 用动态观点来研究对环境的影响

3. 单项环境影响评价工作等级划分的依据有（　　　）。

    A. 建设项目所在地区的环境特征

    B. 国家或地方政府所颁布的有关法规

    C. 建设项目的建设规模

    D. 建设项目的工程特点

4. 清洁生产分析的程序包括（　　　　）。

A. 得出清洁生产评价结论

B. 预测环评项目的清洁生产指标

C. 收集相关行业清洁生产标准

D. 将预测值与清洁生产标准值相对应

5. 下列选项中原材料的选取可以在（　　　　）方面建立定性分析指标。

A. 生态影响　　　　　　　　　　B. 能源强度

C. 毒性　　　　　　　　　　　　D. 可再生性和可回收性

6. 工程分析中无组织排放源是指（　　　　）。

A. 没有排气筒的排放源　　　　　B. 无规律排放的排放源

C. 排气筒高度低于 10m 的排放源　D. 排气筒高度低于 15m 的排放源

7. 生产设施风险识别的范围包括（　　　　）。

A. 贮运装置　　　　　　　　　　B. 辅助材料

C. 环保设施　　　　　　　　　　D. 公用工程系统

8. 清洁生产的固体废物产生指标具体包括（　　　　）。

A. 万元产品固体废弃物综合利用量

B. 万元产品主要固体废物产生量

C. 单位产品主要固体废物产生量

D. 单位固体废弃物综合利用量

9. 生态影响型项目工程分析时，下列工程应纳入分析中的有（　　　　）。

A. 辅助工程　　　　　　　　　　B. 公用工程

C. 环境工程　　　　　　　　　　D. 长期临时的工程

10. 一般来说，建设项目的工程分析，都应根据（　　　　）等技术资料进行工作。

A. 项目规划　　　　　　　　　　B. 设计方案

C. 可行性研究报告　　　　　　　D. 环境影响评价送审材料

11. 在污染物分析中，关于废水应说明的内容有（　　　　）。

A. 浓度　　　B. 种类、成分　　　C. 排放去向　　　D. 排放方式

12. 在核算污染物排放量的基础上，提出的工程污染物排放总量控制建议指标必须满足（　　　　）要求。

A. 技术上可行　　　　　　　　　B. 达标排放

C. 能保证有力的执行　　　　　　D. 符合其他相关环保要求

13. 环境影响的程度和显著性的相关因素包括（　　　　）。

A. 拟建项目的"活动"特征　　　　B. 相关环境要素的承载能力

C. 拟建项目的"活动"强度　　　　D. 各项环境要素指标本底值

14. 关于划分环境影响程度的指标，下列表述正确的是（　　　　）。

A. 轻度不利：外界压力引起某个环境因子的轻微损失或暂时性破坏，其再生、恢复与重建可以实现，但需要一定的时间

B. 中度不利：外界压力引起某个环境因子的损害和破坏，其替代或恢复是可能的，但相当困难且要可能付出较高的代价，并需比较长的时间

C. 极端不利：外界压力引起某个环境因子无法替代、恢复和重建的损失，这种损失是永久的、不可逆的

D. 非常不利：外界压力引起某个环境因子严重而长期的损害或损失，其代替、恢复和重建非常困难和昂贵，并需很长的时间

15. 《建设项目环境保护分类管理名录》将环境影响划分为（　　　）。

  A. 轻微影响 B. 影响很小   C. 重大影响   D. 轻度影响

16. 下列选项中，属于物理化学法的是（　　　）。

  A. 混凝   B. 离子交换   C. 浮选   D. 萃取

17. 污泥稳定的目的是（　　　）。

  A. 去除污泥中的水分

  B. 去除引起异味的物质

  C. 减少病原体

  D. 抑制、减少并去除可能导致腐化的物质

18. 下列措施中属于环境风险防范、减缓措施的是（　　　）。

  A. 工艺技术设计安全防护措施

  B. 紧急急救站或有毒气体防护站设计

  C. 消防及火灾报警系统

  D. 选址、总图布置和建筑安全防范措施

19. 作为减少生态环境影响的工程措施之一，工程方案分析与优化要从可持续发展出发，其优化的主要措施包括（　　　）。

  A. 发展环境保护工程设计方案

  B. 采用环境友好的方案

  C. 选择减少资源消耗的方案

  D. 采用循环经济理念，优化建设方案

20. 根据调节池的功能，可将其分为（　　　）。

  A. 均化池 B. 均质池   C. 均量池   D. 事故池

21. 下列关于烟尘控制技术说法错误的有（　　　）。

  A. 袋式除尘器的除尘效率一般只能达到90％

  B. 完全燃烧产生的烟尘和煤尘等颗粒物要比不完全燃烧产生的多

  C. 电除尘器的主要原理涉及悬浮粒子荷电，带电粒子在电场内迁移和捕集，以及将捕集物从集尘表面上清除三个基本过程

  D. 一般的除尘技术均能达到《火电厂大气污染物排放标准》和《水泥厂大气污染物排放标准》的排放要求

22. 下列说法正确的是（　　　）。

  A. 监理工作方式包括常驻工地实行即时监管，亦有定期巡视辅以仪器监控

  B. 施工期环境保护监理范围即指工程施工区

  C. 绿化方案一般应包括编制指导思想、方案目标、方案措施、方案实施计划及方案管理

  D. 对于普遍存在的再生周期短的资源损失，当其恢复的基本条件没有发生逆转时，要制定恢复和补偿措施

23. 下列关于费用效益分析中贴现率参数对环境保护的作用的说法，正确的是（　　　）。

  A. 一般来说，高贴现率有利于环境保护

  B. 贴现率并非越小越好

  C. 进行项目费用效益分析时，只能使用一个贴现率

  D. 若取贴现率为10％，则10年后的100元钱，只相当于现在的38.5元

24. 当环境影响筛选完成时，所有的环境影响被分类为（　　　）。

A. 被剔除、不再做任何评价分析的影响

B. 需要做半定量说明的影响

C. 需要做定性说明的影响

D. 需要并且能够量化和货币化的影响

25. 环境影响经济损益分析中的环境影响量化工作所进行的内容一般是（　　）。

A. 对项目排放的污染物如 TSP、COD，确定其排放量和浓度

B. 对只给出项目排放污染物的数量和浓度的情况，要分析其对受体影响的大小

C. 对不适合进行下一步价值评估的已有环境影响量化方式精心调整

D. 利用剂量-反应关系将污染物的排放量或浓度与它对受体产生的影响联系起来

26. 建设项目竣工环境保护验收监测与调查的主要工作内容包括（　　）。

A. 生态调查的主要相关内容　　　　　B. 环境保护管理检查

C. 污染物达标排放监测　　　　　　　D. 环境保护设施运行效果测试

27. 下列各项叙述中属于污水排放口考核中应注意的问题的有（　　）。

A. 对清净下水排放口，原则上应对其执行污水综合排放标准

B. 同一建设单位的不同污水排放口可执行不同的标准

C. 对总排口可能存在稀释排放的污染物，除在车间排放口或针对性治理设施排放口以排放标准加以考核外，还应在外排口以排放标准进一步考核

D. 对部分行业应重点考核与外环境发生关系的总排污口污染物排放浓度（以日均值计）及吨产品最高允许排水量（以月均值计）

28. 下列关于环境验收监测标准使用过程中应注意的问题的表述，正确的有（　　）。

A. 使用标准对监测结果进行评价时，应严格按照标准指标进行评价

B. 在进行噪声考核时应注意厂界噪声背景值的修正

C. 对有污水排放的建设项目，注意检查其排污口的规范化建设

D. 指标考核中进行的内容包括设计指标的考核和内控指标的考核

29. 下列环境保护管理检查内容中属于根据行业特点而确定的有（　　）。

A. 清洁生产　　　　　　　　　　　　B. 移民工程

C. 海洋生态保护　　　　　　　　　　D. 施工期扰民现象

30. 在验收调查工作中，景观影响调查时可供选取的调查因子一般有（　　）。

A. 景观改良措施　　　　　　　　　　B. 景观敏感度

C. 项目区景观要素　　　　　　　　　D. 区域景观类型

31. 废水监测技术要求中对监测点位的安排包括（　　）。

A.《污水综合排放标准》中第一类污染物的车间或车间处理设施的排放口

B. 雨水排放口

C. 生产性污水、生活污水、清净下水外排口

D. 污水处理设施各处理单元的进出口

32. 大气污染调查中点源统计的内容包括（　　）。

A. 排气筒出口烟气温度

B. 排气筒几何高度及出口内径

C. 排气筒底部中心坐标或海拔高度以及位置图

D. 毒性较大物质的非正常排放量

33. 下列选项中，关于复杂地形风，概念正确的是（　　）。

A. 山谷风可将夜间积累在地面的高浓度烟气导向高空，引起山谷熏烟污染

B. 城市热岛环流可以将城市四周的热空气向城区辐合补充

C. 过山气流层的厚度及影响距离取决于地形和当时的风向、风速和大气稳定度

D. 海陆风污染主要有两种类型，一种是海陆风环流引起的污染；另一种是局地气团变性引起的污染

34. 大气污染源调查中，点源调查的内容包括（　　　　）。

A. 各主要污染物正常排放量和非正常排放量

B. 烟气出口速度

C. 排气筒出口处烟气温度

D. 排气筒底部中心坐标

35. 下列选项正确的是（　　　　）。

A. 紊动混合是由湖水密度差异产生的

B. 对流混合是由风力和水力坡度作用产生的

C. 湖水的混合方式分为紊动混合和对流混合

D. 湖中水位有节奏的升降变化，称为波漾或定振波

36. 水环境现状调查和监测过程中，确定调查范围的原则有（　　　　）。

A. 当下游附近有敏感区（水源地、自然保护区）时，调查范围应考虑延长到敏感区上游边界，以满足预测敏感区所受影响的需要

B. 当下游附近有敏感区（水源地、自然保护区）时，调查范围应考虑延长到敏感区下游边界，以满足预测敏感区所受影响的需要

C. 当下游附近有敏感区（水源地、自然保护区）时，调查范围不用做任何改变

D. 在确定某具体建设开发项目地表水环境现状调查范围时，应尽量按照将来污染物排放进入天然水体后可能达到水域使用功能质量标准要求的范围，并考虑评价等级的高低后决定

37. 下列选项中，关于河口取样次数说法不正确的是（　　　　）。

A. 在不预测水温时，只在采样时间测水温；在预测水温时，要测日平均水温，一般可采用每隔 5~8h 测一次的方法求平均水温

B. 在不预测水温时，只在采样时间测水温；在预测水温时，要测日平均水温，一般可采用每隔 8~12h 测一次的方法求平均水温

C. 在规定的不同规模河口、不同等级的调查时期，每期调查一次，每次调查两天，一次在小潮期，一次在大潮期

D. 在规定的不同规模河口、不同等级的调查时期，每期调查一次，每次调查两天，一次在小潮期，两次在大潮期

38. 气候统计资料包括（　　　　）。

A. 年平均风速和风向玫瑰图　　　　　　B. 年平均气温

C. 年平均相对湿度和降水量　　　　　　D. 日照

39. 建筑物的下洗参数包括（　　　　）。

A. 建筑物占地面积　　　　　　　　　　B. 建筑物高度

C. 建筑物宽度　　　　　　　　　　　　D. 建筑物长度

40. 预测地表水水质变化的方法有（　　　　）。

A. 数学模式法　　B. 物理模型法　　　　C. 类比分析法　　　　D. 专业判断法

41. 多参数优化法一般需要（　　　　）方面的数据。

A. 各排放口的排放量、排放浓度

B. 各排放口、河流分段的断面位置

C. 支流的流量及其水质

D. 水质、水文数据

42. 下列情况适合使用二维稳态混合模式的是（　　　　）。

A. 非持久性污染物完全混合段

B. 大中型河流，横向浓度梯度明显

C. 需要评价的河段小于河流中达到横向均匀混合的长度

D. 需要评价的河段大于河流中达到横向均匀混合的长度（计算得出）

43. 计算水环境容量时，污染因子应包括（　　　　）。

A. 国家和地方规定的重点污染物

B. 受纳水体特征污染物

C. 开发区可能产生的特征污染物

D. 受纳水体敏感污染物

44. 采用景观生态学法进行生态影响预测评价时，下列说法正确的有（　　　　）。

A. 通过空间结构、功能及稳定性分析评判生态环境质量

B. 合理的景观结构有助于提高生态系统功能

C. 空间结构分析给予景观是高于生态系统的系统，是一个可度量的单位

D. 物种优势度由物种频度、景观破碎度、斑块面积参数计算

45. 关于水体富营养化，下列说法正确的有（　　　　）。

A. 富营养化是一个动态的复杂过程

B. 富营养化只与水体磷的增加相关

C. 富营养化与水体特征有关

D. 水体富营养化与水温无关

46. 工业固体废物包括（　　　　）。

A. 冶金工业固体废物　　　　　　　　B. 矿业固体废物

C. 城建渣土　　　　　　　　　　　　D. 能源工业固体废物

47. 一般情况，下列选项属于"年老"填埋场渗滤液的水质特点的是（　　　　）。

A. BOD_5 及 COD 浓度较低

B. pH 接近中性或弱碱性

C. 各类重金属离子浓度开始下降

D. NH_4^+-N 的浓度较高

48. 关于等声级线图绘制中 WECPNL 正确的说法是（　　　　）。

A. 一般应有 60dB、65dB、75dB、80dB、85dB 的等值线

B. 一般应有 70dB、75dB、80dB、85dB、90dB 的等值线

C. 一般应有 60dB、65dB、75dB、80dB、85dB、90dB 的等值线

D. 一般应有 70dB、75dB、80dB、85dB 的等值线

49. 生态影响评价的范围主要根据（　　　　）确定。

A. 生态状况

B. 敏感生态目标

C. 动物活动范围

D. 评价区域与周边环境的生态完整性

50. 以下选项属于侵蚀模数预测方法的是（　　　　）。

A. 已有资料调查法

B. 现场调查法

C. 土壤侵蚀及产沙数学模型法

D. 公众参与调查法

模拟试卷（八）参考答案

一、单项选择题

1. C	2. C	3. A	4. B	5. C	6. B	7. B	8. C
9. C	10. D	11. D	12. B	13. C	14. D	15. C	16. A
17. C	18. B	19. C	20. A	21. B	22. D	23. C	24. A
25. B	26. B	27. C	28. C	29. C	30. B	31. B	32. A
33. C	34. A	35. B	36. C	37. B	38. A	39. C	40. B
41. C	42. B	43. D	44. C	45. D	46. A	47. C	48. C
49. C	50. D						

二、不定项选择题

1. ABCD	2. BD	3. ABCD	4. ABCD	5. ABCD	6. AD
7. ACD	8. CD	9. ABCD	10. ABC	11. ABCD	12. ABD
13. ABC	14. ABCD	15. BCD	16. ABCD	17. BCD	18. ABCD
19. ABCD	20. ABCD	21. ACD	22. AC	23. BCD	24. ACD
25. BCD	26. ABCD	27. ABCD	28. ABCD	29. ABC	30. ABCD
31. ABCD	32. ABCD	33. CD	34. BCD	35. CD	36. AD
37. ABD	38. ABCD	39. BCD	40. ABCD	41. ABCD	42. BC
43. ACD	44. ABC	45. AC	46. ABD	47. ABCD	48. B
49. BD	50. ABC				